LES

ÉTATS DE BLOIS,

OU

LA MORT DE MM. DE GUISE,

Scènes Historiques.

DÉCEMBRE 1588.

PAR L'AUTEUR DES BARRICADES.

In tua constanter funera, ecce, ruis.

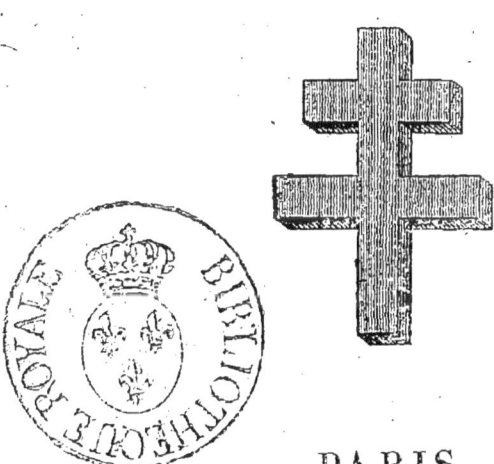

PARIS.

PONTHIEU ET Cⁱᵉ, LIBRAIRE-ÉDITEUR,

PALAIS-ROYAL, GALERIES DE BOIS.

1827.

AVANT-PROPOS.

Voici la suite des *Barricades*. Le public ayant accueilli avec quelque indulgence cette nouvelle manière d'écrire l'histoire, nous avons cru qu'il nous permettrait de réclamer une seconde fois sa faveur pour un essai du même genre.

Ces nouvelles scènes sont encore pure-

ment historiques; néanmoins nous espérons
qu'on y trouvera un peu plus d'unité d'action et d'intérêt dramatique que dans les
précédentes. Le sujet le permettait ainsi;
les faits se trouvent disposés si heureusement
par l'histoire, qu'en se bornant à en faire
la copie fidèle, on ne saurait manquer de
lui donner quelque chose de théâtral.

Peut-être même, pour rendre ces scènes
capables d'être représentées, suffirait-il de
les réduire aux proportions admises au
théâtre, c'est-à-dire d'en retrancher tous
les développemens accessoires et épisodiques
qui n'ont pour but que d'initier le lecteur
au secret historique de l'action. L'auteur,
quoique à regret, ne peut même songer à
faire cette tentative; car, on le sait, l'histoire est aujourd'hui proscrite à l'égal de

la satire, et l'on s'obstine à croire que re-
produire le passé sans l'altérer, c'est vouloir
faire injure au présent.

Toutefois ce sujet a déjà paru sur notre
scène; il a inspiré à l'auteur des *Templiers*
une tragédie qui jouit d'une juste réputation : à la vérité, le système dramatique
dans lequel cette tragédie est conçue, système que nous n'avons ici le droit ni de
blâmer ni de défendre, permettait à l'auteur de voiler assez l'histoire, pour que la
représentation de son ouvrage pût être
tolérée.

INTRODUCTION.

RÉCIT DE CE QUI S'EST PASSÉ

DEPUIS LA JOURNÉE DES BARRICADES JUSQU'A L'AVANT-VEILLE
DE LA MORT DE MM. DE GUISE.

[12 MAI. = 21 DÉCEMBRE 1588.]

Le 13 mai, au matin, le duc de Guise écrivait ces mots au sieur d'Entragues, gouverneur
d'Orléans :

« Avertissez nos amis de nous venir trouver
» en la plus grande diligence qu'ils pourront,
» avec chevaux et armes, et sans bagages, ce
» qu'ils feront aisément, car je crois que les
» chemins sont libres d'ici à vous. J'ai défait
» les Suisses, taillé en pièces une partie des
» gardes du roi, et tiens le Louvre investi de si
» près, que je rendrai bon compte de ce qui

A

» est dedans. Cette victoire est si grande, qu'il
» en sera mémoire à jamais. »

Deux heures après, le roi s'échappait de son
Louvre, sortait de la ville par la porte Neuve,
et courait à toute bride sur le chemin de Saint-
Cloud.

A la nouvelle de ce départ, le duc de Guise
demeura comme étourdi d'étonnement et de
colère. Pendant que le peuple criait victoire
aux portes de son hôtel, il calculait avec effroi
les embarras imprévus au milieu desquels il
allait être jeté, et témoignait hautement son
dépit d'avoir été si bien joué par un adversaire
dont il se défiait si peu. Enfin, après de longues perplexités, il fallut prendre un parti :
n'osant se déclarer franchement rebelle, il ne
lui restait qu'à recourir à ses armes favorites,
la feinte et la patience, afin de se préparer
dans l'avenir une nouvelle occasion, quitte à
en mieux profiter.

Le voilà donc qui met de côté tout orgueil,
toute jactance, et qui sort, l'après-dîner, de son
hôtel, suivi seulement du chevalier d'Aumale,
de l'archevêque de Lyon et de quelques gentilshommes. Il s'achemine vers le Palais; dans
chaque rue par où il passe, il prie qu'on enlève

la barricade, qu'on laisse le passage libre, et qu'on s'en retourne chacun à sa maison : presque partout on lui obéit. Arrivé au Palais, il va droit au logis de M. de Harlay, le premier président, et, après quelques paroles pour exprimer la surprise que lui cause la retraite de Sa Majesté, il ajoute : qu'il conservera au Roi sa bonne ville de Paris; que déjà l'ordre se rétablit; que les barricades sont rompues, et que, dès le lendemain, messieurs de la cour de Parlement peuvent aller librement au Palais pour continuer d'y rendre la justice. Mais à ce mot, le président l'interrompit : « Monsieur, » lui dit-il, quand la majesté du Prince est » violée, le magistrat n'a plus d'autorité. Au » reste, mon âme est à Dieu, mon cœur est au » Roi, et mon corps est entre les mains des méchans. » Le duc de Guise ne se soucia pas d'en entendre davantage, et, prenant aussitôt congé de M. de Harlay, il alla voir tous les présidens et la plupart des conseillers de la grand'chambre, l'un après l'autre en leur logis, les priant « de se trouver le lendemain au Palais; de continuer comme par le passé leurs charges et leurs offices; en un mot, de servir Sa Majesté avec autant de zèle que si elle était encore dans sa ville, afin qu'elle fût forcée de reconnaître qu'on l'avait trompée, et que ses seuls ennemis étaient ses perfides conseillers. » Après avoir ainsi parcouru presque toute la ville, il est près de minuit quand il se retire chez lui.

Le lendemain matin, Paris était calme et silencieux; on ouvrit les boutiques, et chacun reprit le train de ses affaires. Le peu de protestans qui étaient cachés au faubourg Saint-Germain avaient délogé en toute hâte pendant la nuit. Les officiers du Roi, les gens de sa maison et les plus zélés politiques avaient pris le chemin de Chartres, où était fixé le rendez-vous. Il ne restait donc dans la ville que des ligueurs, une foule de politiques timides qui s'accommodaient au temps, et un petit nombre de gens de conscience, réduits à se cacher et à se taire.

Sur le midi, le chevalier Testu, selon la parole qu'il avait donnée la veille, fit remettre au duc de Guise les clés de la Bastille : les mousquetaires du Roi cédèrent aussitôt la place aux soldats de la garde bourgeoise, et le commandement du château fut confié au procureur Bussy-Leclerc. A peine le nouveau gouverneur avait-il changé sa toque noire contre le chapeau à plumes, qu'un prisonnier fut amené devant lui et enfermé par son ordre dans le donjon : c'était le sieur de Péreuze, prévôt des marchands, que la populace venait d'enlever de vive force dans son hôtel. Les membres du comité voulant tenir leur monde en haleine, s'étaient mis en tournée chacun dans leur quartier, pour frapper aux portes de tous les suspects de royalisme ou d'hérésie. On alla chez les échevins Le Comte, Lugoly et Bonnard, et l'on s'apprêtait à les envoyer comme M. de Péreuze à la Bastille, mais ils avaient trouvé moyen de partir pour Chartres. A leur place, on se saisit d'un nommé Andreas, de Favereau-le-Boîteux et de quelques autres gens obscurs. Un maître d'école, du nom de Mercier, fut pris à neuf heures du soir dans sa maison, poignardé et jeté en la rivière par deux coquins nommés Pocard, potier d'étain, et Larue, tailleur, sous prétexte qu'il faisait profession d'hérésie, encore qu'il eût reçu, le dimanche d'avant, la communion dans l'église de Saint-André-des-Arts, de la main du curé Christophe Aubry le ligueur. On arrêta aussi deux jeunes sœurs, filles d'un sieur Foucault, procureur au Parlement, et quelque temps après, elles furent condamnées à être

pendues et brûlées comme huguenotes obsti-
nées. « Une des deux, dit l'*Estoile*, fut même
» brûlée vive, par la fureur du peuple qui
» coupa la corde avant qu'elle fût étranglée. »

Les Seize, se voyant en si beau chemin, con-
voquent pour le mardi 17 une assemblée générale des bourgeois catholiques en l'hôtel-de-
ville, à l'effet d'élire, selon la forme ancienne,
c'est-à-dire par la voix libre du peuple, un autre
prévôt des marchands et d'autres échevins.
L'assemblée se réunit, et au milieu du tumulte
on nomme prévôt des marchands le sieur Clausse
de Marchaumont; mais comme il déclare que
jamais il n'acceptera une charge ainsi conférée,
toutes les voix se portent sur La Chapelle Marteau : il est nommé, et il accepte : après lui on
nomme échevins, Roland, Compan, Cotte-
blanche et Després : ce dernier seul n'était pas
membre du comité des Seize.

Le duc de Guise reçut le serment des nouveaux magistrats, et leur recommanda de bien
tenir le peuple en bride. Mais le comité avait
pris goût à ce spectacle des élections popu-
laires, et ne comptait pas s'en tenir à un premier
essai. Il fit suspendre de ses fonctions Perrot,
procureur du Roi à l'hôtel-de-ville, et nommer

à sa place Brigard, l'un des zélés. Enfin, quoique
la garde bourgeoise fût toute dévouée à la ligue,
on ne pouvait pas assez compter sur la plupart
de ceux qui la commandaient. Bussy, Marteau
et les nouveaux échevins donnèrent l'idée au
peuple de demander une réélection générale de
tous les officiers. Ils n'avaient pas droit, disait-
on, de commander leurs compagnies, ayant été
élus, non par les bourgeois de leurs quartiers,
selon l'ancienne coutume, mais par le Roi qui
les avait choisis parmi les présidens, conseillers
et autres gens à ses gages. Aussitôt le peuple
s'assemble, les seize quartiers de la ville sont
en émoi; mais afin de mieux s'assurer les choix
que l'on désire, voici comment on procède à
l'élection. Chaque quartier était divisé en dixaines; dans chaque dixaine, le dixainier reçoit
le mot du comité, et n'assigne que ceux qui lui
plaisent et dont il connaît bien la dévotion à la
bonne cause : le greffier les appelle à tour de
rôle ; et de peur que tant de précautions n'aient
pas encore tout leur effet, Bussy et ses associés
vont et viennent dans les rangs, soufflant de
bouche en bouche les noms de ceux qu'ils veulent faire élire. Ils réussissent à souhait dans
toutes les dixaines. Tous les anciens colonels,

capitaines, quarteniers et lieutenans sont re-
jetés, et l'on nomme à leur place soit des
bourgeois affiliés au comité, soit même des
gens du plus bas étage. « Un sire Guillaume,
» comme dit Pasquier *, un sire Michel, un
» sire Bonnaventure; que dis-je, sires? ce mot
» n'est mis en usage que pour les notables
» marchands; disons plutôt de simples taver-
» niers, cabaretiers et autre telle engeance. »
Ces nouveaux officiers étaient si peu faits pour
inspirer le respect, que, dès le lendemain, ceux
même qui les avaient élus les tournaient en
dérision, et qu'on les appelait sous les piliers
des halles, « les uns capitaines de la morue, les
» autres capitaines de l'aloyau, selon le métier
» dont ils étaient **. »

Toutefois le comité avait atteint son but;
les premières magistratures de la ville et la disposition de la force armée étaient entre ses
mains : tous ses membres remplissaient quelques
charges soit civiles soit militaires, et devenaient
en leurs quartiers comme autant de petits gouverneurs. Quant à la Sorbonne et à l'Université,

---

* Liv. XII, lettre ix.
** Palma Gayet, tom. Ier, pag. 36o. (Édition de M. Petitot.)

il n'était besoin de s'en mettre en peine; dès long-temps ces deux corps marchaient au commandement des Seize. Le Parlement, à la vérité, ne disait mot, et paraissait ne point approuver leurs remuemens. Attaquer de front cette imposante assemblée eût été un coup trop hardi et qui les eût brouillés avec le duc de Guise; mais s'ils ne peuvent avoir pour eux la première Cour de justice, ils ont soin de s'assurer de la seconde : à force de menaces et de dégoûts, ils contraignent Autruy Seguier, lieutenant-général du Châtelet, de se retirer à Chartres auprès du Roi, et c'est La Bruyère, lieutenant particulier, qui entre en possession de son siége. Par-là, les voilà maîtres de la prévôté de Paris, du présidial où se jugent les causes qui les touchent le plus, les contraventions contre la police de la ville.

Cependant la Reine-mère n'était point partie pour Chartres, et, dès le premier moment de la fuite du Roi, elle avait annoncé qu'elle restait chargée de tous ses pouvoirs. Le duc de Guise, voulant conserver les apparences de la soumission, vint la prier de confirmer l'élection du prévôt des marchands et des quatre échevins. Catherine, après s'être fait un peu prier, ac-

corda son consentement; mais quand on lui
parla de recevoir le serment des nouveaux officiers de la garde bourgeoise, elle répondit avec
hauteur, que jamais elle ne donnerait les mains
à de telles nominations, et que le peuple n'était
pas fait pour commander. « Madame, lui dit le
» duc de Guise, nous n'y pouvons rien, ce
» peuple est notre maître. — Vous m'avez
» pourtant promis, reprit la Reine, de sauver,
» si je voulois, M. de Péreuze, de l'arracher de
» sa prison en dépit du peuple. — C'est vrai,
» madame, répondit le duc, et s'il vous plaît,
» je l'irai quérir, et vous le ramènerai par la
» main, mais il est mieux là qu'en sa maison *. »
Pendant qu'il lui parlait sur ce ton railleur, le
peuple en agissait vis-à-vis d'elle avec encore
plus d'irrévérence. Treize mulets chargés de sa
vaisselle et de ses meubles précieux furent
arrêtés au sortir de la porte Saint-Jacques par
les bourgeois qui faisaient la garde. Vainement
les couvertures des paniers étaient marquées
aux armes de la Reine-mère; vainement les con-
ducteurs montraient un passe-port signé de sa
main, quelques zélés déclarèrent que cette vais-

---

* L'*Estoile*, dimanche 15 mai 1588.

selle était celle du duc d'Épernon, et aussitôt les mulets et leur charge furent menés en l'hôtel-de-ville et confisqués au profit de la Sainte-Union.

Au milieu de toutes ces hardiesses, et nonobstant ce grand mépris de l'autorité royale, les ligueurs n'étaient pas sans quelque irrésolution. Le Roi, depuis quatorze ans, avait fait son séjour dans la ville; son absence commençait à étonner les plus hardis. « Il n'y avoit si désespéré d'entre » eux, dit un écrivain du temps *, qui ne re- » connût que l'éloignement de la cour alloit » nuire à sa marmite, à sa boutique, à ses né- » goces. » Déjà on entendait dire çà et là qu'il fallait faire une requête au Roi et le prier de confirmer l'élection des nouveaux magistrats. Quant au duc de Guise, il n'avait pas attendu tout ce temps pour envoyer ses courriers à Chartres. Le capitaine Saint-Paul avait porté au Roi une lettre qui, à part quelques bouffées de fierté et d'arrogance, était pleine de protestations de dévouement et de soumission. A la vérité, dans le même moment, le duc assistait aux élections de l'hôtel-de-ville, et écrivait avec un langage triomphant aux gouverneurs

---

* Mathieu, liv. III.

des villes catholiques et à ses amis particuliers. Voici comme il terminait sa lettre à M. de Bassompierre : « Le Roi lève des soldats, et nous » aussi ; il est à Chartres, et nous à Paris : voilà » comment vont les affaires. Le gouverneur du » Hâvre s'est bravement maintenu contré d'É- » pernon, et n'en a voulu ouïr parler ; celui de » Caen n'a voulu le recevoir dans son château. » Toutes les petites villes envoient reconnaître » la ville et nous. Or faut-il que fassiez un tour » ici, pour voir vos amis, que vous ne trou- » verez, Dieu merci ! dépourvus de moyens ni » résolutions. Il ne nous manque forces, cou- » rage, amis ni moyens, mais encore moins » d'honneur, de respect, et de fidélité au Roi. » Voilà les termes où sont ceux qui se recom- » mandent à vos bonnes grâces.

» Ce 21ᵉ de mai. — Venez vite.

» *Signé* L'AMI DE COEUR. »

Quoique ces lettres fussent censées secrètes, le duc recommandait sous main qu'on les fît courir afin qu'elles servissent de mot d'ordre au parti : et quant à celles qu'il adressait aux gouverneurs des villes, et qui n'étaient conçues en termes ni plus respectueux ni plus pacifiques, il alla jusqu'à les faire imprimer; et pourtant il songeait sérieusement à ménager sa réconciliation avec le Roi, et il envoyait le capitaine Saint-Paul à Chartres témoigner de son respect et de son obéissance.

Le Roi, après avoir lu attentivement la lettre de son cousin, la mit dans son pourpoint sans répondre un seul mot, et se rendit à la cathédrale pour entendre chanter les vêpres. Il commençait ses prières, quand tout à coup un grand bruit se fait entendre en dehors de l'église. Les portes s'ouvrent, et l'on voit entrer trente-cinq capucins précédés de frère Ange de Joyeuse *. Les bons pères arrivaient de Paris, pieds nus, pour supplier le Roi de mettre en oubli le passé et de retourner dans sa bonne ville. Afin de rendre la cérémonie plus touchante, frère Ange s'était chargé les épaules d'une grande et lourde croix, comme on peint Jésus-Christ marchant au mont Calvaire; il avait aussi sur la tête la couronne d'épines; les autres capucins portaient les instrumens de la Passion, et chantaient de toutes leurs forces le *Miserere*. Parvenu au milieu du chœur, frère Ange met à

---

* Il était frère du duc de Joyeuse tué à Coutras, et s'était fait recevoir novice au couvent des Capucins de Paris.

nu ses épaules fatiguées, et deux des frères,
deux des plus vigoureux, lui appliquent à tour
de bras de grands coups de discipline, puis
tous se prosternent aux pieds du Roi, en criant :
Miséricorde !

Cette scène demi-pieuse, demi-grotesque, jeta
tous les assistans dans le plus grand étonnement :
le Roi était tenté d'en pleurer ; la plupart avaient
envie d'en rire. Enfin on s'approche du pauvre
martyr, on soulève cette lourde croix, elle était
de carton ! Le sang qui ruisselait sur ses épaules
n'était pas le sien ; ces coups de fouet si bruyans
ne résonnaient pas sur sa peau : tout n'était que
supercherie. Alors Crillon, élevant la voix en
pleine église : « Harnibieu ! s'écrie-t-il, fouettez,
» fouettez et tout de bon ; c'est un lâche qui n'a
» endossé le froc que par peur de porter la
» dague ! »

Cette ridicule parade avait été imaginée par
les ligueurs, en partie pour se moquer du Roi,
en partie dans l'espoir qu'il en serait touché,
attendu son amour pour les capucins, et pour
ce genre de dévotions. Mais tout au contraire,
il en fut scandalisé, et s'en plaignit à frère Ange,
comme d'une profanation et d'une œuvre impie.

Le lendemain il reçut un message plus sérieux. Le président de Laguesle, les conseillers Jacques Brisard, Jean Courtin, Prosper Baüin et Jacques Gillot vinrent en députation au nom du parlement de Paris, et, prosternés aux pieds du Roi, lui présentèrent une humble supplique dans laquelle on le conjurait d'excuser ce qui s'était passé; de détourner sa juste vengeance de quelques rebelles, en faveur de tant d'innocens, et de rentrer dans la ville pour lui rendre sa splendeur et dissiper par sa présence les restes de la mutinerie. Le Roi leur répondit: « Je me suis toujours promis toute fidélité et » affection de ma Cour de Parlement, et je ne » doute pas que s'il eût été en votre puissance » de donner ordre aux choses passées, vous » l'eussiez fait. Je suis marri de ce qui est advenu » en la ville de Paris; toutefois je ne suis pas le » premier à qui tels malheurs sont arrivés. D'au- » tant m'en déplaît-il que, depuis treize ou qua- » torze ans que je suis Roi, je l'ai toujours ho- » norée de ma demeure et gratifiée de ce que » j'ai pu. Je sais qu'en une si grande ville il y » en a de bons et de mauvais : quand ils useront » de soumission, je serai prêt à les recevoir et » embrasser, comme un bon père ses enfans, et » un bon Roi ses sujets : vous y devez tous

» travailler : au surplus, continuez vos charges,
» comme vous avez accoutumé : la Reine ma mère
» continuera de vous faire entendre ma volonté. »

Sur cette réponse, les députés se retirèrent, et vers le soir ils se disposaient à partir; mais le Roi les fit mander et leur parla plus longuement que le matin. Il commença par faire l'apologie de sa conduite à la journée des Barricades : « Je suis » fort ébahi, dit-il, des propos que l'on a tenus » que je voulais mettre garnison en ma ville de » Paris : je sais ce que c'est que garnisons : on » les met pour ruiner une ville; or se peut-il » que j'aie eu volonté de maltraiter à ce point » la ville à laquelle j'ai rendu tant de témoignages » de bonne amitié? Aurais-je été si mal avisé » d'estimer que quatre mille Suisses étaient suf- » fisans pour tenir en bride tout ce grand peuple? » Je voulais seulement faire chasser quelques » étrangers sans aveu, qui troublaient le repos » commun, et cela pour la conservation de la » ville et de ses habitans. C'est pourquoi je veux » qu'ils reconnaissent leur faute avec regret et » contrition. Je sais bien qu'on essaie de leur » faire croire que, m'ayant offensé comme ils » ont fait, mon indignation est irréconciliable : » mais vous leur ferez savoir que je n'ai point

» cette humeur : que comme Dieu ne veut pas
» la mort du pécheur, moi, indigne, qui suis en
» terre à l'image de Dieu, ne veux-je pas leur
» ruine. Je tenterai toujours la douce voie s'ils
» se mettent en devoir de confesser leur faute:
» s'ils ne le font et me tiennent en longueur,
» je leur ferai sentir leur offense, de laquelle à
» perpétuité leur demeurera la marque. Je puis,
» comme vous savez, révoquer ma cour de
» Parlement, Chambres des comptes, des aides,
» et autres Cours, aussi bien que l'Université, ce
» qui leur tournerait à grand dommage; comme
» on a vu être advenu en l'an 1579, durant la
» grande peste, par le fait de mon absence et
» cessation du Parlement, jusqu'à ce qu'on vît
» jouer aux quilles par les rues. Vous savez que
» la patience irritée tourne en furie, et combien
» peut un Roi offensé! j'emploierais donc tout
» mon pouvoir pour me venger, encore que je
» n'aie l'esprit vindicatif. Mais je veux que l'on
» sache que j'ai du cœur et du courage autant
» qu'aucun de mes prédécesseurs....... C'est un
» conte de parler de la religion : il faut prendre
» un autre chemin. Il n'y a au monde prince
» plus catholique ni qui désire tant l'extirpation
» de l'hérésie que moi; je voudrais qu'il m'en

B

» eût coûté un bras, et que le dernier hérétique
» fût en peinture dans cette chambre. » Il leur
dit encore beaucoup d'autres choses ; car lorsqu'il prenait la parole, c'était rarement pour si
peu. Enfin il les congédia en leur ordonnant de
rapporter aux Parisiens tout ce qu'il avait dit.

Le lendemain, au moment où les cinq députés, de retour à Paris, faisaient leur rapport
à leurs collègues, on vit entrer au Palais Claude
Dorron, maître des requêtes, qui arrivait de
Chartres. Le Roi l'avait chargé de faire entendre
que son intention et sa dernière volonté étaient
que, pourvu que les Parisiens rentrassent dans
le devoir, on oubliât tout le passé et qu'on tra-
vaillât en commun à réformer le gouvernement
de l'État : que, dans cette vue, il allait convoquer pour le mois de septembre les trois ordres
du royaume, s'engageant à faire observer invio-
lablement tout ce qui serait réglé par eux ; mais
qu'afin que cette assemblée des États-généraux
fût légitime, il voulait, avant toutes choses,
qu'on mît les armes bas.

Le duc de Guise n'était point à Paris lorsque
Claude Dorron apporta ce message. Dans la
crainte que, si les partisans du Roi se rendaient
maîtres de toutes les petites villes qui envi-

ronnaient Paris, les vivres ne vinssent à manquer, ou au moins à renchérir dans cette grande
capitale, il avait résolu d'occuper la campagne
à quinze lieues à la ronde. Déjà ses troupes
bloquaient Corbeil; ses canons étaient pointés
contre Melun; enfin lui-même venait de partir
pour s'assurer de toutes les villes sur la Marne,
et, après avoir mis garnison à Meaux, il était
entré dans Château-Thierry. Mais à la nouvelle
de l'arrivée de Dorron, il revint en toute hâte à
Paris, et s'efforça de persuader aux échevins et
au comité qu'ils devaient à leur tour envoyer des
députés au Roi. Repousser, disait-il, ses offres de
paix, c'était perdre leur cause dans les provinces
et auprès de tous les esprits modérés; tandis
qu'en se résignant à quelques démonstrations
d'obéissance, sans toutefois rien rabattre de
leurs prétentions, ils n'avaient plus que des
chances favorables, puisque, s'ils faisaient la
paix, ils en dicteraient les conditions; sinon,
ils auraient l'air de faire la guerre malgré eux.

La Chapelle-Marteau, qui, en sa qualité de
prévôt des marchands, était obligé, si l'on faisait une députation, de marcher à sa tête, voulait qu'on renvoyât Dorron sans réponse, trouvant le séjour de son hôtel-de-ville moins pé-

rilleux pour lui que celui de Chartres. Mais la Reine-mère, qui était dans la confidence du duc de Guise, offrit d'accompagner les députés, de les présenter elle-même à son fils, et de les prendre sous sa sauvegarde. De ce moment, il fut arrêté qu'on enverrait une députation; et dans la journée on s'assembla à l'hôtel-de-ville pour dresser la requête qui devait être lue devant le Roi. Cette requête ne fut autre chose qu'un long acte d'accusation contre le duc d'Épernon et M. de La Valette, son frère, terminé par quelques excuses assez hautaines de la conduite qu'avaient tenue les Parisiens. Les conclusions étaient que le Roi serait supplié,

1° D'extirper les hérétiques, de renouveler l'édit d'Union, et de joindre ses armées à celles de la ligue;

2° De chasser et dépouiller de toutes charges d'Épernon et son frère;

3° D'oublier les derniers remuemens de Paris;

4° De confirmer l'élection des nouveaux magistrats et officiers; -

5° Enfin, de rétablir les anciennes et belles ordonnances du royaume.

Cette requête, signée par les principaux ligueurs, et par le cardinal de Bourbon, le duc de Guise et le cardinal de Guise, son frère, qui prenaient le titre de *princes catholiques-unis*, fut portée à Chartres par la Reine-mère et par les députés de l'hôtel-de-ville de Paris. On était alors au 29 de mai. Le Roi répondit encore plus longuement et avec moins d'énergie qu'aux envoyés du Parlement. Il n'osa même pas dire un seul mot pour défendre d'Épernon, et glissant très-légèrement sur cette partie de la requête : « Comme c'est une plainte particulière, » dit-il, il ne me reste qu'à savoir si elle est » véritable : mais soyez persuadés que je pré- » férerai toujours l'utilité publique à mes pro- » pres affections. »

Après cette réponse, les députés s'en reviennent à Paris, tête levée, et, dès le soir de leur retour, ils portent leur requête et les paroles du Roi à l'imprimerie de la Sainte-Union, chez Nivelle, rue Saint-Jacques, à l'enseigne *des deux Colonnes*. Le lendemain, *la Relation du Voyage à Chartres de messieurs de la ville de Paris* est publiée et colportée par toute la ville. En même temps on l'imprime à Lyon ; et voilà tout le royaume instruit d'une nouvelle victoire des ligueurs, d'une nouvelle humiliation du Roi.

Henri III, pour se soulager de ses craintes,
avait coutume de se créer des illusions : peut-
être, quand il vit le déchaînement de ses ennemis contre d'Épernon, espéra-t-il que, s'il le sa-
crifiait, il allait rentrer en grâce auprès d'eux;
peut-être aussi cet ancien favori n'avait-il plus le
don de lui plaire; mais, quel que fût son motif,
il lui retira sa faveur. Sur ces entrefaites, d'E-
pernon, qui n'était pas prévenu de sa disgrâce,
quitta la Normandie, et arriva un matin à
Chartres, pour offrir ses services à son maître.
En entrant à l'Evêché, où était logé le Roi, il
s'aperçut bien qu'on l'accueillait froidement;
mais il était accoutumé à la mauvaise humeur
des courtisans; et ce ne fut que lorsqu'il eût vu
le Roi lui tourner le dos, après quelques paroles
sèches et malveillantes, qu'il comprit que sa
place n'était plus à la cour, et qu'il était plus
digne, peut-être même plus prudent de s'en éloigner. Toutefois avant de partir il fit composer,
pour sa justification et celle de son frère, un petit
écrit, intitulé le *Vrai Catholique Romain*, qui
pendant quelques jours fut lu avec avidité et
inquiéta les ligueurs. On y rendait aux Guises
accusation pour accusation; et le Roi était
exhorté « à user contre eux de toute sa vigueur,

» s'il ne vouloit qu'ils lui enlevassent le pouvoir
» et la vie, comme ils lui avoient enlevé sa ville
» de Paris. » Le lendemain du jour où fut publié
ce mémoire, d'Épernon sortit de Chartres et
se réfugia à Angoulême, ville dont il était gouverneur: heureusement pour lui il fit diligence,
car il n'y avait qu'une heure qu'il s'était mis en
possession du château, lorsqu'arriva un courrier du Roi qui venait donner l'ordre qu'on lui
fermât les portes, et que, s'il voulait entrer, on
fît feu sur lui.

Quoique son courrier fût arrivé trop tard,
le Roi ne songea pas à se plaindre, il était dans
un trop grand contentement. A l'entendre, ce
départ de d'Épernon le soulageait du plus lourd
fardeau; il s'imaginait déjà que les ligueurs
allaient lui adresser des louanges et des remercîmens, ou tout au moins, il se sentait plus à
l'aise pour se livrer à de nouvelles affections.
Depuis le séjour de d'Épernon en Normandie,
le Roi avait tourné ses bonnes grâces sur deux
nouveaux favoris: l'un était Montpesat de Loignac, ancien confident et créature de d'Épernon; l'autre, le jeune Bellegarde, qu'on nom-
mait alors de Termes, et dont le nom donnait
même occasion aux beaux-esprits de la cour de

s'exercer aux équivoques, si fort à la mode en
ce temps-là. — « Voilà Termes mignon, se
» disait-on à l'oreille ; les mignons seraient-ils
» bientôt à terme ? »

Pendant que les courtisans s'amusaient à ces
gentillesses, et que le Roi se réjouissait d'avoir
chassé son bien-aimé, le duc de Guise et la
Reine-mère songeaient à profiter de la retraite
du favori. En ce moment, Marc Miron, premier
médecin du Roi, venait d'arriver à Paris pour
tâcher de découvrir quelles étaient les prétentions secrètes des chefs de la ligue. Le duc de
Guise lui fit savoir qu'il était prêt à entrer en
accommodement, pourvu que Sa Majesté lui
donnât par lettres patentes la charge de connétable ; et que, quant aux catholiques, ils ne de-
mandaient que ce qui était contenu dans les articles dressés à Nancy, en 1585, c'est-à-dire le
renouvellement de l'édit d'Union, une décla-
ration qui exclurait du trône le roi de Navarre,
la concession d'un certain nombre de places
fortes, la publication du concile de Trente, la
renonciation à toute alliance contractée avec
des princes ou des nations hérétiques, enfin
la vente réelle et définitive des biens appar-
tenant aux huguenots.

Miron se rendit aussitôt à Chartres, mais le
Roi n'y était plus : le séjour de cette petite
ville lui avait semblé manquer de bienséance
et de sûreté, et il avait entamé des négociations
avec les habitans de Rouen, pour obtenir accès
dans leurs murs. En attendant le succès de ses
pourparlers, il s'était établi à Vernon, ville qui
n'était pas beaucoup plus royale que Chartres.
Enfin, à sa grande joie, on lui apprit que les
portes de Rouen lui étaient ouvertes, et il y fit
son entrée le 11 juin. Tanneguy, le veneur,
sieur de Carrouges, et Jacques, fils du comte
de Tillières, étaient sortis de la ville pour lui
faire honneur, à la tête de la bourgeoisie sous
les armes, et l'on avait préparé sur la Seine
une superbe joute qui offrait le simulacre d'un
grand combat naval. Le Roi prit un tel plaisir
à ce spectacle, qu'il témoigna le désir de le
voir recommencer tous les jours; et en effet,
chaque jour, après être allé à pied entendre
la messe, tantôt dans une église, tantôt dans
une autre, il venoit sur le port assister au
combat naval, et s'en retournait en ville pour
un bal ou un banquet, comme si son royaume
eût été dans la paix la plus profonde.

Cependant Miron arriva, et lui apprit à quelles

conditions honteuses les ligueurs voulaient
faire acheter la paix. Le Roi lui répondit que
ce n'était pas leur dernier mot, que peut-être
on obtiendrait quelque concession; et aussitôt
il fit partir Villeroi pour Paris, le chargeant
de s'informer si M. de Guise ne consentirait
pas à changer la charge de connétable contre
celle de *lieutenant-général du royaume, pour
le commandement des armées.* Le duc ne fit pas
grande difficulté, comptant sans doute que,
quel que fût son titre, il exercerait un égal
pouvoir. Le Roi cependant renvoya encore une
fois Villeroi à Paris, afin de voir si le comité
serait aussi accommodant que M. de Guise, et
s'il ferait le sacrifice de quelques unes de ses
prétentions. Mais comme il ne s'agissait pas
d'un titre honorifique, on répondit à Villeroi
qu'il n'y avait pas lieu à transaction, qu'on
exigeait la ratification de tous les articles de
Nancy, sans en excepter un seul; et qu'aussi
bien le Roi était d'âge à savoir et à dire franchement s'il voulait être catholique ou huguenot.

Pendant ces allées et ces venues le temps se
passait, et déjà l'on était entré dans le mois de
juillet. Les ligueurs étaient bien aises de ces
retards, parce qu'ils venaient d'apprendre que

le roi d'Espagne avait enfin fait sortir de Lis-
bonne cette flotte formidable destinée à con-
quérir l'Angleterre et à mener en esclavage
tous ses hérétiques aux montagnes de Grenade
et aux minières du Pérou. Déjà on avait vu cent
cinquante voiles côtoyer la Guienne et la Sain-
tonge, et les nouvelles des Pays-Bas annonçaient que le duc de Parme levait de tous côtés
les hommes et les chevaux, et préparait l'ar-
mement le plus redoutable.

La Reine-mère écrivit à son fils qu'il fallait à
tout prix faire un accommodement; que les
ligueurs étaient maîtres du Havre-de-Grâce;
qu'ils pouvaient, lorsque la flotte passerait dans
la Manche, faire débarquer quelques milliers
d'Espagnols qui seraient en un jour à Rouen;
qu'il risquait par conséquent d'être enlevé, ou
du moins exposé à de grands dangers. Henri,
aussitôt cette lettre reçue, fit prier sa mère,
par Villeroi, de s'entendre au plus tôt avec
le duc de Guise et le cardinal de Bourbon;
de rédiger le traité comme il leur conviendrait
et de le lui envoyer tout signé, afin qu'il n'eût
plus qu'à le sceller de son grand sceau.

La Reine-mère mena les affaires si grand
train que, le 15 juillet, le traité fut signé. Le

lendemain, Villeroi, de retour à Rouen, le pré-
senta au Roi, et aussitôt on le lut en plein
conseil. Pendant cette lecture, Henri avait une
plume à la main, afin, disait-il, de faire des
ratures sur tout ce qui serait humiliant pour la
majesté royale. Le traité contenait onze articles *.
Le Roi ne trouva pas la moindre objection contre
les neuf premiers ; il n'y était question que de
jurer d'exterminer l'hérésie, de s'engager à ne
jamais employer d'hérétiques à son service, et
de déclarer exclu du trône tout prince hérétique ou fauteur d'hérésie. Mais quand on en
vint à l'article X, qui commençait ainsi : « Afin
» de rendre la présente *ligue* des catholiques
» durable et permanente, nous promettons d'en-
» sevelir la mémoire des troubles et divisions
» passées, et particulièrement de tout ce qui est
» advenu les 12 et 13 mai dernier, etc. » — « Ef-
» façons ce mot *ligue*, dit le Roi, car c'est le titre
» que prennent d'ordinaire les factieux et re-
» mueurs d'Etats. » On proposa d'y substituer
le mot *union;* et le Roi fut satisfait. Du reste,
il laissa passer sans se plaindre l'article XIe, où

---

* *Voyez* le texte de ce traité, ou édit de juillet, aux *Mémoires
de la Ligue*, tom. II, pag. 368.

l'on trouve ces mots : « Il ne se fera aucune re-
» cherche de toutes les intelligences et associa-
» tions de nos sujets catholiques, attendu qu'ils
» nous ont fait entendre que tout ce qu'ils en
» ont fait, n'a été que pour le zèle qu'ils ont
» porté à la conservation et manutention de la
» religion catholique. »

Toutefois le traité ne contenait pas seulement
ces onze articles destinés à être publiés, il était
terminé par trente-deux autres articles qui devaient demeurer secrets. Le Roi, en les entendant lire, ne put réprimer quelques mouvemens
d'impatience; ce qui le désolait surtout, c'était
de s'engager à céder pendant six années la
possession de sept places fortes, et de comprendre dans ce nombre la ville d'Orléans, si
justement nommée la clé du royaume, et dont,
après deux mois d'intrigues, il venait de gagner
le gouverneur, le sieur d'Entragues, auquel le
duc de Guise écrivait, le 13 mai, la lettre que
nous avons citée plus haut *. On verra dans la

---

* D'Entragues, après avoir reçu cette lettre, se disposait à
aller à Paris, selon l'invitation de Guise, lorsqu'il apprit la fuite
du Roi; alors il écrivit ce billet aux gentilshommes qu'il avait
mandés : « Notre Grand n'a su exécuter son dessein, s'étant le
» Roi sauvé à Chartres; par quoi je suis d'avis que vous vous re-

suite quelle supercherie le Roi imagina, de concert avec Villeroi, pour éluder, à l'égard d'Orléans, la concession imposée par le traité [*].

La lecture de ces articles secrets lui avait causé un si profond chagrin, que pendant deux jours il refusa de les signer. Enfin les lettres de sa mère, les instances de Villeroi, et l'approche de la flotte espagnole, qui en ce moment entrait dans la Manche, le déterminèrent de nouveau. Il signa, mais pendant qu'il traçait son nom, on vit quelques larmes rouler dans ses yeux. Il n'en commanda pas moins pour le lendemain un grand *Te Deum*, qui fut chanté dans l'église cathédrale de Rouen, et durant lequel il rendit publiquement à Dieu des actions de grâces pour cette paix qu'il avait signée la veille en pleurant.

Le duc de Guise ne voulut le céder au Roi ni en artifice, ni en dissimulation. Dès qu'il eut appris que l'édit de paix était enregistré au parlement de Rouen [**], et que deux jours après

---

» tiriez en vos maisons le plus doucement que pourrez, sans faire » semblant d'avoir rien vu. » Il ne pardonna pas au duc de l'avoir ainsi compromis; et, peu de temps après, il entama des négociations avec le Roi.

[*] *Voyez*, ci-après, scène VI, pag. 188.

[**] Le 19 juillet.

le parlement de Paris l'eut enregistré à son tour, il envoya son familier d'Espignac, archevêque de Lyon, et M. de La Châtre, pour remercier Sa Majesté d'avoir ainsi mis fin à tous les différens qui ruinaient le parti catholique, et pour la prier en même temps de trouver bon que, quant à lui, il n'acceptât pas l'emploi qui lui était accordé par l'édit, déclarant qu'il serait assez content d'exercer auprès de Sa Majesté la charge de grand-maître de sa maison. Le bruit de ce refus se répandit aussitôt; le duc lui-même avait eu grand soin de le rendre aussi public que possible. De tous côtés on exalta ce noble procédé, ce zèle désintéressé pour la cause catholique; de telle sorte que le Roi, craignant de se rendre odieux s'il prenait le duc au mot, se vit forcé, pour comble d'humiliations, de le supplier d'accepter cette lieutenance qu'il avait eu tant de peine à lui céder. Ainsi, dès les premiers jours de la réconciliation, s'amassaient de nouveaux motifs de défiance et de haine.

Le Roi ne resta pas long-temps à Rouen, après qu'il eut signé l'édit de Réunion; il en partit le 21 juillet, le jour même où le parlement de Paris enregistrait cet édit. Toutefois, avant son départ, il voulut faire expédier les

lettres patentes qui ordonnaient la convocation
des États-généraux. L'époque fixée pour le
rendez-vous fut le 15 septembre, et le lieu où
devait se tenir l'assemblée, la ville de Blois.
Après bien des hésitations, le Roi avait donné
la préférence à cette ville, d'abord, parce que
son château était grand, commode et bien si-
tué; ensuite, parce qu'elle était assez éloignée
de Paris, dans un pays plutôt huguenot que
ligueur, et que ses habitans, gens paisibles et
soumis, n'avaient jamais eu d'intelligence avec
la Sainte-Union.

Le Roi témoignait une impatience extrême
de voir se réunir les États : comme il venait de
se laisser dépouiller de tout son pouvoir, peut-
être espérait-il que dans cette grande assemblée
se rencontreraient quelques braves et loyaux
sujets qui auraient du courage à sa place, et lui
feraient restituer sa dignité et ses prérogatives
de Roi; peut-être aussi, sans s'en rendre bien
compte, prévoyait-il que, s'il était réduit aux
dernières extrémités, il pourrait facilement faire
à Blois ce qu'on lui avait conseillé de faire à Paris
la veille des Barricades. En tout cas, et quelle
que fût sa pensée secrète, il n'eut pas plus tôt
expédié ses lettres patentes, qu'il partit de

Rouen, disant qu'il voulait donner l'exemple de la diligence, et montrer à MM. les députés le chemin de Blois.

Il s'arrêta pourtant en route : une députation du Parlement de Paris l'attendait à Vernon, et il consentit à suspendre son voyage pour entendre les discours qu'on lui avait préparés. Le président Barnabé Brisson porta la parole : il commença par remercier le Roi de son nouvel édit de paix, puis il le supplia de retourner dans sa ville capitale. La harangue du président était si bien faite, il avait parlé avec tant d'éloquence et d'érudition, que toute la cour en fut charmée. Le Roi dans sa réponse ne négligea rien pour briller à son tour ; mais tout se borna à un assaut de rhétorique : le Roi ne revint point à Paris ; seulement, pour marquer au Président combien son discours lui avait fait plaisir, il le pria de le lui donner par écrit.

De Vernon, le Roi se rendit à Mantes : il y trouva la Reine sa mère qui venait à son tour le supplier de retourner à Paris ; mais elle ne fut pas plus heureuse que Brisson. Toutefois le Roi lui fit le plus bel accueil, l'appelant sa bonne mère, et la remerciant à plusieurs reprises du soin qu'elle s'était donné pour lui

faire avoir la paix. Au sortir de cet entretien,
Catherine repartit en poste pour Paris; elle
allait chercher le duc de Guise, qu'elle voulait
à tout prix raccommoder avec le Roi.

Le samedi 30 juillet, la Reine-mère, le duc
de Guise accompagné de quatre-vingts chevaux,
le cardinal de Bourbon précédé de cinquante
archers de sa garde, vêtus de casaques de velours
cramoisi bordées de passemens d'or, l'archevêque de Lyon, et grand nombre d'autres seigneurs du parti de l'Union, partirent de Paris
et arrivèrent le lundi, non pas à Mantes, le
Roi n'y était déjà plus, mais à Chartres où il
était arrivé la veille. Cette brillante cavalcade
fit son entrée avec grand fracas : le Roi avait
chargé MM. de Nevers et de Biron d'aller hors
des murs complimenter la Reine, et lui-même
descendit de ses appartemens pour lui souhaiter
la bienvenue. Quant au duc de Guise, il l'a-
borda d'un air riant : le duc était derrière la
Reine, dans une contenance pleine de soumission, et se prosterna même pour baiser la
main du Roi, mais Henri le releva avec bonté,
lui tendit les bras et ils s'embrassèrent. C'était
l'heure du dîner; aussitôt on se mit à table, et
le Roi plaça le duc à son côté. Pendant le dîner

il lui demanda à boire, puis lui dit : « A qui
» boirons-nous? — A qui vous plaira, Sire,
» c'est à Votre Majesté d'en ordonner. — Bu-
» vons à nos bons amis les huguenots, dit le
» Roi. — C'est bien dit, Sire, répondit le duc.
» — Et à nos bons barricadeurs, reprit le Roi,
» ne les oublions pas. A quoi le duc se prit à
» sourire, mais d'un rire qui ne passoit pas le
» nœud de la gorge, mal content de l'union
» nouvelle que le Roi vouloit faire des hugue-
» nots et des barricadeurs *. »

La veille de cette entrevue, La Chapelle
Marteau, Compan, Bussy et autres membres
du comité, s'étaient rendus à Chartres, d'après
le conseil de la Reine-mère et du duc de Guise,
pour supplier encore une fois le Roi de revenir
à Paris; mais ils n'avaient pu rien obtenir. Le
duc ne voulut point risquer d'essuyer à son
tour un refus, mais il chargea Catherine de
parler pour lui. « La Reine-mère, dit l'*Estoile*,
» interpelée du duc de Guise et de ceux de son
» parti, d'interposer de rechef son crédit pour
» persuader le Roi de retourner à Paris, lui en
» fit une fort affectionnée supplication; mais

---

* L'*Estoile*, samedi 30 juillet 1588.

» le Roi lui répondit, qu'elle ne l'obtiendroit
» jamais, et la pria de ne l'en importuner da-
» vantage. Alors ayant recours aux larmes qu'elle
» avoit toujours à commandement : Comment,
» mon fils, dit-elle, que dira-t-on plus de moi,
» et quel compte pensez-vous qu'on en fasse?
» Seroit-il bien possible qu'eussiez changé tout
» d'un coup votre naturel que j'ai toujours
» connu si aisé à pardonner? — Il est vrai,
» Madame, répondit le Roi, mais que voulez-
» vous que j'y fasse? c'est ce méchant d'Épernon
» qui m'a gâté, et m'a tout changé mon naturel
» si bon *. »

Malgré l'accueil qu'il avait fait au duc de
Guise, le Roi commençait à se repentir d'avoir
conclu la paix à de si honteuses conditions, et
cherchait déjà les moyens de ne point exécuter
son traité. La présence du duc à la cour avait
réveillé tout son ressentiment, et quoiqu'il le
dissimulât avec beaucoup d'art, encore ne pou-
vait-il s'interdire de temps en temps quelques
mots piquans qui attestaient que sa colère était
mal éteinte.

Les ligueurs de leur côté se donnaient peu

---

* L'*Estoile*, samedi 30 juillet 1588.

de peine pour cacher leurs vrais sentimens.
Nonobstant l'édit de paix, le peuple de Paris
restait armé ; les soldats du duc de Guise conti-
nuaient le siége des villes qu'ils tenaient blo-
quées : et quant à celles qu'ils avaient déjà prises,
et qui, n'étant pas réservées aux catholiques
par le traité d'Union, devaient être rendues au
Roi, on ne paraissait pas disposé à en ouvrir
les portes. De ce nombre était la ville de Troyes,
dont le cardinal de Guise s'était emparé par surprise, et dont il avait fait un second Paris. Les
coffres où se gardait la recette de Champagne
avaient été ouverts par son ordre ; il s'était
saisi de l'argent du Roi et en avait donné dé-
charge aux receveurs : enfin, il avait fait nommer, comme à Paris, de nouveaux magistrats
par le peuple assemblé en la maison de ville.
« Ayant de l'argent et de l'autorité, comme
» peut avoir un roi dans son royaume, dit un
» manuscrit du temps, aussi faisoit-il de la dé-
» pense de même ; car il tenoit table ouverte à
» tous venans, que l'on faisoit boire en grandes
» coupes d'argent à la santé du duc de Guise et
» du sieur cardinal, et aucuns mêmes, les plus
» simples, buvoient à leurs prédécesseurs, morts
» de long-temps. Pendant le séjour du cardinal

» à Troyes, qui fut depuis le 10 juin jusques au
» mois de septembre suivant, chaque jour on
» permettoit de faire des feux de joie, où l'on
» brûloit l'hérésie et Théodore de Bèze en
» peinture *. L'on permettoit à tous les artisans
» de chacun état, les jours de fête, dresser des
» échafauds parmi les rues, et danses pu-
» bliques, pour tenir ce peuple en toute sorte
» d'allégresse, tellement que ces simples gens
» disoient que le bon temps étoit venu, et que
» nous rentrions au siècle d'or. »

Toutefois ce n'étaient ni ces rébellions ni
cette licence qui irritaient le plus le Roi, il s'en
consolait par des bons mots, appelant le cardinal de Guise, même en présence du duc, *son
receveur-général de Champagne* ; mais ce qu'il ne
pardonnait pas, c'était qu'on eût fait traduire,
imprimer et répandre dans le peuple une lettre
que le pape Sixte-Quint avait écrite récemment
au duc de Guise. Dans cette lettre, le Saint-Père
suppliait le duc « de veiller au salut de la reli-

---

* C'était une imitation de ce qui se passait à Paris. « Le pré-
» vôt des marchands et les échevins faisoient mettre sur un
» grand arbre la représentation d'une grande furie, qu'ils nom-
» moient Hérésie, pleine de feux artificiels, dont ensuite elle
» étoit toute brûlée, etc. » (L'*Estoile*, 23 juin 1588.)

» gion catholique, et finissait par le comparer
» à ce généreux Machabée qui combattit si vail-
» lamment pour la défense du temple et de la
» loi d'Israël. » Les ligueurs ne purent contenir
leur joie : cette lettre fut lue à tous les prônes,
et le peuple, sur la foi du pape, ne parla plus
du duc ni du cardinal, sans les saluer du nom
de Frères Machabées.

Le Roi ne fut instruit de la publication de
cette lettre que le lendemain de l'arrivée du duc
de Guise à Chartres. Aussitôt il alla trouver sa
mère et lui déclara qu'il n'entendait pas endurer
patiemment cet affront et qu'il allait révoquer
la grâce qu'il avait mal à propos accordée au
duc de Guise. En vain la Reine eut recours aux
prières et aux larmes, en vain Villeroi s'efforça
de démontrer au Roi que refuser au duc de
Guise ses lettres patentes de lieutenant, c'était
rompre le traité d'Union et se jeter dans tous
les hasards de la guerre ; pendant trois ou quatre
jours, Henri demeura dans sa résolution. Déjà
la cour était silencieuse, et l'on parlait de rup-
ture : déjà le duc de Guise se plaignait qu'on ne
lui expédiât pas ses lettres patentes et se préparait à reprendre le chemin de Paris, quand
tout à coup on lui apporta de la part du Roi

les titres qui le mettaient en possession de sa nouvelle dignité *. Henri avait brusquement changé de dessein, et à partir de ce jour, il affecta plus que jamais de combler le duc de Guise de caresses et de témoignages d'affection.

Il voulut même répandre ses faveurs sur tous les autres personnages du parti catholique. Le vieux cardinal de Bourbon reçut aussi des lettres patentes dans lesquelles le Roi le reconnoissait, non pour son héritier, mais pour son plus proche parent **, lui accordant, de plus, le droit de créer des maîtrises dans toutes les villes du royaume, privilége qui n'avait jamais appartenu qu'aux rois de France et aux reines à l'époque de leurs relevailles, quand elles avaient mis au monde un dauphin. Enfin tous les serviteurs du cardinal devaient en outre

---

* Ces lettres patentes sont datées du 4 août 1588. En voici le préambule : « Sçavoir faisons que nous, bien et duement in-
» formé de la longue expérience de notre cousin au faict de la
» guerre et en la conduite de nos armées; pour ces causes, et
» autres, à ce nous mouvant, de l'avis de la Reyne, notre très-
» honorée dame et mère, avons donné et donnons par ces pré-
» sentes, etc. » (*Mémoires de la Ligue*, tom. III, pag. 57.)

** Il s'était servi de cette expression à dessein, afin de laisser indécis le débat qui s'était élevé entre le cardinal et le roi de Navarre, son neveu, au sujet de la succession au trône de France.

jouir des mêmes exemptions d'impôt, des mêmes immunités que les officiers de la maison du Roi.

D'Espignac, l'archevêque de Lyon, obtint aussi des marques de la faveur royale : il fut nommé membre du conseil privé, et le Roi écrivit de sa propre main au Saint-Père pour solliciter en sa faveur un chapeau de cardinal.

Pendant que le traité d'Union s'exécutait avec tant de franchise et de libéralité, on procédait par tout le royaume à l'élection des députés aux Etats. Voici quelle était alors la forme usitée en pareille circonstance : les lettres du Roi qui ordonnaient l'élection, étaient adressées aux gouverneurs des provinces, et ceux-ci en envoyaient sur-le-champ copie à tous les bailliages, sénéchaussées et prévôtés de leur gouvernement. Les baillis, aussitôt ces lettres reçues, en composaient à leur tour des extraits qu'ils faisaient signifier par les huissiers du bailliage au clergé, à la noblesse, et au tiers-état, ou en d'autres termes, à tous les bénéficiers ecclésiastiques, à tous les possesseurs de fiefs, terres et seigneuries, et à tous les bourgeois des villes, bourgs, villages et paroisses situés dans l'étendue de leur ressort. Les lettres des baillis contenaient, outre les ordres du Roi, injonction à chacun de se rendre en personne ou par mandataire, au jour indiqué, en la ville principale du bailliage ou de la sénéchaussée, à l'effet d'y élire un certain nombre de députés ou représentans, qui, réunis en la salle d'audience du bailliage, devaient dresser le cahier des remontrances, et faire l'élection par scrutin des membres de la juridiction qui assisteraient à l'assemblée générale des Etats[*].

Il y avait, comme on voit, deux degrés d'élection : il fallait donc pour se rendre maître de la nomination des députés, commencer par s'assurer de celle des électeurs. Les ligueurs le pouvaient aisément : dans presque toutes les provinces, ils avaient organisé un comité qui, au moindre signal, mettait sur pied une armée d'émissaires et les répandait à la ronde dans les campagnes, dans les abbayes et dans les châteaux, pour réveiller l'ardeur des zélés, et amortir celle des politiques. Les partisans du Roi, au contraire, quoique assez nombreux, surtout dans les rangs de la noblesse et de la bourgeoisie, étaient dépourvus de tous moyens de s'entendre

---

[*] *Voyez* les Règlemens des États-Généraux. Bibliothèque du Roi. In-8°.

et de se concerter : isolés, se défiant les uns des autres, trahis par les magistrats et les officiers royaux qui auraient dû les seconder, que pouvaient-ils contre des adversaires si bien disciplinés et qui entraînaient tout à eux, à force de promesses, de menaces, et d'argent? La plupart restèrent à leur logis le jour où l'on votait; et quant à ceux qui se rendirent au bailliage, ils étaient si peu nombreux, qu'on n'eût pas de peine à les intimider. La ligue fut donc presque partout triomphante. Sur cent quatre-vingt-onze députés du tiers, il y en eut plus de cent cinquante qui portaient à leur manteau et sur leur bonnet la double croix blanche : dans la députation du clergé, composée de cent trente-quatre membres, on comptait à peine quelques royalistes; il n'y eut que la noblesse, sur laquelle il était plus difficile d'exercer de l'influence, qui envoya un nombre assez imposant de politiques modérés, mais encore n'étaient-ils point en majorité *.

---

* La députation de la noblesse était de cent quatre-vingts membres. C'était la plus nombreuse qu'on eût encore vue. Aux premiers États de Blois, en 1576, on ne comptait que soixante-douze députés de la noblesse : à l'égard des deux autres ordres, la différence était beaucoup moins forte; le clergé avait cent quatre députés, et le tiers-état cent cinquante.

Si les élections n'avaient commencé qu'un mois plus tard, peut-être le succès de la ligue n'eût-il pas été si grand. Vers les premiers jours de septembre, la tempête et le canon des Anglais dispersèrent cette grande armée navale du roi d'Espagne, dont l'approche avait inspiré aux catholiques tant d'insolence et de témérité. Ils avaient fondé sur elle de si hautes espérances, que la nouvelle de son désastre les jeta d'abord dans la consternation et le découragement. Ils craignaient même que le Roi ne profitât de l'occasion pour retirer les concessions qu'il leur avait faites. Mais Henri, depuis le 4 août, s'était voué sans retour à la dissimulation : il affecta de témoigner le plus grand chagrin du malheur de son allié le roi d'Espagne; loin de songer à en faire son profit, il redoubla d'amitié vis-à-vis du duc de Guise, et le lendemain de la Notre-Dame de septembre, il partit avec lui de Chartres, accompagné d'un grand nombre de gentilshommes; le soir il s'arrêta à Chateaudun, coucha le deuxième jour à Marché-Noir, et le troisième, sur les deux heures après-midi, arriva dans son château de Blois *.

---

* L'*Estoile* dit que le Roi arriva à Blois le 1ᵉʳ septembre; tous les autres historiens du temps disent vers les premiers

En voyant le Roi si bien disposé à leur égard,
les catholiques reprirent courage, et recommencèrent aussitôt à se plaindre et à demander
de nouvelles concessions. Quoique le conseil
ne fût pas composé de royalistes bien ardens,
il leur était suspect, et ils s'étaient promis de
le faire renouveler entièrement afin de n'y
laisser entrer que des hommes tout dévoués au
parti. Déjà, pendant qu'on était encore à Chartres, le duc de Guise avait dit au Roi qu'il ferait
bien de confier les sceaux à son ami l'archevêque
de Lyon. Henri, par transaction, avait donné
à d'Espignac l'entrée au conseil privé : mais, dès
qu'on fut à Blois, M. de Guise revint à la charge,
et le Roi se trouva dans le plus grand embarras.
S'il gardait son conseil, il était forcé de rompre
ouvertement avec la ligue; si au contraire il
prenait pour ministre d'Espignac et autres gens
de cette sorte, il allait ne plus voir que par les
yeux de ses ennemis; il se livrait à eux sans ressource et sans défense. Enfin il prit son parti,
et envoya Benoîse, secrétaire de son cabinet,

jours de septembre. Enfin Palma Cayet assure que ce fut le 11 de
ce mois; et nul doute qu'il n'ait raison, car il eût été impossible
qu'Henri III quittât Chartres avec le regret de n'avoir pas assisté,
faute de quatre ou cinq jours d'attente, à la fête de cette Bonne-
Dame, qu'il avait si souvent visitée en pèlerin.

signifier à M. de Chiverny, le chancelier, l'ordre
de se retirer dans sa terre d'Eclismont : pareil
ordre fut adressé à MM. de Villeroi, de Bellièvre,
Brulard, Pinard et de Combault. Cette disgrâce
soudaine étonna tout le monde à la cour ; quelqu'inconstant que fût le Roi, jamais on ne
l'avait vu renvoyer ses ministres aussi brusquement et sans dire pourquoi. Mais l'étonnement
fut bien plus grand encore quand on sut quels
allaient être les nouveaux membres du conseil.
Le Roi avait fait garde des sceaux, non point
d'Espignac, comme on s'y attendait, mais un
M. de Montolon, simple avocat consultant en
la cour de Parlement, homme d'une grande
probité et très-versé dans la science du droit,
mais qui n'avait aucun talent pour les affaires.
Les emplois de Villeroi et de Pinard avaient été
donnés à MM. Ruzé de Beaulieu et de Révol,
qui, depuis douze ou treize ans, n'avaient pas
mis les pieds à la cour. Il y a plus : M. de
Montolon ne connaissait pas le Roi, et la
première fois qu'il entra dans sa chambre pour
lui prêter serment, l'ayant trouvé en compagnie
avec Bellegarde et Loignac, il demanda lequel
des trois était le Roi, suppliant humblement
qu'on voulût bien l'excuser ; à quoi le Roi, se

prenant à rire, lui répondit : « Moi aussi,
» Monsieur, je ne vous connois que de répu-
» tation *. »

Quelque bizarre que fût le choix des nouveaux conseillers, Henri venait de faire preuve
d'une rare habileté. Car ces hommes avaient un
tel renom de droiture, et ce qui était plus important, ils passaient pour si bons catholiques,
que Guise et les siens, quoique mécontens d'a-
voir été déçus, n'osèrent se plaindre ouvertement. Le Roi y trouva encore cet avantage, que,
sous prétexte de mettre ses secrétaires au courant des affaires, il pût se mêler du gouvernement
de l'Etat beaucoup plus qu'il n'avait coutume
auparavant, sans trop éveiller les soupçons **.

Cependant on était au 15 septembre, jour
fixé, deux mois à l'avance, pour l'ouverture des
Etats. Le Roi avait commandé au sieur de Marle,
son maître-d'hôtel, de faire décorer magnifi-
quement la salle du château où devait se tenir
la première séance; et, en outre, il lui avait
donné l'ordre « de conduire en son cabinet cha-
« que député, à mesure qu'ils arriveraient, afin

* *Voyez* Pasquier, liv. XIII, lettre 1re.
** Depuis ce nouveau ménage, dit Pasquier (liv. XIII,
lett. 1re), lui seul ouvre les paquets qui lui sont adressés, etc.

» de les voir, ouïr et reconnoître tous en son
» particulier *. » Mais comme le nombre des
plus diligens n'était pas encore très-considé-
rable, on remit la séance d'ouverture aux premiers jours d'octobre.

Le Roi consacra le temps que lui laissait ce
retard, à préparer une procession solennelle,
par laquelle il comptait attirer sur les Etats la
grâce et la protection de Dieu. Ce fut le dimanche,
second jour d'octobre, que se fit cette grande
procession. Le clergé de Blois marchait en tête;
ensuite venaient les députés du tiers, puis ceux
de la noblesse; puis enfin les abbés, évêques,
archevêques et cardinaux : quatre chevaliers de
l'ordre du Saint-Esprit tenaient le poêle sous
lequel l'archevêque d'Aix portait le Saint-Sacrement; Sa Majesté suivait à pied, avec la Reine,
les princes et les princesses. On était parti de
l'église Saint-Sauveur, située dans la basse-cour
du château, et, après avoir fait le tour de la
ville, on vint jusques à Notre-Dame-des-Aides,
paroisse du faubourg de Vienne, de l'autre côté
du pont sur la Loire. L'archevêque de Bourges
y dit la messe, et M. de Saintes, évêque d'Evreux,
fit le sermon.

* Mathieu, liv. IV.

Le lendemain devait avoir lieu la séance d'ouverture; mais comme tous les princes du sang n'étaient pas arrivés, on différa encore, et l'on ne fit autre chose ce jour-là que désigner à chacun des trois ordres le lieu où se tiendraient leurs assemblées particulières : on plaça le clergé aux Jacobins, la noblesse au Palais, et le tiers-état en la maison de Ville. Aussitôt chaque Chambre se réunit, et nomma ses présidens et secrétaires : le clergé choisit pour président le cardinal de Guise, la noblesse, le comte de Brissac, et le tiers-état, La Chapelle-Marteau, prévôt des marchands de Paris. Ces nominations firent aussitôt connaître combien la ligue allait être puissante dans l'assemblée.

Enfin la grande séance royale fut irrévocablement fixée au dimanche 16 octobre; et en même temps le Roi fit savoir à tous les députés qu'ils devaient se préparer à cette solennité en recevant le *corpus Domini*; après avoir observé un jeûne de trois jours entiers. Lui-même en donna l'exemple et communia le dimanche matin dans l'église Saint-Sauveur; les princes et seigneurs de la cour communièrent en diverses églises de la ville, et tous les députés des trois ordres, au couvent des Jacobins, de la main du vieux cardinal de Bourbon.

Sur les deux heures de relevée la séance fut ouverte. La salle où elle se tenait est immense * : six grosses colonnes à chapiteaux *romans* surmontés d'arcs en ogive, la séparent par le milieu. Toutes les murailles avaient été recouvertes de tapisseries à personnages, rehaussées de riches galons, et les piliers étaient entourés de tapis de velours violet, semé de fleurs de lis d'or. Entre les troisième et quatrième piliers on avait dressé une sorte d'estrade élevée de trois marches, et couronnée par un grand dais; c'était sur cette estrade qu'était placé le fauteuil du Roi; à droite, celui de la Reine-mère; à gauche, celui de la Reine régnante. Tous les gentilshommes de la maison du Roi, au nombre de deux à trois cents, devaient se tenir debout sur l'estrade derrière le fauteuil du Roi.

Au bas de l'estrade et toujours sous le grand dais on voyait un siége à bras, sans dossier, couvert de velours violet, qui était destiné à M. de Guise, en sa qualité de grand-maître de

---

* *Voyez* le plan du château, lettre I.

France. Enfin, tout autour de la salle, on avait
réservé un passage défendu par de fortes barrières hautes de trois à quatre pieds, et derrière ces barrières on avait permis à quelques
bourgeois et personnes notables de la ville
de prendre place. Le légat, les ambassadeurs,
les seigneurs et dames de la cour étaient sur
des galeries supérieures cachées par des ja-
lousies.

Un huissier, placé à une fenêtre qui avait vue
dans la cour du château, appelait à haute voix
les députés suivant l'ordre qui avait été arrêté.
Ceux qui étaient présens répondaient, et aussitôt ils étaient reçus par quatre hérauts et conduits à MM. de Roddez et de Marle, maîtres des
cérémonies, qui leur désignaient la place qu'ils
devoient prendre. Les archevêques et évêques
étaient vêtus de leurs rochets et surplis; les
gentilshommes avaient la toque de velours et
la cape, et quant aux députés du tiers, ceux
de justice portaient la robe longue et le bonnet
carré, et ceux de robe-courte, le petit bonnet
et la robe de marchand.

Tous les députés étant entrés dans la salle et
assis selon leur rang et dignité, M. de Guise,
habillé d'un pourpoint de satin blanc, la cape

retroussée, et « perçant de ses yeux, dit un
» écrit du temps, toute l'épaisseur de l'asssem-
» blée, pour connoître et distinguer ses servi-
» teurs, et d'un seul élancement de sa vue les
» fortifier dans leurs espérances et leur dire
» sans parler : je vous vois, » se leva de son
siége de grand-maître, et ayant fait une révérence à toute l'assemblée, suivi des capitaines
des gardes et des gentilshommes tenant à la
main leurs haches à bec de corbin, alla chercher le Roi.

Aussitôt Sa Majesté, en grand costume et
portant son grand ordre au col, parut sur l'escalier qui descend de ses appartemens : toute
l'assemblée se leva, et chacun demeura la tête
nue.

Le Roi, s'étant assis, prit la parole et prononça
une très-longue et très-grave harangue. Il commença par adresser une prière à Dieu et au Saint-
Esprit, puis il déclara qu'il avait à cœur la res-
tauration et la réformation de son Etat, plus
encore que la conservation de sa propre vie;
qu'il s'efforcerait d'étouffer la corruption et le
désordre qui avaient pris une si violente habitude en son royaume; enfin il rendit grâce à
sa bonne mère de tous les importans services

qu'elle lui avait rendus, et qui étaient tels, qu'elle ne devait pas seulement avoir le nom de mère du Roi, mais bien de mère de l'Etat et du Royaume.

« Cette tenue des Etats, ajouta-t-il, est un
» remède pour guérir, avec les bons conseils
» des sujets et la sainte résolution du prince,
» les maladies que le long espace de temps et
» la négligente observation des ordonnances du
» royaume y ont laissé prendre pied, et pour
« raffermir la légitime autorité du souverain,
» plutôt que de l'ébranler ou de la diminuer,
» ainsi qu'aucuns mal avisés, ou pleins de mau-
» vaise volonté, le voudroient faire accroire.

» Je n'ai point de remords en ma conscience
» des brigues ou menées que j'ai faites, et je
» vous en appelle tous à témoins pour m'en
» faire rougir, comme le mériteroit quiconque
» auroit usé d'une si indigne façon que d'avoir
» voulu faire couler dans vos cahiers des articles
» plus propres à troubler cet État qu'à lui pro-
» curer ce qui lui est utile.

» Puisque j'ai cette satisfaction en moi -
» même, et qu'il ne me peut être imputé au-
» trement, gravez-le en vos esprits et discernez
» ce que je mérite d'avec ceux, si tant y en a,

» qui eussent procédé d'autre sorte; et notez
» que ce qui part de mes intentions, ne peut
» être reconnu ni attribué par qui que ce soit,
» pour me vouloir autoriser contre la raison : car
» je suis votre Roi donné de Dieu, et suis seul
» qui le puis véritablement et légitimement dire.

» Favorisez donc, je vous en prie, mes bons
» sujets, ma droite intention qui ne tend qu'à
» faire reluire de plus en plus la gloire de Dieu
» et de notre sainte religion catholique, aposto-
» lique et romaine; à extirper l'hérésie en tout
» ce royaume; y rétablir bon ordre et bonne
» règle; soulager mon pauvre peuple oppressé,
» et relever mon autorité abaissée injustement;
» ce que je désire non pour mon intérêt parti-
» culier, mais pour le bien qui vous en ré-
» dondera à tous.

» Ce que la malice du temps a enraciné de
» mal en mes provinces ne me doit être tant
» attribué (non que je m'en veuille du tout
» excuser), comme à la négligence et par aven-
» ture à aucuns autres défauts de ceux qui par
» ci-devant m'ont assisté; à quoi j'ai déjà com-
» mencé de mettre ordre ainsi que vous l'avez
» vu : mais je vous assurerai bien que j'aurai
» tellement l'œil sur ceux qui me serviront à

» l'avenir, que mon honneur en sera accru et
» mon Etat restauré au contentement de tous
»·les gens de bien, et forcera ceux qui ont mis
» leur affection en autre endroit qu'au mien,
» de reconnoître leur erreur.

  » Les témoignages sont assez notoires de quel
» zèle et bon pied j'ai toujours marché à l'extir-
» pation des hérétiques : à quoi j'exposerai plus
» que jamais ma vie, jusques à une mort cer-
» taine, s'il en est besoin, n'étant point de plus
» superbe tombeau où je puisse m'ensevelir que
» dans les ruines de l'hérésie.

  » La réunion de tous mes sujets catholiques,
» par le saint édit que j'ai depuis peu de mois
» fait, a assez témoigné que rien n'a eu plus
» de force en mon âme que de voir Dieu seul
» honoré, révéré et servi dans mon royaume.

  » Ce que j'eusse montré mieux encore, sans
» cette division qui arriva des catholiques,
» incroyable avantage au parti de l'hérésie,
» m'ayant empêché d'aller en Poitou, où je
» crois que la fortune ne m'eût non plus aban-
» donné qu'aux autres endroits dont, grâces à
» Dieu, mon Etat a tiré le fruit désiré et né-
» cessaire. »

  Ici il en vint à passer en revue tous les

maux et abus auxquels il voulait porter remède.
Il promit de faire des lois contre les juremens
et blasphêmes « qui sont si déplaisans à Dieu »,
contre la simonie, la vénalité des offices, la
multiplicité des juges, la concession des bénéfices aux laïques, et même aux femmes; puis il
recommanda « l'enrichissement des arts et des
» sciences, le règlement du commerce, le re-
» tranchement des superfluités et du luxe, et
» la taxation des marchandises qui étoient mon-
» tées à un prix excessif.

  » La juste crainte que vous auriez, ajouta-
» t-il, de tomber après ma mort sous la domi-
» nation d'un roi hérétique, s'il advenoit que
» Dieu nous fortunât tant que de ne me donner
» mâle lignée, n'est pas plus enracinée dans vos
» cœurs que dans le mien.

  » C'est pourquoi j'ai fait quasi principalement
» mon saint édit d'Union, et pour abolir cette
» damnable hérésie, lequel encore que je l'aie
» juré très-saintement et solennellement, je suis
» d'avis, pour le rendre plus stable, que nous
» en fassions une loi fondamentale du royaume,
» et qu'à ce prochain jour de mardi, en ce
» même lieu et en cette même notable assem-
» blée de tous mes Etats, nous le jurions tous, à

» ce que jamais nul n'en prétende cause d'igno-
» rance.

» Par mon saint édit d'Union, toutes autres
» ligues que sous mon autorité ne se doivent
» souffrir; ni Dieu, ni le devoir ne le permet-
» tent, car toutes ligues, associations, pratiques,
» menées, intelligences, levée d'hommes et d'ar-
» gent, tant dedans que dehors le royaume,
» sont actes de Roi, et, en toute monarchie
» bien ordonnée, c'est crime de lèse-Majesté
» sans la permission du souverain.

» Aucuns grands de mon royaume ont fait
» telles ligues et associations : mais témoignant
» ma bonté accoutumée, je veux bien mettre
» sous le pied, pour ce regard, tout le passé;
» déclarant dès à présent et pour l'avenir at-
» teints et convaincus de crime de lèse-Majesté
» ceux de mes sujets qui ne s'en départiroient
» pas, ou qui y tremperoient sans mon aveu :
» c'est en quoi je m'assure que vous ferez re-
» luire votre fidélité. »

Après ce passage, qui produisit sur l'assemblée
la plus grande impression, il termina ainsi :
« Je veux me lier par serment solennel sur les
» saints Evangiles d'observer toutes les choses
» que j'aurai arrêtées en ces Etats comme lois

» sacrées, sans me réserver à moi-même la
» licence de m'en départir à l'avenir, pour quel-
» que cause, prétexte ou occasion que ce soit.

» Que s'il semble qu'en ce faisant, je me sou-
» mette trop volontairement aux lois dont je
» suis l'auteur, et qui me dispensent elles-
» mêmes de leur empire, et que par ce moyen
« je rende la dignité royale aucunement plus
» bornée et limitée que mes prédécesseurs, c'est
» en quoi la générosité d'un bon prince se con-
» noît : ce me suffira de répondre ce que dit ce
» roi à qui on remontroit qu'il laisseroit là
» royauté moindre à ses successeurs qu'il ne
» l'avoit reçue de ses pères : je la lairrai beau-
» coup plus durable et plus assurée.

» Pour finir mon discours, après avoir usé
» de l'autorité et du commandement je viendrai
» aux exhortations et aux prières, et vous con-
» jurerai par toute la révérence que vous devez
» à Dieu de vous unir et rallier à moi pour
» combattre les désordres et la corruption de
» cet État, par votre intégrité et votre dili-
» gence, banissant toutes pensées contraires, et
» n'y apportant, à mon exemple, que le seul
» désir du salut universel.

» Si vous en usez autrement, vous serez

» comblés de malédictions, vous imprimerez
» une tache d'infamie perpétuelle à votre mé-
» moire: et moi je prendrai à témoin le ciel et la
» terre qu'il n'aura point tenu à mon soin ni à
» ma diligence que les désordres de ce royaume
» n'aient été réformés, mais que vous avez
» abandonné votre prince légitime en une si
» sainte et louable action.

» Et finalement vous ajournerai à comparoître
» au dernier jour devant le Juge des juges, là où
» les intentions et les passions se verront à dé-
» couvert, là où les masques des artifices et des
» dissimulations seront levés, pour recevoir la
» punition de votre désobéissance envers votre
» Roi, et de votre peu de générosité et loyauté
» envers son État.

» Jà, Dieu ne plaise que je le croie! mais plu-
» tôt, que vous vous y gouvernerez comme je
» me le promets de vos prud'hommie, affection
» et fidélité, et vous ferez œuvre agréable à
» Dieu et à votre Roi, vous serez bénis de tout
» le monde, et acquerrez la réputation de con-
» servateurs de votre patrie. »

Le Roi avait prononcé ce discours avec tant
de chaleur et d'un ton si ferme et si animé,
qu'aussitôt qu'il eut fini, l'assemblée, qui l'avait

écouté dans un religieux silence, fit retentir la salle de longs et bruyans applaudissemens *. Toutefois on n'était pas également satisfait sur tous les bancs. Les ligueurs ne s'étaient pas attendu que les paroles du Roi seraient si dignes et si hardies, et le duc de Guise lui-même, lorsque vint cette phrase : « aucuns » grands de mon royaume ont fait telles ligues » et associations, » changea de couleur et perdit contenance ; néanmoins il eut l'art de cacher aussitôt son mécontentement, et laissa la séance se terminer selon le cérémonial d'usage.

M. de Montolon, le garde des sceaux, prit la parole après le Roi, et fit un discours fort long, mais assez plat, dans lequel il démontra que rien n'était plus utile que les assemblées publiques, et que notamment celles des États généraux avaient toujours fait un grand bien à

---

* On peut juger par la lettre suivante de l'effet que ce discours produisit sur l'assemblée : elle fut écrite le soir même de la séance par un député et adressée à un de ses amis : « C'est la plus belle » et la plus docte harangue qui fût jamais ouïe, non pas d'un » roi, mais je dis d'un des meilleurs orateurs du monde, et il » eut telle grâce, telle gravité et douceur à la prononcer, qu'elle » tira des larmes des yeux à plusieurs, du nombre desquels je ne » me veux exempter ; car je sentis à la voix de ce prince tant » d'émotion en mon âme, qu'il fallut, malgré moi, que les » larmes en rendissent témoignage. »

la France. Ceci l'amena à faire l'histoire des États-généraux depuis le commencement de la monarchie ; puis il termina en s'adressant à la noblesse, et « lui remontra l'horreur des duels » et défis dont les gentilshommes usoient ordi-» nairement, et la mauvaise pratique d'aucuns » qui tenoient des bénéfices en commande *. » Enfin, ayant discouru sur la chicanerie des » procès et le nombre insupportable des offi-» ciers, il proposa de fort beaux avis pour re-» médier à tous les désordres de l'État **. »

Après M. de Montolon, M. l'archevêque de Bourges parla au nom du clergé. C'était un savant personnage, mais l'un des plus grands pédans de France. Il commença par dire au Roi qu'il avait la faconde d'Ulysse et la prudence de Nestor ; il le compara à Hercule et à Thésée, « ces » enfans du ciel, qui avoient si vertueusement » chassé et défait les monstres, géans, et autres » ennemis de Dieu et du genre humain. » En-

---

* Il y avait alors un grand nombre de bénéfices qui étaient desservis par *commission*. Le titulaire était un laïque, un enfant, ou même une femme , et moyennant une part dans le revenu, un ecclésiastique remplissait la charge : ces mandataires étaient nommés *Custodinos*.

** Palma Cayet, édit. Petitot, tom Ier, p. 438.

suite il parla de Moïse, de Josué, de Nabucho-
donosor, de Cyrus, d'Artaxerce, et d'une foule
d'autres princes juifs, idolâtres ou chrétiens,
qui tous, selon lui, avaient mis leur première
gloire à écouter les plaintes de leurs sujets. Enfin il s'écria en finissant : « *Vive Rex in sempi-*
» *ternum* : vivez çà bas les ans de Nestor, voire
» ceux d'Arganthonius, roi de Gadar, qui vécut
» neuf vingts ans ; vivez par représentation et
» suite de longue lignée ; vivez encore par nom
» et gloire vertueuse qui ne mourra jamais ; en-
» fin, vivez là-haut au ciel, non comme Roi
» terrien, mais comme participant et cohéritier
» du royaume de Dieu, auquel il appelle ceux
» qui ont bien régi ses peuples ici-bas. »

Quand M. de Bourges eut terminé sa harangue, M. le baron de Senecey parla encore fort
longuement pour la Chambre de la noblesse, et
La Chapelle-Marteau au nom du tiers-état, si
bien qu'il était assez tard quand la séance fut
levée.

Cependant le Roi avait envoyé sur-le-champ
son discours à son imprimeur, Frédéric Morel,
afin qu'il le fît distribuer au plus tôt par tout
le royaume. Mais dans ce même moment, M. le
duc de Guise venait de se rendre chez le car-

dinal de Bourbon, que la fièvre avait empêché
d'assister à la séance, et après lui avoir rapporté
les paroles du Roi, il lui faisait entendre combien il importait à leur honneur qu'elles ne
fussent pas publiées. Le cardinal de Guise et
d'Espignac, présens à cette conférence, offrirent
d'aller demander au Roi de leur faire le sacrifice de sa harangue, et par mesure de précaution, le duc envoya quelques officiers chez l'imprimeur, pour lui faire défense de laisser sortir
de sa boutique un seul exemplaire du discours.

Le cardinal de Guise et d'Espignac se rendirent donc chez le Roi, et lui représentèrent
que mieux valait pour lui perdre ce peu de
paroles, quoique ingénieusement tissues, que
l'affection de ses sujets. On ne pouvait faire à
Henri un plus sanglant outrage : il répondit
cependant, en affectant beaucoup de modéra-
tion, que quant à son discours entier, jamais
il ne le supprimerait. Alors, d'Espignac ayant
proposé de retrancher seulement les passages
qui avaient semblé les plus offensans, et la
Reine-mère qui survint dans ce moment, ayant
joint ses prières aux menaces du cardinal, le
Roi céda et donna ordre de faire rompre et
déchirer tout ce qui avait été imprimé, afin

qu'on ôtât du discours ces mots : « aucuns
» grands de mon royaume ont fait telles ligues »,
et quelques autres encore.*.

Le mardi 18, ainsi que le Roi l'avait proposé
dans sa harangue, toute l'assemblée se trouva
réunie en la grand'salle du château, dans le
même ordre et avec la même pompe que le
dimanche, pour jurer d'observer l'édit d'Union
comme loi fondamentale du royaume. L'archevêque de Bourges fit encore un discours; il
choisit pour texte l'excellence et la sainteté
du serment, et dit en finissant à l'assemblée :
que ceux qui prenaient en vain et à faux le
nom de Dieu se rendaient dignes de mort dans
cette vie, et de l'éternité des peines dans l'autre,

---

* Voici comment l'*Estoile* raconte ce fait : « Le cardinal fit
» grande plainte à Sa Majesté de sa harangue. Le Roi fut si
» retenu, qu'il souffrit d'être tancé et comme menacé de lui,
» et lui permit de la corriger et imprimer, suivant les termes
» de la rétractation qu'on fit faire à ce pauvre prince; et fut le
» cardinal si éhonté de dire à son frère qu'il ne faisoit jamais les
» choses qu'à demi, et que s'il l'avoit voülu croire, on n'eût été
» en la peine où l'on étoit. Lesquelles paroles, rapportées au
» Roi, n'amendèrent pas le marché des *Lorrains*; et il fut noté
» que, pendant cette rétractation, il survint une obscurité si
» grande par un orage, qu'il fallut allumer de la chandelle pour
» lire et écrire; ce qui fit dire que c'étoit le testament du Roi et
» de la France qu'on écrivoit, et qu'on avoit allumé la chandelle
» pour lui voir jeter le dernier soupir. »

comme il était arrivé à Ananie et à Saphire. Après quoi le Roi parla à son tour, et pour donner l'exemple aux assistans, jura, foi de Roi, d'observer son édit d'Union : ensuite il reçut le serment, d'abord des ecclésiastiques, en leur faisant porter la main sur la poitrine, puis des autres, en la leur faisant lever. Enfin, toute l'assemblée en masse se rendit à l'église Saint-Sauveur où le *Te Deum laudamus* fut chanté pontificalement.

Au sortir de l'église, le Roi rencontrant La Chapelle-Marteau, lui dit avec bienveillance, « que l'offense des Parisiens étoit grande, mais » qu'il l'oublioit pour le bien commun des » catholiques de France : qu'il lui commandoit » de tenir cette parole pour assurée, et comme » de la bouche de son Roi; mais de prendre » garde que Paris ne se laissât aller à une re- » chute, qui seroit mortelle et irréparable *. »

La cérémonie terminée, les trois ordres se retirèrent dans leurs Chambres séparées, et commencèrent leurs travaux. Les premières séances se passèrent dans le tumulte et la confusion : c'était à qui mettrait en avant les pro-

---

* Mathieu, liv. IV.

E

positions les plus hardies et les plus inaccou-
tumées, à qui exciterait dans les Chambres le
plus de trouble et d'agitation : on en pourra
juger par la lettre suivante, qu'Etienne Pasquier, témoin oculaire, écrivait au président
de Harlay, un mois après la séance d'ouverture.
« Je ne vis jamais tel désordre, comme est celui
» qu'on apporte pour donner ordre aux affaires
» de France. La première proposition que l'on
» a mise sur le bureau, en la Chambre du tiers,
» a été : si on procéderoit par *résolution* ou par
» *supplication*, c'est-à-dire, s'il faudroit que le
» Roi passât bon gré mal gré par tout ce qui
» seroit par eux arrêté, ou bien que l'on usât
» d'humbles remontrances envers lui, pour en
» arrêter puis après, s'il le trouvoit bon, ainsi
» que d'ancienneté on l'avoit toujours observé *.
» Il s'y est trouvé du pour et du contre ; enfin,
» la plus grande partie, non pour honneur

---

* « A quoi servira cette assemblée, disoient ceux de la ligue,
» si les remèdes pour restaurer la France que nous présentons
» en nos cahiers ne sont publiés ainsi que nous le résoudrons,
» sans y rien changer ? Cette présente assemblée sera-t-elle in-
» fructueuse, aussi bien que celle de 1576 ?.... Ne sont-ce pas
» les États qui ont donné aux Rois l'autorité et le pouvoir qu'ils
» ont ? Pourquoi donc faut-il que ce que nous adviserons et arrê-
» terons en cette assemblée soit contrerollé par le conseil du

» qu'elle portât au Roi, mais par honte, a été
» d'avis qu'il ne falloit rien mouvoir en cet
» endroit. Ce premier pas étant ouvert avec
» telle liberté, vous pouvez juger quelle est la
» suite. En tout ce qui se présente contre le
» Roi, le chemin est aplani et sans épines. Au
» contraire, s'il y a quelque chose contre l'ordre
» de nos députés, ce leur sont chiffres qu'ils
» n'entendent point. Je commence par les ecclé-
» siastiques : l'une de leurs plus grandes pro-
» positions est pour l'admission du concile de
» Trente....Or, ce point ne peut être digéré par
» plusieurs, qui n'osent toutefois dire à cœur
» ouvert ce qu'ils en pensent; car le cardinal
» de Guise et l'archevêque de Lyon considèrent
» non seulement les paroles, mais les visages et
» contenances de ceux qui semblent ne pas ap-
» procher de ce qu'ils désirent être fait. Il n'y
» a que M. d'Espesse, qui, en qualité d'avocat
» du Roi, a soutenu vertueusement nos droits :

» Roi ? Le parlement d'Angleterre, les États de Suède, de Po-
» logne étant assemblés, ce qu'ils accordent et arrêtent, leurs
» Rois sont forcés de le faire observer sans y rien changer.
» Pourquoi les François n'auront-ils pareil privilége ?.... Et s'il
» faut que nos cahiers passent au conseil privé du Roi, il y de-
» vroit donc au moins assister un nombre de députés de chacun
» ordre. » (Palma Cayet, édit. Petitot, tom. 1er, p. 454.)

» auquel a été répondu par M. de Lyon, non
» par raison, mais invectives, telles que la li-
» cence de cette assemblée permet. Et en con-
» séquence de ceci, on ne fait point de doute
» d'ôter au Roi, non seulement les nomina-
» tions des évêchés, abbayes et autres bénéfices,
» mais plusieurs droits, qui, de toute ancienneté
» sont annexés à sa couronne. Voilà en somme
» comme on le manie. Mais quand il est ques-
» tion de traiter entre ces messieurs des choses
» qui les concernent dans le concile, alors ils y
» trouvent bien à redire. Je vous prendrai cet
» exemple : le concile veut que chaque bénéfi-
» cier ait à se contenter d'un seul bénéfice. Or,
» ce décret, quoique très-saint, ne peut être
» par eux digéré ; et y apportent cette distinc-
» tion : bon pour l'avenir, disent-ils, à mesure
» que les bénéficiers mourront, mais quant à
» ceux qui en sont pour le jourd'hui pourvus,
» qu'ils jouissent de leur bonne fortune.

» Bonnes gens, dis-je à part moi, car je ne
» l'ose dire tout haut, si vous êtes sujets du
» Saint-Siége, si vous voulez sans réserve exé-
» cuter le concile en ce qui concerne les droits
» du Roi, pourquoi ne pratiquez-vous le sem-
» blable en votre fait?

» Je vous laisse à part, qu'en une harangue
» faite l'un de ces derniers jours en la Chambre
» du clergé, il est advenu à celui qui portoit la
» parole, de dire, en parlant de la journée des
» Barricades : *Heureuse et sainte journée des*
» *Tabernacles, tu seras d'éternelle mémoire,*
» *comme la délivrance du Capitole à Rome, et*
» *de la ville de Béthulie hors des mains d'Ho-*
» *lopherne!* Ce qui n'étoit point braver le Roi
» à petit semblant, et dont il a été averti. Le
» semblable se trouve presqu'en la noblesse ;
» je vous dis presque, car à la vérité, elle y
» apporte quelque peu plus de sobriété et
» modestie. »

Ce n'était pas seulement l'admission du concile de Trente qu'on voulait arracher au Roi,
on exigeait encore de lui, et peut-être avec plus
d'acharnement, qu'il rendît un édit pour déclarer le Roi de Navarre incapable de succéder
à la couronne. Les trois Chambres, après s'être
entendues sur ce point, envoyèrent chacune
douze députés, chargés de lui faire entendre
leur résolution, et de le prier d'annoncer publiquement que son beau-frère « étoit indigne
» de toutes successions, couronnes, royautés
» et gouvernemens. »

« Messieurs, leur répondit le Roi, trouvez
» bon, je vous prie, que je somme le roi de
» Navarre, pour une dernière fois, de se réunir
» à l'Eglise catholique. Vous savez qu'il vient
» de faire à La Rochelle une protestation solen-
» nelle contre tout ce qui se passe ici : il pré-
» tend que cette assemblée des États est incom-
» plète, parce que les provinces qu'il occupe
» n'ont point été appelées à y envoyer des dé-
» putés : il réclame en même temps un concile
» national qui lui prouve son erreur, et par le-
» quel il puisse se faire instruire. Voyez, mes-
» sieurs, examinez si ces demandes ne vous
» semblent pas justes. » Les députés se retirèrent ; mais la Chambre du clergé, sans respect
pour les avis du Roi, décida sur-le-champ :
« qu'il était inutile de faire une nouvelle som-
mation au Roi de Navarre ; qu'après avoir été
suffisamment instruit par le cardinal de Bourbon, son oncle, il n'avait pas laissé de retomber
dans ses vieilles erreurs ; qu'en conséquence, il
était bien et duement hérétique, opiniâtre et
relaps, et que comme tel, il fallait le déclarer
déchu du trône. » Les deux autres Chambres
ayant opiné dans le même sens, les trente-six
députés retournèrent dire au Roi ce qui avait

été arrêté, et le Roi leur répondit : « Je ne dé-
» cide rien, mais je verrai à me résoudre pour
» satisfaire à vos raisons. »

Durant ces pourparlers, il arriva un événe-
ment qui contribua encore à jeter du désordre
dans l'assemblée, et de l'aigreur dans les esprits.
Le duc de Savoie, de concert avec le Pape, s'em-
para de l'unique possession que la France eût
conservée en Italie, le marquisat de Saluces, sous
prétexte que, s'il ne l'eût pas pris, Lesdiguières,
chef des huguenots en Dauphiné, allait le
prendre. « Pendant que par vains discours, dit
» encore Pasquier, nous nous amusons à re-
» dresser ce royaume sur un tapis vert, lui (le
» duc de Savoie), cousin-germain du Roi, auquel
» il a tant d'obligation *, violant tout droit hu-
» main, sans lui déclarer la guerre, a mis la
» main sur le marquisat. Dans la Chambre de
» la noblesse, quelques braves gentilshommes
» ont dit aussitôt, qu'il falloit laisser la ville de
» Blois, où nous alambiquions nos cerveaux, et

---

* Henri III, revenant de Pologne en 1574, s'arrêta à Turin,
et fut très-bien reçu par sa tante, la duchesse de Savoie : il
prit même tant de plaisir aux repas et aux fêtes qu'elle lui
donna, qu'en s'en allant, pour lui laisser un gage de sa satisfaction, il céda d'un trait de plume à la Savoie trois places fortes,
Pignerol, Savillan et La Pérouse : ce fut le début de son règne.

» marcher droit en Savoie; qu'il n'y avoit moyen
» meilleur de nous réconcilier tous ensemble;
» que ce seroit notre Carthage : opinion, certes,
» d'un cœur généreux et françois, toutefois qui
» a été vaincue et supplantée par les autres. »
En effet, le clergé et le tiers-état vinrent à la
traverse, déclarant que la seule guerre qui in-
téressât vraiment l'honneur et le salut commun,
c'était la guerre contre les hugenots. « Il faut
» premièrement pourvoir aux entrailles du
» royaume, disoient-ils, quand nous aurons
» extirpé l'hérésie, nous chasserons bien les
» étrangers. » En même temps, ils répandaient
adroitement le bruit que cette invasion n'était
qu'un jeu concerté entre le Roi et le duc de
Savoie pour avoir un prétexte de ne point
faire la guerre aux huguenots et de dissoudre
les États et l'Union.

Les amis du Roi, de leur côté, disaient que
jamais le duc de Savoie n'aurait eu la hardiesse
de faire une telle entreprise, s'il n'eût été d'intelligence avec le duc de Guise et sûr de sa
protection. Guise sentit aussitôt que ces impu-
tations allaient le rendre odieux dans la Chambre de la noblesse, et, en homme habile, il
changea brusquement ses plans et sa conduite.

Les États, à son instigation, vinrent supplier Sa Majesté de déclarer la guerre au duc de Savoie; et lui-même dit au Roi que, ne pouvant, à son grand regret, conduire cette guerre en personne, il le priait d'en charger le duc de Mayenne, son frère, qui venait de se rendre à Lyon pour combattre les huguenots du Dauphiné.

Toutefois le duc avertissait sous-main ses amis des États que cette guerre ne se ferait qu'en idée, et qu'on n'agirait réellement que contre le Roi de Navarre. Il y a plus : il faisait dire au duc de Savoie lui-même de ne pas s'épouvanter; qu'on ne lui déclarait la guerre que pour la forme, et qu'il empêcherait bien qu'un seul soldat français mît le pied de l'autre côté des Alpes.

Ces intrigues ne purent être conduites si secrètement que le Roi n'en apprît quelque chose : ce fut un nouvel aliment à la haine qu'il nourrissait contre le duc, et même il est probable que, dans les premiers momens de sa colère, il laissa échapper quelques paroles qui trahissaient ce qu'il avait dans l'âme, car ce fut à cette époque que l'on commença dans le public à lui supposer le projet de se venger prochainement. Le bruit courut que l'issue des

États devait être sanglante. Dans les marchés, dans les foires, les charlatans en faisaient la prédiction au peuple; et les députés qui arrivaient des derniers, annonçaient que dans leurs provinces l'inquiétude était générale.

Ce qui rendait ces craintes mal fondées en apparence, c'était le peu de courage et de résolution que le Roi avait montré le jour des Barricades et en d'autres occasions semblables : toutefois il fallait convenir que jamais, jusque-là, il n'avait rencontré de si grandes facilités pour accomplir sans danger les desseins qu'on lui supposait. Les habitans de Blois, comme nous l'avons déjà dit, étaient mal disposés pour la ligue : vainement, depuis l'ouverture des États, les plus zélés d'entre les députés, et notamment ceux de Paris, avaient travaillé le menu peuple *à la mode parisienne*, et organisé à force de doublons, une petite troupe dévouée, composée de bourgeois, de vignerons et d'autres gens de la campagne, que l'hiver rigoureux avait chassés des champs : vainement ils étaient encore soutenus par tous les moines de la ville et des faubourgs, principalement par une compagnie de Pères de Jésus, nouvellement établie dans le voisinage du château : mal-

gré tous ces renforts, il leur était impossible
de compter sur la ville, et tel était l'attache-
ment de la plus grande partie des habitans
pour les vieilles maximes royalistes, que, si le
Roi venait à prendre envie de faire un coup
d'État, il était certain que, loin d'y mettre obstacle, ils lui prêteraient plutôt secours.

Ce qui causait les plus vives alarmes aux
ligueurs, c'était de voir le duc de Guise logé
dans le château, au milieu des gens et des
soldats du Roi, et séparé de la plupart de ses
amis qui étaient répandus çà et là par la ville,
dans les hôtelleries. On lui avait bien conseillé
de se défier du voisinage du Roi, de ne pas
oublier que les comtes de Blois avaient pour
armoiries un *porc - épic*, et qu'on lisait sur
toutes les murailles du château cette devise:
Qui s'y frotte s'y pique; que par prudence il
devait se loger en ville; le duc de son côté
avait bien manifesté l'intention de profiter de
ces avertissemens, mais le Roi lui fit l'offre
d'un appartement avec tant de grâce et de sol-
licitations, que la bienséance ne lui permit
pas de refuser. Toutefois, en s'établissant dans
le château, il sut prendre habilement ses me-
sures pour ne pas y être tout-à-fait isolé des

siens : grâce à sa qualité de grand-maître et de
lieutenant-général, l'étiquette l'autorisait à réunir autour de sa personne un assez bon nombre
de gentilshommes et un grand équipage de
maison : mais non content de ses propres serviteurs, il demanda au Roi des appartemens
pour loger auprès de lui presque tous les
membres de sa famille, sa mère *, sa femme **,
sa sœur ***, son fils ****, son cousin le duc

* Anne d'Este, petite-fille du Roi Louis XII; veuve de François, duc de Guise, assassiné devant Orléans, et de Jacques de
Savoie, duc de Nemours, qu'elle avait épousé en secondes noces,
l'an 1566, et qui mourut l'an 1585. Ce duc de Nemours était un
habile capitaine et un loyal serviteur du Roi. Il fit tout ce qu'il
put pour détourner MM. de Guise, ses beaux-fils, de leur projets
ambitieux ; et en mourant, il recommanda à ses propres enfans
de ne prendre aucune part à la ligue.

** Catherine de Clèves, veuve d'Antoine de Croy, prince de
Porcien, mariée en secondes noces, l'an 1570, à Henri, duc de
Guise.

*** La duchesse de Montpensier.

**** Charles, prince de Joinville, âgé alors de 17 ans. Il avait
l'esprit très-léger, et ne ressemblait à son père ni par ses fa-
cultés ni par sa figure. Guise avait le nez long et aquilin; le
prince de Joinville, au contraire, était extrêmement camard,
ainsi que l'attestent les vers suivans qui furent composés pendant le siége de Paris, lorsque la ligue voulut reconnaître ce jeune
prince pour Roi :

> La ligue se trouvant camuse,
> Et les ligueurs bien étonnés

d'Elbœuf, et enfin le vieux cardinal de Bourbon *.

Chacun de ces personnages avait à sa suite
des laquais et des officiers qui grossirent d'autant le cortége du duc de Guise. A la vérité le
Roi, de son côté, ne négligea pas de s'entourer
d'une suite très-nombreuse; aussi jamais on
n'avait vu pareille affluence dans ce grand
château; c'était une confusion, un désordre,
un bruit, jusque-là sans exemple dans la pai-
sible cité de Blois.

Les pages et les valets des deux partis se
trouvant presque continuellement en présence,
et ne pouvant en quelque sorte se rencontrer
dans les avenues et dans les galeries sans se

> Se sont avisé d'une ruse,
> C'est de se faire un roi sans nez.

RÉPONSE.

> Le petit Guisard fait la nique
> A tous vos quatrains et sonnets;
> Car étant camus et punais,
> Il ne sent point quand on le pique.

* C'est ce vieux cardinal que la ligue salua peu de temps après
du nom de Charles X. Il unissait à tel point l'absence de cœur
au manque d'intelligence, qu'il était l'humble complaisant du
duc de Guise, le plus mortel ennemi de sa maison.

heurter en passant, avaient à tout moment des querelles, qui parfois menaçaient de devenir sanglantes. D'un côté se rangeaient les serviteurs de M. de Guise et de tous les princes lorrains, de l'autre, ceux du Roi et des princes de Bourbon, tels que le prince de Conti, le comte de Soissons, le cardinal de Vendôme et même le cardinal de Bourbon, car ses gens comprenaient mieux que lui l'honneur et les intérêts de sa maison.

Dans la chaleur de la dispute on ne gardait de part et d'autre aucun ménagement : les Valois reprochaient tout haut aux Guisards d'être les valets d'un ambitieux et d'un félon, et les Guisards répondaient avec la même franchise aux Valois, qu'on connaissait les projets de perfidie et de trahison que méditait leur maître. Le Roi, qui prêtait parfois l'oreille à ces querelles, ne tarda pas à être instruit des intentions qu'on lui prêtait, et afin d'ôter au duc de Guise tout motif de soupçon, il redoubla de prévenances et de caresses à son égard; voulant même lui donner une preuve solennelle de la sincérité de sa réconciliation, le 4 décembre, jour de sainte Barbe, il communia publiquement avec lui, et jura après la messe, sur le Saint-Sacrement, de maintenir et respecter son édit d'Union.

Cette conduite du Roi rendit au duc de Guise une telle confiance, que ses paroles et ses actions devinrent encore plus fières et plus audacieuses que de coutume. Il ne se contenta plus de recevoir chaque jour, à son lever, presque tous les députés et de leur dicter d'avance ce qu'ils devaient faire et dire chacun dans leurs Chambres, il alla jusqu'à chercher à se faire des partisans et des créatures même parmi les plus fidèles serviteurs du Roi. Le maréchal d'Aumont venait d'arriver à la cour. C'était un homme qui joignait à une naissance illustre une probité et une valeur à toute épreuve. Comme il était allié du duc d'Elbœuf, Guise espéra pouvoir le gagner. Après l'avoir fait sonder par des amis communs, il l'entretint un jour en secret, et lui promit, s'il voulait le seconder, de lui assurer le gouvernement de Normandie et d'autres avantages considérables. D'Aumont, cachant son indignation, fit semblant d'être indécis, et demanda du temps pour réfléchir. Alors le duc de Guise, se dépouillant le bras jusqu'au coude et tirant un poignard : « Maréchal, lui dit-il, me

» voilà prêt à m'ouvrir la veine et à signer de
» mon sang les promesses que je vous fais. »

D'Aumont rendit compte au Roi de cet entretien, et lui conseilla de chercher quelque
remède contre les intrigues et l'ambition de
M. de Guise. Henri n'avait pas besoin de cet
avertissement pour être en proie aux plus
vives alarmes. Malgré son apparente tranquillité, il était agité et inquiet; ceux qui entou-
raient sa personne s'apercevaient qu'il ne
dormait presque point et qu'il passait les
nuits à s'entretenir tout haut de ses pensées et
à faire des discours inintelligibles. Madame
de Guise étant partie du château le 15 décembre
pour aller faire ses couches à Paris, et sa
belle-sœur madame de Montpensier s'étant
mise en route deux jours après pour la rejoindre, le Roi s'était imaginé qu'elles alloient
tramer quelque complot, et ses craintes avaient
redoublé. Enfin, comme pour l'aigrir davantage
et le confirmer dans ses soupçons, il arriva, sur
ces entrefaites, que les États demandèrent à
grands cris la suppression des tailles qui
avaient été nouvellement imposées pour sub-
venir aux frais des nouvelles guerres; et le
duc de Guise, qui ne laissait échapper aucune

occasion de se rendre populaire, et d'arracher au Roi des concessions, appuya hautement la demande des États.

C'est à ce moment que commence l'action des scènes qu'on va lire. Le duc de Guise et le président du tiers-état sont dans le cabinet du Roi, pour le prier de faire droit à leur requête, et pendant ce temps, un certain nombre de députés, de moines et d'hommes du peuple ameutés par les zélés, attendent, sous les fenêtres du château, la décision de Sa Majesté.

EXPLICATION DES SIGNES.

A. Les grandes oubliettes.

B. Cabinet sombre derrière l'oratoire du Roi.

C. L'oratoire du Roi. (Celui de la Reine-mère est à la même place, un étage en dessous.)

D. La chambre du Roi. (Celle de la Reine-mère est également à la même place, un étage en dessous.)

a. Prie-dieu du Roi.

b. Le lit du Roi.

c. Porte du petit escalier dérobé qui descend aux appartemens de la Reine-mère et à la galerie des Cerfs.

E. Cabinet neuf du Roi.

F. Cabinet vieux du Roi.

G. Vestibule, servant de salle à manger et de salle du conseil.

H. Galerie des Cerfs.

I. Grand'salle des États.

L. Passage conduisant de la maison du concierge au château.

M. Maison du concierge.

a. Banc de pierre contre la muraille.

N. La chambre à coucher du duc de Guise.

O. Le cabinet du duc de Guise.

P. Le porche de l'église Saint-Sauveur.

Q. Le pont-levis.

R. La grand'porte du château. (Au-dessus de cette porte on voit une statue équestre du Roi Louis XII qui naquit à Blois, et qui fit construire cette partie du château.)

S. La poterne.

T. Le porche aux Bretons.

U. L'escalier de la salle des États.

V. L'escalier des appartemens de monsieur de Guise et de madame de Nemours.

X. Le grand escalier.

Y. La cour du château.

Z. La basse-cour, ou avant-cour.

ZZ. La rampe du midi.

—————

La chambre à coucher, l'oratoire, les deux cabinets du Roi, et la salle du conseil privé (C, D, E, F, G) sont au deuxième étage. — La galerie des Cerfs, la grand'salle des États et la maison du concierge (H, I, L, M) sont au rez-de-chaussée. — La chambre à coucher et le cabinet du duc de Guise (N, O) sont au premier étage.

La façade de l'est, qui donne sur la basse-cour, a été bâtie par Louis XII, celle du nord par François Ier; quant à celle du midi, elle date de plus loin : les comtes de Blois la firent construire dans le onzième siècle.

Le château est placé au sommet d'une petite colline, à l'extrémité ouest de la ville; du côté du levant, sur une autre petite colline très-rapprochée, s'élève la cathédrale. Au nord du château, vis-à-vis la façade de François Ier, on voit le couvent des Jésuites.

Les maisons de la ville sont groupées sur le penchant des deux collines : du côté du midi, la Loire coule au pied des remparts.

PERSONNAGES.

HENRI III, roi de France.

CATHERINE DE MÉDICIS, sa mère.

LOUISE DE VAUDEMONT, sa femme.

Le cardinal DE BOURBON.

Le cardinal MOROSINI, légat du pape.

Le cardinal DE VENDOME.

Le cardinal DE GONDY.

Le maréchal D'AUMONT.

Le maréchal DE RETZ.

NICOLAS D'ANGENNES, sieur de RAMBOUILLET, }
Le sieur DE RÉVOL, secrétaire d'état, · } conseillers.

M. DE MONTOLON, garde-des-sceaux.

Le sieur DE PETREMOL, }
Le sieur de MARILLAC, } maîtres des requêtes.

M. DE LAGUESLE, avocat-général.

DE BULLIS, aumônier du roi.

D'ORGUYN, chapelain du roi.

BELLEGARDE, gentilhomme de la chambre.

LOIGNAC, gentilhomme de la chambre, chef de la compagnie des quarante-cinq ordinaires.

ALPHONSE-CORSE D'ORNANO, colonel des gardes.

CRILLON, mestre-de-camp.

LARCHANT, capitaine des archers écossais.

DU HALDE, écuyer du roi.

SAINT-PRIX, valet de chambre du roi.

MIRON, médecin du roi.

MONTGAILLARD, premier page du roi.

RENAUDET, second page du roi.

CHATEAUNEUF, page du cardinal de Bourbon.

ZAMPINI, musicien de la reine-mère.

DUPLESSIS DE RICHELIEU, grand-prévôt de l'hôtel.

LARIOLLE, guichetier.

NAMBU, huissier du conseil.

DUGUAST, capitaine des archers de l'hôtel.

SAINTE-MALINES,

MONTSERY,

SERIAC,

SAINT-GAUDIN,

LA BASTIDE, } gentilshommes gascons, gardes ordinaires du roi.

CHALABRE,

HALFRÉNAS,

HERBELADE,

SAINT-CAPAUTEL,

GOUDARD, concierge du château.

PAGES ET VALETS DU ROI.

PAGES ET VALETS DE LA MAISON DE BOURBON.

DAMES DE LA REINE-MÈRE.

DAMES DE LA REINE LOUISE.

HENRI, duc DE GUISE.

LOUIS, cardinal DE GUISE, son frère.

Madame la duchesse DE NEMOURS, leur mère.

CHARLOTTE, comtesse de Sauves, marquise de NOIRMOU-
TIERS.

Le prince DE JOINVILLE, fils du duc de Guise.

Le duc D'ELBEUF, cousin de MM. de Guise.

D'ESPIGNAC, archevêque de Lyon.

L'archevêque DE BOURGES.

CARLOS DE MENDOZA, neveu de l'ambassadeur d'Espagne.

CHARLES DE COSSÉ, comte DE BRISSAC,

Le sieur DE MAYNEVILLE,   officiers du duc

Le capitaine SAINT-PAUL,   de Guise.

URBAIN DE LAVAL-BOIS-DAUPHIN,

PÉRICARD, secrétaire de M. de Guise.

JEANNE LENOIR, nourrice de M. de Guise.

MONTIGNY, premier page de M. de Guise.

ROBERTZ, deuxième page de M. de Guise.

PETITBOURG, troisième page de M. de Guise.

MARTINOT, palfrenier de la marquise de Noirmoutiers.

BERNARDIN, maître-d'hôtel de M. de Guise.

LA CHAPELLE-MARTEAU, prévôt des marchands de
Paris, président de la Chambre du Tiers.

CRUCÉ, vieil avocat,

COMPAN, marchand,

Le président DE NEUILLY, beau-père
  de Marteau,

DUVERGER, d'Amiens,

DUVAIR, de Troyes,

LAFOSSE, de Caen,

LOISEL, d'Angers,   députés aux États.

NANTEUIL, greffier de la Chambre du
  Tiers,

CHOPIN, d'Auxerre,

LA ROCHE, de Soissons,

PASQUIER, conseiller en la chambre
  des comptes,

Michel, sieur DE MONTAIGNE,

CORNAC, jésuite.

COUPARD, chantre de l'église Saint-Sauveur.

VIOLET,

CHALONS,   soldats.

GOSI,

VALETS DE MM. DE GUISE.

BOURGEOIS.

MANANS OU GENS DE CAMPAGNE.

GENTILSHOMMES LORRAINS, etc.

LES ÉTATS DE BLOIS.

───※───

SCÈNE I.

MERCREDI 24 DÉCEMBRE, 5 HEURES DU SOIR.

La basse-cour ou avant-cour du château. *

Dans le fond de la basse-cour, du côté du pont-levis, grande foule de peuple, bourgeois, femmes, moines, manans ou gens de campagne. La grande porte du château est fermée; la poterne est ouverte.

Quelques pages du cardinal de Bourbon et du Roi sont assis devant la maison du concierge.

Au milieu de la foule, plusieurs députés, entre autres Crucé, Compan, le président de Neuilly, vont et viennent parlant au peuple.

───

CRUCÉ, à quelques paysans qui font mine de vouloir s'en aller.

Qu'est-ce à dire, messieurs les manans? où allez-vous, s'il vous plaît?..... Pour un

───────

* Voyez le plan, lettres Z, M, R, S, Q, ZZ.

quart-d'heure d'attente, vous voilà bien ma-
lades !

UN DES MANANS.

C'est qu'il ne fait pas chaud, notre maître.

CRUCÉ.

Qui te dit qu'il fait chaud, imbécille ? t'ai-je
donné tes six deniers pour avoir chaud? Allons,
passe de ce côté : rangez-vous par-là vous autres,
et vous, mes commères, par ici. — Bien. — Ne
vous pressez donc pas tant les uns contre les
autres, vous aurez bientôt l'air de n'être pas
plus d'une douzaine. — (A part.) Sotte canaille!
Qui dirait que voilà deux mois que je les discipline? ils n'y entendront jamais rien! Jésus
Maria! où sont-ils mes braves Parisiens!......
(Haut.) Eh bien! remuez donc un peu! Êtes-vous
gelés? Par la sainte messe, je gage que vous
avez déjà oublié ce que vous venez faire ici......
Vous voyez ce château, n'est-ce pas? vous
connaissez monseigneur le duc? eh bien!
monseigneur est là-dedans, qui met une plume
entre les mains du Roi, entendez-vous?... et
qui lui dit, comme David au tyran Saül : Vous
allez décharger mon pauvre peuple de deux
millions six cent soixante mille écus d'impôts :
vous lui vendrez dorénavant le minot de sel

un écu de moins, et vous lui donnerez du vin à boire pour quatre sous. — Si le duc l'emporte, vous crierez comme nous, sinon, vous crierez encore comme nous. — Eh bien! ça n'a pas l'air de vous faire plaisir? — (A part.) Ils sont trop bêtes!

CORNAC, Père de Jésus.

Ne parlez pas si haut, monsieur Crucé; ces petits pages vous regardent; ils vont vous entendre.

CRUCÉ.

Morbleu! je ne peux venir à bout de ces maudits manans.

COMPAN.

Moi, je suis assez content de mes boutiquiers.

LE P. CORNAC.

Et mes petits moines, voyez donc quelle bonne contenance!

CRUCÉ.

Vos moines, vos boutiquiers, je n'en donne pas deux pistoles : Père Cornac, vous ne connaissez pas les Parisiens, mon ami! Jesus Maria! tous vos Blaisois ne sont qu'hérétiques déguisés et bâtards de Satan! Ah! si je les avais connus il y a seize ans, au temps de cette

chaude canicule du mois d'août, je vous les
aurais fait saigner d'importance !

LE P. CORNAC.

Mais on ne les a pas trop mal travaillés....

CRUCÉ.

Belle bagatelle ! c'était une ville à raser, avec
ses rues en escalier, et ses deux bosses de cha-
meau ! Allez, mes amis, ce Lucifer de Valois a
bien su ce qu'il faisait en nous amenant ici : il
pourra, s'il veut, nous tordre la gorge, nous
écorcher, nous faire rôtir, toute cette canaille
n'en dira ni un *Pater* ni un *Ave* de plus.

COMPAN.

Heureusement nous n'y resterons pas long-
temps !

CRUCÉ.

Je l'espère bien, mort-dieu ! Mais en attendant, il commence à être tard, camarades.

NEUILLY.

Le Valois se fait bien tirer l'oreille aujour-
d'hui.

CRUCÉ.

Il n'y a qu'à entrer dans la cour, nous lui
donnerons la sérénade.

COMPAN.

Attendons encore.

MONTGAILLARD , premier page du Roi, assis devant la maison de Goudard, le concierge.

Holà! Goudard! depuis quand donc la mode de laisser entrer ici ce troupeau de bourgeois et de manans?

GOUDARD.

Que voulez-vous, jeune homme, ces pauvres diables viennent savoir l'issue du conseil.

MONTGAILLARD.

Qu'ils restent dans leurs tanières, ils l'apprendront demain.

CHATEAUNEUF , premier page du cardinal de Bourbon.

Quel est donc le bélitre qui fait la garde au pont-levis? a-t-il perdu la cervelle de baisser ses chaînes devant pareille canaille?

MONTGAILLARD.

Voyez comme ils nous arrangent notre neige! nous en avions là de quoi bombarder les Guisards pendant quinze jours, et voilà que ce n'est plus que fumier.

CHATEAUNEUF.

Morbleu! Goudard! chasse-nous ces coquins-là!

GOUDARD.

Messieurs! messieurs! la paix!

CHATEAUNEUF.

Tu ne veux pas mordre tes amis, maudit chien de Lorraine!

GOUDARD.

Comment, messieurs, je suis royaliste, moi... vous le savez bien.

CHATEAUNEUF.

Chasse-les donc.

GOUDARD.

Chut!.... Ils ont permission de monsieur de Guise.

MONTGAILLARD.

Eh bien! monsieur de Guise est-il le maître ici?

GOUDARD.

Non, messieurs, sans doute.... Mais que voulez-vous, jeune homme, il n'y a que lui qui commande.

MONTGAILLARD.

C'est ce que nous allons voir. (Aux pages.) Allons, camarades, balayons la place à coups de houssine.

GOUDARD, s'élançant au-devant d'eux.

Non pas, non pas, pour Dieu! Vous allez encore nous livrer des batailles, comme le mois passé.... Eh! morbleu! n'avez-vous pas là

des cartes, des dés et ce petit vin mousseux :
regardez donc comme il est rose.

CHATEAUNEUF.

Allons, soit, trève aux manans. — Mais
donne-nous tes fleurets, Goudard.

MONTGAILLARD.

Oui, des fleurets, il faut s'échauffer.

(L'horloge du château sonne quatre heures.)

CRUCÉ, au P. Cornac.

Que diable fait donc le Valois? faut-il tout
ce temps-là pour donner une méchante signa-
ture?

COMPAN.

Il ne se ferait pas tant prier s'il s'agissait
de nous charger les épaules de quelque taille
nouvelle.

NEUILLY.

Ou bien de faire banqueroute aux pauvres
rentiers catholiques.

COMPAN.

Ou d'envoyer des confitures au d'Épernon.

UN BOURGEOIS, bas à son voisin.

Entends-tu commme il parle du Roi, ce
monsieur le député?

LE VOISIN.

Quand je te dis que c'est permis.

CRUCÉ.

Par saint Sauveur! si ce damné d'hypocrite ne signe pas, plus de séances, mes amis; il faut s'en retourner chacun chez soi : nous tiendrons les États rue de l'Université.

COMPAN.

Silence! La grande porte s'ouvre; voilà l'ami Marteau et les quatre hérauts.

LE P. CORNAC.

Nous avons notre affaire.

(Entrent Marteau et quelques députés qui étaient avec lui au conseil.)

CRUCÉ, au peuple.

Paix là! vous autres; écoutez monsieur le président.

MARTEAU, à haute voix.

Mes amis, le Roi révoque les commissions accordées pour la levée de nouvelles tailles : vous voilà déchargés de deux millions six cent soixante mille écus.

LES BOURGEOIS ET LES MANANS.

Vive le Roi!

CRUCÉ.

Sont-ils bêtes!... Croyez-vous, bonnement, que c'est le Roi qui vous fait ce cadeau-là? Il en pleure de rage, imbécilles! Allons donc, vive monseigneur de Guise!

LES BOURGEOIS, LES MANANS, LES MOINES.

Vive monseigneur de Guise! Vive Guise! Guise! Guise!

COMPAN, bas à Crucé.

C'est assez ronflant, n'est-ce pas?

CRUCÉ.

Oui, les hommes ne vont pas mal; mais ces femmes-là n'ont pas de voix; ça fait pitié!

UN BOURGEOIS, à Compan.

N'est-ce pas monsieur le duc qui passe dans la galerie?

COMPAN.

Oui, mes amis; regardez bien, voici monsieur Le Grand!

UN SECOND BOURGEOIS.

C'est un gaillard, celui-là.

UN TROISIÈME BOURGEOIS.

Il nous salue! Vive monseigneur de Guise!

TOUT LE PEUPLE.

Vive monseigneur de Guise!

UN MOINE.

La belle figure, sainte bénédiction!

NEUILLY.

Figure de Roi, n'est-ce pas?

CRUCÉ.

Jour de Dieu! s'il était Roi, mes amis, il n'y

aurait pas de semaines qui ne vous apportât soulagement de deux nouveaux millions d'écus! Les tailles seraient bientôt réduites au pied où elles étaient sous ce bon Roi, Louis douzième, que vous voyez là-bas chevauchant sur cette porte.

LES MANANS.

Vive monseigneur de Guise!

MARTEAU, bas à Crucé, Compan et Neuilly.

Voilà qui vaut pour nous une bataille ran-gée : jusqu'ici le duc n'avait renom que de pilier de l'église et de barricadeur ; le voici, maintenant, grand intendant de l'épargne, c'est mieux encore, mes amis.

UN BOURGEOIS.

Monsieur le duc ouvre ses vitraux, nous allons le voir à notre aise.

(Le duc, à la fenêtre, salue le peuple à plusieurs reprises. Il est accom-pagné du cardinal son frère, de d'Espignac, de Brissac et d'autres officiers.)

QUELQUES MOINES.

Le concile de Trente!

QUELQUES BOURGEOIS.

Le concile!... le concile!

D'AUTRES BOURGEOIS.

L'édit contre le Béarnais!

(Le duc s'avance hors de la fenêtre comme pour prêter l'oreille.)

TOUT LE PEUPLE.

Le concile de Trente! L'édit!... Le concile!...
L'édit!...

GUISE, faisant signe pour être écouté.

Mes bons amis, patience : on n'a pas bâti
votre cathédrale en un jour. Vos vœux sont les
miens : avec le temps nous amènerons Sa Majesté à nous satisfaire. Comptez sur moi.

UN MOINE, se plaçant sous la fenêtre où est le duc.

Il ne faut plus tant lanterner : descendez,
monseigneur, nous vous mènerons à Reims.

GUISE, se retournant vers d'Espignac et son frère.

Qu'est-ce qu'il dit donc, celui-là?

LE CARDINAL.

Ce qu'il faudrait faire, mon cher Henri.

(Guise ne répond rien et salue encore une fois le peuple. Les cris continuent.)

D'ESPIGNAC, au duc.

Monseigneur n'a-t-il pas froid?

GUISE, lui donnant la main.

Non; n'aie pas peur : ces cris-là valent du soleil.

BRISSAC, bas au cardinal.

Si vous prêtiez à monseigneur l'archevêque
seulement votre chapeau, je gage que lui, non
plus, ne penserait pas au froid.

GUISE, se retournant vers sa suite.

Ah! ça, d'Espignac, nous soupons donc chez

2

toi ce soir? Messieurs, allons changer de pour-
points, pour faire honneur à son cuisinier.

D'ESPIGNAC.

Prenez-les bien amples, je vous en prie.

GUISE, à un de ses pages.

Ferme cette fenêtre.

(Il adresse plusieurs saluts au peuple : le page ferme la fenêtre.)

CRUCÉ, au peuple.

Vos adieux, camarades : Vive monseigneur
de Guise!

TOUT LE PEUPLE.

Vive monseigneur de Guise!

CRUCÉ, s'approchant de Cornac.

Allons, mon père, à l'ouvrage! Faites sonner
les cloches à la cathédrale, et dans toutes les
paroisses; écrivez à Tours, à Chartres, à Orléans... Pour Paris, je m'en charge.—Allez vite.

(Cornac sort. Crucé s'adressant à Compan et Neuilly :)

Vaut-il mieux faire imprimer la relation ici ou
à Paris ?

NEUILLY.

A Paris.—Dans cette chienne de ville, toutes
les presses sont hérétiques.

CRUCÉ.

Eh bien! président, faites-nous un petit ré-
cit, comme celui du voyage à Chartres, vous
savez; nous l'enverrons ce soir à Nivelle.

NEUILLY.

Bon.

CRUCÉ.

Nous vous rejoignons tout à l'heure.

(Neuilly sort. Crucé et Compan vont causer avec Marteau, qui se promène un peu plus loin.)

MONTGAILLARD, à Chateauneuf et aux autres pages.

Enfin, la farce est jouée. Le grand saint a quitté sa niche !

CHATEAUNEUF.

Maître charlatan ! a-t-il fait assez de grimaces !

RENAUDET, second page du Roi.

Si Sa Majesté n'y prend garde, il la régalera de quelques petites barricades un de ces matins.

MONTGAILLARD.

En ce cas, adieu nos manteaux bleus ; ils iront faire figure aux Piliers des halles.

ZAMPINI, musicien de la Reine-mère, aux pages de Bourbon.

Et les vôtres aussi seront pour le fripier, mes cramoisis.

CHATEAUNEUF.

Avec ton luth et ta guimbarde, Zampini.

MONTGAILLARD.

Trois beaux cierges à Notre-Dame, et trois à Saint-Sauveur, si je vois sa peau pendue au croc avant nos manteaux.

GOUDARD, *quittant le seuil de sa porte, et s'avançant au milieu des pages:*

Mes beaux messieurs, si vous voulez tenir
pareils propos, passez plus loin, je vous prie.
— On ne parle pas ainsi des princes.

MONTGAILLARD.

Oui-dà! Les Guisards n'en disent pas autant
du Roi, peut-être? — Mais, qui va là? (*A un petit
marmiton qui porte un plat couvert, et qui veut entrer par la grande porte
du château restée ouverte.*) Halte-là! que portes-tu là-
dessous?

GOUDARD.

Laissez-le donc passer! c'est pour le grand
souper de monsieur de Lyon.

MONTGAILLARD, *après avoir levé le couvercle.*

Peste! quel gâteau! brèche à la muraille! Il
est bon, camarades....

LE MARMITON, *pleurant.*

Aye! miséricorde!

GOUDARD.

Messieurs, respect aux princes!.... Si vous
touchez à ce gâteau, je ne vous laisse plus
sortir la nuit. Ah! ah! vous entendez.....

LES PAGES.

Allons, la paix, mon petit Goudard!

MONTGAILLARD, *au marmiton.*

Eh bien! sauve-toi, fricasseur! — Mais,

morbleu! les bourgeois paieront pour lui! —
Allons, gare de devant!

GOUDARD, l'arrêtaut.

Messieurs, le duc est encore dans sa chambre,
il va vous voir.

LES PAGES.

Tant mieux; gare de devant!

COMPAN, à Montgaillard.

Faites donc attention, vous me poussez.

MONTGAILLARD.

Ce n'est pas là votre place.

CRUCÉ.

Jesus-Maria, voici un terrible drôle!

CHATEAUNEUF.

N'avez-vous pas assez crié? le gosier doit
vous faire mal

CRUCÉ.

Qui m'a bâti un misérable valet comme celui-
là! — Je ne sortirai pas.

MONTGAILLARD.

Avez-vous envie de coucher ici?

CRUCÉ.

Mort-dieu! j'y coucherai, s'il me plaît. Je suis
député.

MONTGAILLARD.

Restez, monsieur le député, restez jusqu'à

demain, si vous aimez les nuits fraîches. Mais,
à la porte la canaille! Allons, vite.

CRUCÉ.

La canaille! Jesus-Maria, canaille! ce mot-là
ne tomberait pas par terre à Paris! Les imbécilles! ils se laissent chasser!

(Le peuple sort par le pont-levis. Crucé et Compau sortent aussi.)

RENAUDET.

Il est fou, le vieux député.

MONTGAILLARD.

Parbleu! c'est pour cela qu'ils l'ont élu. —
Allons, Goudard, tes fleurets! une, deux.....
A toi Châteauneuf! une, deux....

GOUDARD.

Un peu plus loin, messieurs, s'il vous plaît.
Les Guisards vont descendre, j'en suis sûr, et
vous me briserez encore mes pauvres vitraux.
— Entrez dans votre cour, chacun chez soi,
messieurs.

MONTGAILLARD.

Nous sommes bien ici....—Une, deux....

GOUDARD.

Bon Dieu! bon Dieu! voilà les Guisards qui
descendent!

MONTGAILLARD.

Les Guisards!

GOUDARD.

Allez-vous-en!...

MONTGAILLARD.

Sauve-toi, si tu veux.... Nous restons là. (Aux pages du Roi.) Attention, camarades. (Aux pages du cardinal de Bourbon.) — Ah! ça, Bourbons, mes amis, ne bronchez pas! roides comme piquets.... Ne faites pas semblant de les voir.

CHATEAUNEUF, à Zampini.

Toi, prends ton luth, et chante-nous le second couplet du vieux rondeau... tu sais....

MONTIGNY, premier page de M. de Guise, entrant par la grande porte.

Par sainte Ursule de Lorraine! maître Goudard, mon ami, tu te feras tirer les oreilles....

GOUDARD.

Comment, monsieur de Montigny, comment!....

MONTIGNY.

Nous t'apprendrons à mettre à la porte les gens qui nous rendent visite.

GOUDARD.

Mais, messieurs, ce n'est pas moi; vous l'avez dû voir....

ROBERTZ, second page du duc de Guise.

Ces coquins de bourgeois nous amusaient....

PETITBOURG, troisième page du duc de Guise.

Il est un peu singulier qu'on se soit permis
de les mettre dehors sans prendre notre avis.

MONTGAILLARD, bas à Zampini.

Eh bien ! chante donc, maudit poltron !

ZAMPINI.

Je n'ai pas peur.... J'accorde mon luth.

CHATEAUNEUF.

Allons, vite.

ZAMPINI, chantant.

De vieux mâtin qui hurle,
De cheval qui recule,
De femme trop friande,
De VALET qui commande,
De PAGES FRELUQUETS,
Dieu vous gard' à jamais !

ROBERTZ, sans avoir l'air d'apercevoir les pages du Roi
et de Bourbon.

Quel est ce chat qui miaule ?

MONTIGNY.

En effet, j'entends comme le faux-bourdon
d'une grenouille enrhumée.

CHATEAUNEUF, bas à Montgaillard.

Faut-il répondre ?...

MONTGAILLARD.

Non pas encore... Chantons tous.

(Ils chantent tous en chœur :)

De VALET qui commande,
De PAGES FRELUQUETS,
Dieu nous gard' à jamais !

MONTIGNY, se retournant vers Montgaillard.

Il me semble qu'on a envie que nous nous
fâchions.

ROBERTZ.

Holà! mes bleuets, on dit que c'est vous qui
vous mêlez de faire les concierges ici!

MONTGAILLARD.

Voilà, pardieu! un plaisant muguet! ne faudrait-il pas lui rendre des comptes?

MONTIGNY.

Avant de chasser ces braves bourgeois, vous
deviez, me semble, vous informer s'il n'était
pas parmi eux certaines petites filles qui avaient
affaire à nous.

CHATEAUNEUF, riant.

Ah! ah! ces messieurs les prennent belles,
à ce qu'il paraît.

RENAUDET.

Parbleu! ganaches de Sologne et mâchoires
de Lorraine sont bonnes pour casser la noisette
ensemble.

MONTIGNY.

Et les épées de Lorraine sont bonnes aussi pour casser la tête aux sansonnets.

PETITBOURG.

Allons, Montigny, il faut se ruer sur ce petit monde-là.

MONTGAILLARD.

Un instant, messieurs de la double croix, ne venez pas ici faire la roue comme des paons qui muent; nous sommes chez nous, et vous n'êtes qu'à l'auberge.

ROBERTZ.

Tu-Dieu! raison de plus pour que vous soyez nos valets!

MONTGAILLARD.

Ouais! Commandez qu'on vous serve, nos maîtres, vous goûterez notre cuisine.

CHATEAUNEUF.

On a des étrilles à votre service.

ROBERTZ.

Oh! pour le coup, la flamberge a besoin de prendre l'air.

MONTIGNY.

Paix là! Robertz; tu vas *t'embourber*, camarade.

ROBERTZ, faisant le geste de rengaîner son épée.

C'est vrai; ne nous *embourbons* pas.

PETITBOURG, riaut.

Ils n'ont pas compris!...

ROBERTZ.

Ces pauvres enfans! il faut leur dire que ça
se conjugue. Ecoutez, mes petits : je bourbe,
tu bourbes, il bourbe, nous BOURBONS...

CHATEAUNEUF, lui donnant un soufflet.

Sang de Dieu! voilà qui te débourbera!...

ROBERTZ, étourdi par le coup.

Holà!

CHATEAUNEUF, tirant sa dague.

Eh bien! ventre-bleu! on dégaîne...

ROBERTZ.

M'y voilà.

CHATEAUNEUF, aux pages des deux partis.

Place, messieurs... (Châteauneuf et Robertz se battent.)

GOUDARD.

Miséricorde! pas de bataille, messieurs, ou
battez-vous plus loin.

(Entrent Loignac, Sainte-Malines et autres des quarante-cinq ordinaires.)

LOIGNAC.

Qu'est-ce cela? combat de coqs! bravo
Bourbon contre Guisard, très-bien! Courage,
Châteauneuf! bien paré, bon! — (A ceux qui regardent
le combat.) Eh! que diable faites-vous là, vous
autres? allons donc, la dague au poing...
Grande mêlée.

GOUDARD.

Mon Dieu, monsieur de Loignac, vous n'êtes pas raisonnable! ils vont tout briser, ils vont se tuer; séparons-les...

LOIGNAC.

Veux-tu te taire? ne faut-il pas qu'ils s'exercent, ces enfans?

(Les pages des deux partis se chargent.)

Nous y voilà! bien, courage, mes petits hérissons.

(Le bruit attire quelques soldats du poste du pont-levis, ainsi que plusieurs laquais de la maison des princes et du Roi.)

Mais, cap-dé-diou! vous avez là des broches à allouettes pour épées! piquez-donc, un peu de sang, corbleu!—Etes-vous rembourrés de son? —Tiens, Châteauneuf, prends ma dague, elle fera son trou...

CHATEAUNEUF, prenant l'épée de Loignac.

Elle est lourde, capitaine!...

LOIGNAC.

Mets-y les deux mains, mon enfant. Bon, c'est cela.

(Châteauneuf donne un grand coup de dague à Robertz qui tombe baigné dans son sang.)

ROBERTZ.

Aye! à moi, Montigny...

MONTIGNY.

Pauvre Robertz, nous allons te venger, cama-

rade. (Il crie de toutes ses forces.) Holà ! à nous, GUISE et
LORRAINE !

PETITBOURG ET TOUS LES PAGES DE GUISE.

A nous JOINVILLE, NEMOURS, ELBEUF, à nous !

MONTIGNY, à Loignac.

Maudit coupe-jarrets ! fendeur de naseaux !
regarde ton ouvrage ! voilà comme tu gagnes
tes mille écus !

GOUDARD, transportant Robertz dans sa maison.

Dieu me damne ! il va mourir ! il vomit le sang
comme une fontaine !... Un si bel enfant !

(Entrent une foule de laquais, soldats, gentilshommes attachés aux princes
de la maison de Guise.)

LOIGNAC.

Peste ! l'ennemi se renforce ! Montjoie et
Saint-Denis, camarades, allez de l'avant et appelez les nôtres.

SAINTE-MALINES, criant.

Les ordinaires, à nous !

MONTGAILLARD, criant.

BOURBON, VENDÔME, CONTI, SOISSONS, à nous !

(Les quarante-cinq, l'épée au poing, les laquais, les gentilshommes du Roi
et des princes de Bourbon arrivent de tous côtés.)

LOIGNAC.

Ça va s'échauffer ! Vive le Roi ! tue, tue les
Guisards.

(Entrent Saint-Paul, Brissac, Bois-Dauphin, Mayneville et autres
officiers de monsieur de Guise.)

SAINT-PAUL.

Qu'ont-ils donc à crier par là ? quel vacarme !
— Oh ! les petits enragés !

BRISSAC.

Allons, la paix !

MONTIGNY , à Brissac.

Ils nous ont tué notre Robertz ! il faut que
nous le vengions.

SAINT-PAUL, tirant son épée.

Le petit Robertz de Verdun ! Où est-il, celui
qui l'a tué, où est-il ?

(Tous ceux de Guise mettent l'épée à la main et se jettent dans la mêlée.)

MONTGAILLARD.

A nous, Loignac, ils vont nous assommer.

LOIGNAC.

N'ayez pas peur, mes petits ! vive le Roi ! aux
armes !

MONTIGNY ET LES PAGES DE SON CÔTÉ.

Vive Guise ! aux armes !

(Ornano , Crillon et le maréchal d'Aumont sortent précipitamment
de la maison du concierge.)

ORNANO , bas à d'Aumont.

Soyez-en sûr, maréchal, c'est un guet-à-pens
du Guisard.

(On entend sonner les cloches de la ville en réjouissance de la suppression
des impôts.)

— Entendez-vous? voilà le signal. Morbleu!
encore des barricades!

D'AUMONT, à Crillon.

Crillon, faites lever les ponts et battre le
tambour pour avertir les soldats qui sont en
ville. (A Ornano.) Le Roi est-il en sûreté?

ORNANO.

Le Roi est enfermé dans son vieux cabinet;
il y a des hallebardiers dans son antichambre.

D'AUMONT.

Allons toujours le rejoindre; car c'est là que
nos coquins vont diriger leurs coups.

(Ils rentrent dans la maison du concierge.)

BRISSAC, à Mayneville.

Non, non, ce n'est pas d'hier que le Roi nous
prépare ce coup fourré! il y a long-temps que
je my attendais.

(Roulement de tambour dans la cour du château.)

— Ecoutez..... Voilà les Ecossais et les Suisses
qui vont aux armes! Oh! le maudit renard! il
a été plus fin que nous!

MAYNEVILLE.

Laissez-moi faire, sa victoire lui coûtera cher.

BRISSAC.

Eh bien! oui, tâchez de descendre par la rampe
du midi; rassemblez nos amis, avertissez mon-

sieur de Joinville, monsieur d'Elbeuf; passez
enfin chez les jésuites et à la chambre du tiers.

(Mayneville s'échappe au milieu des combattans. Brissac à Bois-Dauphin et autres.)

Et nous, messieurs, retournons près de monsieur
le duc; il faut lui faire un rempart de nos corps.

(Ils rentrent dans le château.)

(La mêlée continue : on entend à la fois les cris, les cloches, le tambour; le bruit est à son comble. Enfin Crillon entre d'un côté à la tête d'une cinquantaine de hallebardiers, et Larchant de l'autre suivi des archers écossais.)

CRILLON.

Allons, gare, harnibieu! gare, séparez-vous.

LARCHANT.

Attends, Crillon, je vais t'aider. — Place,
place, à gauche, à droite, canaille!

(Ils pénètrent au milieu de la mêlée et forment une double haie de soldats qui sépare les combattans.)

CRILLON.

Le premier qui bouge maintenant!... *(Il saisit par le bras Montigny qui s'est glissé du côté des royalistes, et se bat avec Châteauneuf.)* — Qu'est-ce que tu fais là, petit drôle?
Allons vite à ta place.

(Il le fait passer de l'autre côté.)

MONTIGNY, *criant à Châteauneuf.*

Nous nous reverrons....

CHATEAUNEUF, *criant.*

La soirée n'est pas finie.

LARCHANT.

Silence!

CRILLON.

Quels démons que ces petits porte-queues!
(A deux marmitons de l'archevêque qui se battent avec leurs broches :)
— Et vous aussi, vous embrochez les chrétiens?
Harnibieu! à vos fourneaux, et sur-le-champ. —
Nous n'en finirons pas.

LARCHANT.

Crillon, voilà le duc qui descend.

CRILLON.

Il est bientôt temps, ma foi! nous n'avons
que faire de lui maintenant.

SAINT-PAUL, à ceux de Guise.

C'est monsieur le duc, mes amis, rengainons.

GOUDARD.

Enfin on va respirer!

LOIGNAC, à Sainte-Malines.

Oh! oh! c'est le Machabée!... Ecoute-le faire
le Roi!

GUISE, suivi du cardinal de Bourbon, de d'Espignac, Brissac, Bois-
Dauphin et d'une trentaine de gentilshommes.

Eh bien! messieurs, que s'est-il donc passé?
qu'avez-vous fait? comment? la guerre en
pleine paix! fi donc! Quand les maîtres sont
d'intelligence, convient-il aux serviteurs d'avoir
des différens?

LE CARDINAL DE BOURBON, à ses pages.

Petits misérables! maudits garnemens! êtes-

3

vous fous d'aller ainsi croiser le fer avec les gens
de mon cousin de Guise? Est-ce que vous ne devez pas chérir et respecter mon cousin de Guise
et tout ce qui lui appartient? Me voyez-vous ai-
mer et estimer un homme en ce monde à l'égal
de mon cousin de Guise? Pour apprendre à être
mieux avisés, vous irez coucher au cachot avec
de l'eau et du pain, et vous n'en sortirez que le
saint jour de Noël pour l'office. Allez, petits sots!

LOIGNAC, à demi-voix.

Ils ont plus d'esprit et de cœur que toi,
vieille buse!

GUISE, à ses pages.

Pour vous aussi, du pain, de l'eau, la prison, et,
si vous recommencez, le fouet. (Se tournant vers les pages
du Roi:) Quant à ces messieurs, ils ont fait même
faute, ils auront même punition.

LOIGNAC, du milieu de la foule.

Les gens du Roi n'obéissent qu'au Roi.

GUISE, vivement.

Qui a tenu ce propos? je le trouve étrange.
— Ignore-t-on que je commande ici comme
lieutenant du Roi et grand-maître de sa maison?
(Il aperçoit dans les mains de Chateauneuf l'épée de Loignac.) D'où
vous vient cette épée, jeune homme? elle n'est
pas à vous.

CHATEAUNEUF.

Monseigneur, on me l'a prêtée....

GUISE.

Eh qui?... ah ! je reconnais..... un de messieurs les ordinaires ! Je les en félicite ; jusqu'ici
leurs dagues ne servaient pas du moins à tuer
les enfans. Messieurs, à qui cette épée ?

LOIGNAC , sortant de la foule.

A moi.

GUISE.

Vous mériteriez, monsieur, qu'on ne vous la
rendît pas.

(Les amis de Loignac font entendre quelques murmures.)

LOIGNAC , bas, et s'en retournant à sa place.

Si tu ne la rendais pas, je te ferais peut-
être rendre quelqu'autre chose !....

GUISE.

Il est indigne d'un gentilhomme de faire de
ses armes un tel usage.

(Les ordinaires murmurent plus fort. Guisé reprend :)

Voilà des murmures dont vous pourriez vous
repentir, messieurs. Vous n'avez plus quinze
ans, mais il n'est pas défendu pour cela de vous
traiter en pages.

LOIGNAC , bas.

Essaye, et nous verrons !... — Décidément,
je commence à croire que tu ne t'en iras pas

de ce monde avec une seule balafre, maudit
Lorrain !

GUISE, aux pages.

Allons, qu'on obéisse. — Capitaine Saint-
Paul, conduisez-les à la tour de Moulins.

(Les pages sortent.)

— Mais, n'est-ce pas Sa Majesté qui sort du
grand escalier ?

LE CARDINAL DE BOURBON.

Oui, c'est le Roi ; il vient à nous.

(Guise va au-devant du Roi, sous la grande porte.)

GUISE, au Roi.

Sire, tout est calme maintenant : vous n'avez
plus rien à redouter. Mais il y a seulement deux
instans, c'était un affreux désordre.

LE ROI.

Et un bruit, mon cousin ; j'en sais quelque
chose. Je crois que dix mille huguenots se seraient laissé égorger dans cette basse-cour, sans
faire un si grand tapage. Je me suis cru un moment au douze de mai dernier, mon cousin.

GUISE.

Sire....

LE ROI.

C'est que nos bons barricadeurs ne criaient
pas trop mal non plus.

GUISE.

Sire, vous aurez le regret d'apprendre que tout ce tumulte est l'ouvrage de vos pages, de vos laquais, et même d'autres personnes de plus haut lieu, qui ont eu jusqu'ici trop bonne place en votre estime.

LE ROI.

Comment! ce sont mes gens qui ont tout fait? Pardonnez-nous, mon cousin. (Il aperçoit Zampini dans la foule :) Ah! ah! te voilà beau garçon, petit vaurien! ta fraise déchirée, ton manteau neuf en guenilles, ton luth brisé.... ma mère sera contente!... Mais c'est bien fait; pourquoi cherchais-tu querelle aux serviteurs de monsieur le duc?

ZAMPINI.

Sire, ce n'est pas nous....

LE ROI.

T'avises-tu de démentir mon cousin, petit mal appris! tu vois bien qu'il me répond de ses pages.

GUISE.

Pardonnez-moi, Sire, mes pages sont en prison, comme les vôtres.

LE ROI, avec étonnement.

Vous avez donc envoyé mes....

GUISE.

Oui, Sire.

LE ROI.

Vous avez très-bien fait, mon cousin.

GUISE.

Il y a pourtant ici des gens qui m'ont trouvé
hardi d'en user ainsi.

LE ROI.

Est-il possible !

GUISE.

Ils ont pensé que j'allais au-delà de mes
pouvoirs.

LE ROI.

Vous m'étonnez....

GUISE.

Que je m'arrogeais une trop forte part de
l'autorité royale.

LE ROI.

Ah, mon cousin, en seriez-vous capable !

GUISE.

Ils se font une idée si haute de la dignité de
grand-maître et de lieutenant du royaume,
qu'ils ne m'ont pas cru le droit de corriger
des pages.

LE ROI.

Monsieur le duc, ne vous irritez pas; vous
savez si je les approuve.

GUISE.

Aussi bien, Sire, ce n'est pas de ce jour
seulement qu'il me faut essuyer de pareils ou-
trages.

LE ROI.

Dites un peu les coupables, nous les punirons.

GUISE.

La plus longue patience n'y tiendrait pas. —
Sire, il faut que je vous parle.... à vous seul.

LE ROI.

Eh bien! asseyons-nous sur ce banc. —
(Aux gentilshommes et soldats.) Messieurs, plus loin, s'il
vous plaît. — Que me voulez-vous, mon cousin?

GUISE.

Que Votre Majesté me permette de résigner
entre ses mains les charges qui me retiennent
à la cour.

LE ROI.

Seigneur Dieu! que dites-vous là?

GUISE.

Je ne me réserve que celle de grand-maître,
dont je demande à Votre Majesté la survivance
pour mon fils, et mon gouvernement, où je
compte me retirer.

LE ROI.

Mais, votre lieutenance, monsieur le duc?

GUISE.

Sire, ce n'est qu'un vain titre, une feuille de parchemin que j'abandonnerai sans regret.

LE ROI.

Mais quoi! sérieusement vous voulez nous quitter?

GUISE.

Sire, on me chasse... — En signant l'édit de juillet, j'attendais mieux de l'avenir!

LE ROI.

Eh bien! que vous faut-il, que demandez-vous?

GUISE.

J'aime mieux un moindre pouvoir et n'être pas réduit à le disputer pièce à pièce tous les matins.

LE ROI.

Nous vous ferons justice, monsieur le duc: mais, au nom du ciel, ne nous quittez pas; non, je ne le veux pas... La nuit vous donnera conseil.

GUISE.

Sire, mon parti est pris.

LE ROI.

Mais, voyez donc quel temps vous choisissez pour me laisser tout le poids des affaires! Ma

mère est malade : vous savez les saintes dévotions que j'ai entreprises, et que, pour rien au
monde, je ne voudrais interrompre. — Si du
moins j'avais quelques serviteurs... Mais je me
suis arraché les yeux de la tête en me privant
de mes vieux conseillers. Je n'y vois plus que
par votre lumière, mon cousin, et vous m'a-
bandonnez !

GUISE.

Sire, à quoi vous suis-je bon ? vous voit-on
jamais faire ce que j'ai proposé ?

LE ROI.

Comment ? et tout à l'heure encore, ces trois
millions d'écus... n'est-ce pas vous ?...

GUISE.

Sire, c'est votre chambre du tiers qui vous a
demandé ce sacrifice, et vous seul en profiterez,
car l'amour de vos sujets est votre meilleur
subside.

LE ROI.

Je le veux bien : il est fâcheux seulement que
cette monnaie-là n'ait cours ni en Poitou ni en
Dauphiné pour payer les gages de mes soldats. —
Mais n'en parlons plus, et dites ce que je vous
ai refusé.

GUISE.

N'ai-je pas d'abord averti Votre Majesté,
presque chaque jour depuis cinq mois que
son conseil était suspect aux catholiques? Ne
vous ai-je pas désigné, par leurs noms, ceux
que vous ne pouviez écouter sans danger? et
cependant, Sire, vous les gardez...

LE ROI.

Mon cousin, vous n'êtes pas juste... Je les
écarte peu à peu. N'ai-je pas déjà renvoyé
d'Elbenne?

GUISE.

Soit; mais Rambouillet, Bellegarde, et ce
monsieur Loignac, avec ses ordinaires, toujours la dague au poing, toujours parlant de
tuer, de massacrer... Sire, on ne peut pas respirer le même air que ces gens-là.

LE ROI.

Eh bien! nous les renverrons... Mais laissez-
les seulement finir l'année... Pour huit jours,
est-ce la peine?... On ne chasse pas ses valets la
veille du premier de l'an.

GUISE.

Si Votre Majesté ne renvoie pas ses gardes,
qu'elle m'en accorde au moins.

LE ROI.

Comment? n'avez-vous pas assez de vos gentilshommes?

GUISE.

Sire, vous vous souvenez que, sous le Roi Charles, lorsque vous étiez lieutenant-général, comme je le suis maintenant, on vous donna une garde d'honneur de deux cents hommes d'armes qui ne quittaient pas votre personne.

LE ROI, vivement.

Oui, c'est vrai; mais moi... monsieur le duc, moi, j'étais... (Changeant de ton:) Non, vous avez raison, vous êtes lieutenant... Nous en reparlerons, mon cousin.

GUISE.

Il faudrait aussi que Votre Majesté ne différât pas plus long-temps l'admission du concile de Trente... Les catholiques l'attendent avec impatience.

LE ROI.

Ah! quant au concile... je voudrais d'abord...

GUISE, l'interrompant.

J'en dis autant de la remise d'Orléans : les catholiques comptent sur cette place, vous la leur avez promise.

LE ROI.

Mon cousin, vous me demandez trop de choses... Commencez par m'en accorder une. — Vous resterez, n'est-ce pas?

GUISE.

Sire...

LE ROI.

Très-bien. — Levons-nous, s'il vous plaît, car nous pourrions prendre froid. (*Ils se lèvent. Le Roi s'adressant aux gentilshommes des deux partis :*) Messieurs, la bruyante querelle de tantôt m'a causé beaucoup de peine; faites en sorte qu'elle ne se renouvelle pas. Le premier qui troublerait la paix serait puni plus sévèrement qu'on ne s'y attend peut-être. Surtout, gardez-vous bien de donner à mon cousin de Guise, le moindre sujet de plainte : il est mon lieutenant, mon image vivante : ce qu'il fait, ce qu'il dit, c'est moi qui le dis, c'est moi qui le fais : l'offenser, c'est m'offenser moi-même. (*Se tournant vers Guise et lui donnant la main.*) Mon Dieu! que je suis content que vous nous restiez! — (*Aux gentilshommes.*) Croiriez-vous, messieurs, que mon cousin parlait de s'éloigner de la cour; mais, par bonheur, il y renonce...

LOIGNAC, à part.

J'enrage !

SAINTE-MALINES, à Loignac.

Vois donc comme je suis rouge, la peau m'en crève.

LE ROI, à Guise.

Il faut que je vous dise adieu; il se fait nuit, et mon chapelain m'appelle à mon oratoire; je dois m'approcher demain de la sainte-table. — Mais, mon cousin, que ne renouvelons-nous demain cette touchante scène de la sainte Barbe, dont je garde une si douce mémoire ? Partageons encore une fois la sainte hostie : vous le voyez, je vous traite en frère.

GUISE.

Sire, ce m'est trop d'honneur...

LE ROI.

Eh bien! demain je compte sur vous; ce sera la consécration de votre bonne amitié. Nous en ferons encore autant à la sainte messe de minuit, si Dieu nous prête vie jusque-là, mon cousin. — (Sa voix devient faible et traînante.) Je n'ai plus de bonheur que dans le sein de mon divin Sauveur : je n'ai plus d'autre pensée, d'autre soin... Hélas! il est bien temps de songer à mon salut!—Demain nous communierons ensemble;

vendredi, j'irai faire station à Notre-Dame de
Cléry; samedi, au calvaire d'Amboise; et dimanche, nous ferons la fête ici... Vous, mon
cousin, vous avez encore un pied engagé dans
les voies du monde.... Dieu vous appellera à
votre tour.... Vous verrez; mais le royaume et
moi nous avons encore besoin de votre bras....
Conservez-vous, mon cousin.... Adieu.

GUISE, s'inclinant.

Sire, je vous baise les mains.

LE ROI, apercevant d'Espignac auprès de la porte.

Monsieur de Lyon, j'ai de bonnes nouvelles
de Rome : on me dit que le Saint-Père est de
vos amis; et j'espère que le chapeau vous arrivera aux environs de la Sainte-Luce.

D'ESPIGNAC.

Sire, votre bonté me confond.

LE ROI, à Guise.

Dieu vous garde! mon cousin.

GUISE.

Sire.... (Il le salue profondément; puis en se relevant, il lui dit d'une
voix ferme :) Votre Majesté daignera donc ne pas
oublier?...

LE ROI.

Certainement, monsieur le duc; soyez en
paix : je vais m'occuper de vous et de vos

affaires, et je vous promets que, Dieu aidant,
d'ici.... à trois jours, il n'en sera plus parlé.

(Il lui fait avec la main un signe d'amitié et rentre dans le château.)

BRISSAC, bas à Bois-Dauphin.

Que veut-il dire?

BOIS-DAUPHIN.

Le sait-il seulement lui-même, le pauvre pénitent?

BRISSAC.

J'ai peur qu'il ne le sache trop bien.

(Les ordinaires et les gens du Roi se retirent peu à peu, soit dans la cour
du château, soit chez le concierge. Guise et ses gentilshommes restent
seuls dans la basse-cour.)

GUISE, à d'Espignac.

Eh bien! monsieur le politique, vous voilà
en belle faveur, j'espère!

D'ESPIGNAC.

Que voulez-vous, monseigneur, il fait la
cour à tous vos amis; mais n'importe, je n'ai
pas l'idée que sa royale main soit destinée à me
coiffer.

GUISE.

Et pourquoi, beau sire?

D'ESPIGNAC.

Parce qu'il recevra son froc encore plus tôt
que moi mon chapeau. En vérité, monseigneur,
j'ai cru que vous alliez lui demander quel jour
il voulait entrer au cloître.

BOIS-DAUPHIN.

C'est charité toute pure de le froquer pour ses étrennes.

D'ESPIGNAC.

Vous lui laisserez le nom de roi *in partibus monacorum.*

GUISE.

Silence! messieurs, silence! voyez, je vous prie, comme monsieur de Brissac fronce le sourcil. — Ah! ça, Brissac, vous croyez donc toujours que nous ne pouvons rester ici sans dangers?

BRISSAC.

Je ne dis pas cela, monseigneur, mais si le maître du logis faisait moins la chattemitte et le bon apôtre, vous me verriez plus rassuré.

GUISE.

Le pauvre poltron serait bien ravi s'il savait qu'il vous fait peur!

D'ESPIGNAC.

Allons, monseigneur, de grâce, songeons à mon souper.

GUISE.

Il a raison, messieurs, j'ouvre la marche.

LE CARDINAL DE GUISE, qui vient d'entrer dans la basse-cour par la rampe du midi, suivi de Mayneville.

Eh bien! vous ne m'attendez pas?

GUISE, s'arrêtant.

Comment! c'est vous, mon frère? vous étiez
donc sorti?...

LE CARDINAL.

Oui, en cachette, par la petite rampe... mais
j'arrive trop tard, tout est fini.

GUISE.

Ce n'était qu'un de ces feux d'étoupes qui
luisent fort et ne durent pas.

LE CARDINAL.

Ma foi, je m'attendais à un incendie; j'aurais juré qu'on allait s'égorger : aussi j'arrivais
en force.

GUISE.

Vraiment, vous aviez déjà ramassé du monde?

LE CARDINAL.

Trois ou quatre cents gaillards bien armés,
grâce à l'aide de monsieur de Mayneville et de
nos pères de Jésus.

GUISE.

Eh bien! Brissac, vous le voyez, nous ne
sommes pas dans une île déserte.

LE CARDINAL.

Ah! messieurs, ce sont d'admirables serviteurs que ces pères de Jésus! ils se perfec-

4

tionnent tous les jours; discipline étonnante!...
Je ne sais vraiment où ils s'arrêteront.

D'ESPIGNAC.

Eh bien! nous boirons à leur santé; mais ne
laissons pas griller plus long-temps les rôtis.

(Entre Hamilton, enseigne des Écossais, qui présente les clés du château à
monsieur de Guise en sa qualité de grand-maître. D'Espignac frappant
du pied :)

Allons, nous ne souperons pas ce soir! encore
une cérémonie!

GUISE, prenant les clés.

C'est bien, monsieur le lieutenant. — Saint-
Paul, portez ces clés à Péricard, et dites-lui de
fermer le château avant que la nuit soit plus
noire.

(Saint-Paul sort. — Guise se tournant vers Brissac :)

Je gage que notre ami Brissac en soupera de
meilleur appétit.

BRISSAC.

Je n'en suis pas encore à avoir peur des
loups-garous, monseigneur. Mais j'avoue que
je ne serais pas bien aise de vo: tomber ces
clés en d'autres mains que les vôtres.

D'ESPIGNAC.

A table, messieurs, à table!

GUISE.

A table.... Mais où donc est mon fils?

LE CARDINAL.

Je l'ai laissé en ville, jouant à la paume avec
le comte d'Auvergne.

GUISE, à demi-voix.

Il n'a que sa paume dans la tête!... Morbleu!
si j'avais eu dix-sept ans quand mon père
était.... où j'en suis!... — Allons rentrons.

(Ils rentrent tous dans le château.)

FIN DE LA PREMIÈRE SCÈNE.

SCÈNE II.

MERCREDI 24 DÉCEMBRE, 7 HEURES DU SOIR.

L'oratoire de la Reine-mère. *

La Reine est assise dans un grand fauteuil de malade ; une dame d'honneur est debout à côté d'elle.

CATHERINE.

ÉCOUTEZ, écoutez.... encore du bruit.... Madame de Saint-Martin, voyez ce qui se passe dans ce vestibule. — Quel supplice ! serai-je donc toujours attachée à ce fauteuil ! — Mais n'est-ce pas la voix du Roi?....

(Entre le Roi ; Zampini le musicien lui lève la tapisserie.)

LE ROI.

Ma mère est-elle ici? (Apercevant la Reine :) Ah!...

* *Voyez* le plan, lettre C.

bon.... (Apercevant Zampini :) Comment! c'est toi, petit? Ils t'ont bien maltraité, mon pauvre enfant! Tiens (Il lui donne une pièce d'argent), voilà de quoi te guérir, raccommoder ta fraise, et acheter un autre luth....

ZAMPINI.

Ah! Sire....

LE ROI.

Va, mon ami, et crie toujours : vive le Roi!... (Le rappelant :) Écoute.... (A demi-voix :) Il n'est pas nécessaire de montrer cet argent.... ni d'en parler.... tu entends.... va, cours.... (A la Reine :) Comment vous trouvez-vous, ma mère?

CATHERINE.

Je souffre toujours. — Mais vous, mon fils, qu'avez-vous? votre visage....

LE ROI.

Je me sens très-mal.

CATHERINE.

Cette querelle vous aura troublé. Pour moi, la frayeur a redoublé ma fièvre....

LE ROI.

Oh! vous ne savez encore rien, ma mère!

CATHERINE.

Eh quoi! qu'arrive-t-il donc? Hélas! mon fils, cette chambre est mon tombeau, et je ne

sais plus que ce qu'on veut bien m'apprendre.
Dites, je vous prie....

(Elle fait signe à madame de Saint-Martin de passer dans la chambre
voisine.)

LE ROI.

Il veut partir....

CATHERINE.

Qui ? le duc !... et comment partir ?

LE ROI.

Oh ! si vous saviez quelle insolence ! — Si
vous l'aviez entendu, ma mère !

UN PAGE, levant la tapisserie et annonçant :

Monseigneur le cardinal de Bourbon.

LE ROI.

Petit sot ! vous voyez bien que la Reine est
malade.

CATHERINE.

Il est trop tard, mon fils ; voici le cardinal.

(Entre le cardinal.)

LE ROI, à demi-voix.

Au diable le page !

LE CARDINAL.

Sire, et vous, madame, pardonnez ma visite...
(A la Reine.) Je viens adresser une petite requête à
Votre Majesté.

CATHERINE.

A moi, cardinal ! asseyez-vous donc.

(Le cardinal s'assied à côté de la Reine ; le Roi va s'asseoir dans le fond
de la chambre, sur un prie-dieu.)

LE CARDINAL.

Vous avez sans doute appris le malheur qui
vient de m'arriver?...

CATHERINE.

Quel malheur?

LE CARDINAL.

Comment! vous ne savez pas? des misérables,
vêtus de ma livrée, se sont avisés de guerroyer
contre les gens de mon cousin de Guise!

CATHERINE.

C'est-là ce qui vous désole?

LE CARDINAL.

Certainement. Et afin de prouver à mon
noble cousin que mon intention n'était pas
d'accord avec ces petits extravagans, j'ai pré-
paré quelques fanfares de musique pour égayer
son souper : cela doit lui plaire, n'est-ce pas?
— Monsieur d'Elbeuf m'a déjà donné ses vio-
lons, et madame de Nemours ses hautbois. Mais
vous savez qu'il n'y a pas de musique à la cour
sans vos musiciens; ils sont si parfaits ces Ita-
liens!.... — Je venais donc....

CATHERINE.

Vous les aurez, monsieur le cardinal.

LE CARDINAL.

Oh ! que de grâces !... et vos chanteurs aussi ?

CATHERINE.

Comptez sur eux.

LE ROI, toujours assis au fond de la chambre.

Vous êtes bien heureux de penser à des chansons !....

LE CARDINAL.

Certainement.... Sire....

LE ROI.

La veille du saint jour de Noël !....

LE CARDINAL.

Mais pardonnez-moi, Sire.... ce n'est aujourd'hui que la Saint-Thomas ;.... avant de faire vigile-jeûne, il faut bien une espèce de petit carême-prenant.

LE ROI.

Moi, je commence mes jeûnes du plus loin que je peux.

LE CARDINAL.

Aussi Votre Majesté ne prend pas assez de soin de sa santé.

LE ROI.

Grand merci ! mon cousin. — Mais, si vous soignez la vôtre, n'avez-vous pas peur de laisser passer l'heure de votre appétit ?....

CATHERINE.

En effet, cardinal, ce souper....

LE CARDINAL.

Certainement.... je ne voudrais pas faire attendre mes cousins de Guise.... vous permettez donc.....

LE ROI.

Certes....

LE CARDINAL.

Et j'aurai les chanteurs?.... — Dieu vous garde, Sire, et vous, madame.

LE ROI.

Salut, mon cousin.

(Le cardinal sort.)

Lourde bête! va-t-en prosterner tes cheveux blancs et l'honneur de ta maison aux pieds de tes deux cadets de Lorraine; va-t-en leur présenter la serviette et le gobelet.... — Ne vous fait-il pas pitié, ma mère?

CATHERINE.

Mon fils, reprenons notre propos. — Il veut partir, dites-vous?

LE ROI.

Oui, partir, quitter la cour. — Il se plaint qu'on l'outrage... le pauvre homme! — Il m'a menacé de laisser là sa lieutenance; mais je savais à quel but visait tout ce patelinage; ses amis des États lui ont promis de se transporter à Orléans, et de l'y nommer connétable.

CATHERINE.

En vérité!... et que lui avez-vous répondu?

LE ROI.

Soyez tranquille, il n'est pas encore parti.

CATHERINE.

Vous lui avez donc dit....

LE ROI.

Si jamais je lui donne son passe-port, il sera signé de son sang ou du mien.

CATHERINE.

Là... mon fils, ne parlez pas ainsi... dites un peu votre réponse.

LE ROI.

Je ne sais.... mais il ne partira pas...

CATHERINE.

Et vous lui avez fait bon visage?

LE ROI.

Oh! nous sommes grands amis... Nous communions demain ensemble.

CATHERINE.

A la bonne heure! — Je crains toujours que vous déguisiez mal votre colère.

LE ROI.

Rassurez-vous, je me sens encore de la patience pour un jour ou deux.

CATHERINE.

Il vous aura fait des demandes si ridicules!

LE ROI.

Jusqu'à présent il me laisse ma chemise et mon pourpoint, mais c'est tout, je crois. — Vous imagineriez-vous qu'il réclame une garde d'honneur?

CATHERINE.

Une garde d'honneur!

LE ROI.

Oui, les deux cents archers qu'on m'avait accordés quand j'étais lieutenant comme lui.

CATHERINE.

Je le reconnais bien là! Et parle-t-il encore de se faire céder Orléans?

LE ROI.

Oui; c'est son cheval de bataille, quand il ne sait plus de quoi se plaindre.

CATHERINE.

Promettez toujours, mon fils.

LE ROI.

Promettre! toujours promettre!... En vérité, ma bonne mère, êtes-vous bien sûre de votre

jeu? Savez-vous que voilà tantôt cinq mois que
je recule et qu'il avance?... Il faut voir mes
pauvres serviteurs, comme je leur fais pitié! Et
moi, quand j'ai le bonheur d'être seul, ou
quand vient la nuit, je ne puis me défendre
d'en pleurer de rage!...

CATHERINE.

Faiblesse, mon fils.

LE ROI.

La faiblesse, c'est de lui céder tout ce qu'il
me vole, de signer tout ce qu'il me dicte. Depuis ce maudit édit de juillet, m'a-t-il mis assez
souvent la plume à la main? aujourd'hui encore... Mais à propos, vous ne savez pas, ils sont
venus cet après-dîner dans mon vieux cabinet
me demander de révoquer les commissions
pour la levée des trois millions d'écus, sous
prétexte qu'il avait plu à messieurs des États
de se soulager de ce fardeau.

CATHERINE.

Comment! c'est encore Guise!...

LE ROI.

Lui et sa meute. Va-t-il jamais seul?... Et moi
je dois recevoir toute cette canaille dégoûtante!
Il faut que je les écoute parler, que je leur
parle, et je ne puis me satisfaire en disant à

mon grand-prévôt : Mêne-moi pendre monsieur
Marteau et tous ces misérables de Paris...

CATHERINE.

Mon fils, achevez, je vous prie; qu'avez-vous
fait ?

LE ROI.

J'ai signé; mais leur peine sera perdue; car
les commissions ont été expédiées hier au soir
dans toutes les provinces, avec ordre d'y pourvoir sur-le-champ et nonobstant même mes
ordres contraires. J'avais prévu le cas.

CATHERINE.

Vous avez fait sagement, mon fils : de cette
manière vous n'en aurez pas moins l'argent.

LE ROI.

Oui : pour un enfant, pour un pauvre idiot,
l'invention n'est pas trop mauvaise ; elle me fera
peut-être rentrer dans leur estime !... Ce serait
dommage ! Ils rient si bien à mes dépens ! C'est
lui, surtout.... comme il me méprise ! Il faut le
voir, ma mère, quand il me parle, une main
dans ses chausses, l'autre à sa moustache, les
lèvres demi-closes, la tête en arrière...

CATHERINE.

Mon Dieu ! mon fils, ne parlons plus de cela...

LE ROI.

C'est mon seul plaisir; plus on m'apprend de
ses insolences, et plus je suis content. Vous n'a-
vez pas, comme moi, des amis qui prêtent l'o-
reille à sa porte! Vous ne vous doutez pas de ce
qu'il dit... Bientôt il m'enverra une nourrice et
des lisières; il voudra m'apprendre à lire et à
prier Dieu; il...

CATHERINE.

Là, là, monsieur mon fils, calmez-vous...

LE ROI.

J'ai trente-sept ans, ma mère.

CATHERINE.

Bon, mon fils; mais laissez-là toutes ces
plaintes.

LE ROI.

Si l'on ne veut pas m'aider, qu'on me laisse
me plaindre au moins.

CATHERINE.

Et que peut-on faire pour vous, mon fils?

LE ROI.

Si vous ne pouviez rien faire, vous auriez
bien dû ne pas m'amener ici!

CATHERINE.

Il est vrai, je ne croyais pas vous mettre aux
prises avec un aussi rude joûteur, ou plutôt, je

n'avais pas songé que l'âge et la fièvre vous priveraient de mon secours. Mon bon Henri, donnez-moi votre main, tâtez mon front; n'est-il pas brûlant?...

(Catherine tombe dans une espèce d'assoupissement.)

LE ROI.

Ma mère... vous ne répondez pas?... Ma mère!

CATHERINE, d'une voix faible.

Appelez quelqu'un.

LE ROI.

Que vous faut-il, ma mère?... Nous sommes si bien seuls!

CATHERINE.

J'ai froid... Ce grand château est une glacière... J'y mourrai!

LE ROI, attisant le feu.

C'est moi qui vous porte malheur, ma pauvre mère; si je n'avais pas besoin de vos conseils, vous seriez en pleine santé. — Voici du feu; n'êtes-vous pas mieux maintenant?

CATHERINE.

Oui, je reviens à moi, mon fils; ces crises ne durent pas.

LE ROI, après s'être promené quelque temps dans la chambre.

Eh bien! ma mère... vous ne voulez pas me

dire ce qu'il faut faire ; vous ne me prêterez pas un peu d'appui ?

CATHERINE.

Mais quoi ! ne vous ai-je pas toujours été bonne mère et bonne amie ?

LE ROI.

Eh bien ! dites, ma mère.

CATHERINE.

Voulez-vous que nous consultions Zarlino ?...

LE ROI.

Votre astrologue ?

CATHERINE.

Oui ; il vous dira peut-être quelque chose...

LE ROI.

Ce n'est pas un astrologue qu'il nous faut.... N'avez-vous point d'autres moyens ?

CATHERINE.

Non, rien... Mais dites, quelle est votre idée ? (Baissant la voix :) Voudriez-vous vous en défaire ?

LE ROI.

Si je le voudrais !

CATHERINE.

C'est jouer gros jeu.

LE ROI.

Ne faut-il pas risquer quelque chose ?...

CATHERINE.

Si vous en veniez jamais à cette extrémité, mesurez bien ses forces et les vôtres ; suppo- sez-le deux fois plus puissant qu'il n'est, et soyez en état de le vaincre..... Alors je vous permets... Mais écoutez : quel bruit ? Des voix, des instrumens...

LE ROI, se levant et s'approchant de la fenêtre.

C'est la fameuse fanfare... Que de flambeaux ! Allons, courage ! Ils boivent, ils s'amusent ; leur vie est douce... J'espère pourtant qu'ils nous laisseront dormir... Tout ce train va de- venir fatigant. On devrait bien ne loger jamais chez soi que ses valets, afin de leur commander le silence à volonté. C'est une hôtellerie que ce grand château... (Sa voix s'émeut par degrés.) Mais non, j'ai tort, nous sommes chez mon cousin de Guise ; c'est lui qui nous héberge, ma mère : vraiment, l'envie me prend de lui rendre aussi ma visite, de lui verser à boire !... Allons, mes ordinaires, mes Ecossais, vous ne dormez pas, venez avec moi ; et tue, morbleu ! tue... Il n'y a pas assez de vin sur leur nappe, nous y mêle- rons un peu de sang...

(Il se laisse tomber dans un fauteuil placé devant la fenêtre.)

5

CATHERINE.

Mon fils, encore une fois, il faut vous calmer...; et surtout ne parlez pas si haut; ces femmes qui sont là dans ma chambre nous entendent.

LE ROI, se levant.

Aurai-je dit quelque chose?...

CATHERINE.

Non; mais vous m'effrayez par ces saillies et ces emportemens hors de vous-même... Vous ne ferez rien de bon si vous n'êtes maître de vous, et surtout de vos paroles. Souvenez-vous que quand votre parti sera pris, il vous faudra redoubler de précautions : et d'abord, promettez-moi de ne rien entreprendre, si vous n'êtes le plus fort dans Paris et dans Orléans, si vous n'avez des intelligences à Tours, à Rouen, et même dans les villes ligueuses. De nouvelles barricades vous perdraient pour jamais, mon fils.

(Catherine, pendant qu'elle parle, tient à la main une lettre qu'elle plie et replie avec affectation.)

LE ROI.

Quelle est cette lettre, ma mère?

CATHERINE.

Oh! rien....

LE ROI.

Quoi! vous ne voulez pas me dire?...

CATHERINE.

Mon fils, cette lettre vous animerait encore...
et je crains....

LE ROI, prenant la lettre.

Donnez, donnez.... (Il la regarde.) Elle vient de
Paris... de madame d'Aumale... (Il lit:) « Que le
» Roi se donne garde des desseins de monsieur
» de Guise, car, pour certain, il trame quelque
» chose; nous ne savons encore quand en sera
» l'exécution, mais elle doit être prochaine. » —
Est-il possible!.... Ses parens eux-mêmes.... On
le trahit donc aussi!... — Eh bien! madame,
vous ne me donniez pas cette lettre?... — D'Aumale!... je ne comprends pas.... Il est plus ami
de Mayenne que de Guise. — Oh! s'ils voulaient m'aider!... — Mais que dites-vous de
cette lettre, ma mère?

CATHERINE.

Quand j'y pense, je suis tentée d'avoir peur
qu'on ne cherche à vous faire marcher trop
vite.

LE ROI.

Comment?

CATHERINE.

Il a besoin d'un prétexte.... Qui sait si ce
n'est pas lui qui , par le moyen de cette lettre,
vous pousse à tenter quelque chose contre sa
vie....

LE ROI.

Vous croyez?.... Ah! mon Dieu! J'étais décidé tout à l'heure, et maintenant.... Vous n'êtes
pourtant pas certaine que ce soit lui qui ait
dicté cette lettre ?....

CATHERINE.

Certaine? oh! non.... Mais il a tant de ruse !

LE ROI.

N'importe ; trouvons un plan qu'il ne puisse
prévoir. — Voulez-vous essayer, ma bonne
mère ? à deux, nous trouverons peut-être.....
voyons, dites quelque chose....

CATHERINE.

Il est bien tard , mon fils.

LE ROI.

Plus la nuit sera courte, plus je serai content !....

CATHERINE.

Mais, moi, mon fils !....

LE ROI.

Vous dormez donc quelquefois, ma mère ?

CATHERINE.

J'essaie, mon cher Henri.

LE ROI.

Eh bien! adieu, madame, je vais monter dans mes appartemens. — (A part.) Personne là-haut à qui parler le cœur ouvert! Que n'ai-je encore mon vieux d'Elbenne! — (Il baise la main de la Reine.) Adieu, pensez à moi.

(Il sort.)

CATHERINE, seule.

Oui, j'y penserai, mais pas à l'heure qu'il est.... Puis-je penser à quelque chose? Bon Dieu! bon Dieu! — (Elle reste assoupie un moment, la tête appuyée sur la main.) —Osera-t-il le faire tuer? — Oui... il en donnera l'ordre.... mais il manquera son coup.... il se trahira.... c'est un enfant! —Il faut empê- cher cette folie.... Il faut que Guise quitte le château.... il faut, par des avertissemens in- directs, le forcer à la retraite.... (Après un moment de silence :) Il faut, il faut.... mais pourquoi? qu'ai-je besoin de ces nouveaux tourmens!.... Oh! mon bon Dieu! je suis donc bien mal, puisque tout cela ne me touche plus!

(Elle fait sonner une petite clochette. — Entrent deux dames d'honneur.)

Venez, mesdames; aidez-moi à quitter cette place.... portez-moi dans ma chambre.

(Les dames la prennent sous les bras , chacune d'un côté.)

— Bien.... pas si vite.... Zarlino est-il revenu de la terrasse ?

UNE DAME D'HONNEUR.

Non, madame.

CATHERINE.

Allez le chercher.... la nuit est claire, n'est-ce pas ?.... Dieu ! quel froid !.... prenez garde.... oh ! que je souffre !

(Elle entre dans sa chambre.)

FIN DE LA SECONDE SCÈNE.

SCÈNE III.

JEUDI 22 DÉCEMBRE, 8 HEURES DU MATIN.

La chambre à coucher du duc de Guise. *

Le duc, en habit du matin, assis devant une table, auprès d'un grand feu, parcourt des lettres et des papiers. Au bout d'un moment, Péricard, son secrétaire, entre tenant dans ses mains la fraise, le pourpoint et toute la toilette du duc.

GUISE.

Bonjour, Péricard. — Eh bien! que portez-vous donc là? Au lieu de venir m'aider à débrouiller ces maudits grimoires, vous vous faites mon valet de chambre? Prenez-garde, Codonique en sera jaloux.

* *Voyez* le plan, lettre N.

PÉRICARD.

Codonique est malade, monseigneur.

GUISE.

Vraiment? J'étais bien sûr que la cuisine de ce d'Espignac jouerait un mauvais tour à quelqu'un.

PÉRICARD.

Ne trouvant sous ma main ni Grandmaison ni Larochette, je suis venu moi-même de peur que votre toilette ne vous fît attendre : car voici l'heure du lever de monseigneur, et j'ai déjà aperçu dans la basse-cour quelques habits de députés.

GUISE.

A merveille! Péricard : mais pourquoi vous être donné cette peine? que n'appeliez-vous un page?

PÉRICARD.

Un page?—Monseigneur oublie donc que depuis hier.....

GUISE.

Comment? ces pauvres enfans sont encore en prison? vous les avez laissé se morfondre toute la nuit?

PÉRICARD.

Mais, monseigneur, n'avez-vous pas dit?...

GUISE.

Ah! c'est pousser trop loin la justice... Une heure, c'était assez, mais une nuit!... Faites-les sortir, Péricard.

PÉRICARD.

Sur-le-champ, monseigneur.

(Il va pour sortir.)

GUISE.

A propos! et ce petit Robertz, qu'est-il devenu? est-il mort?

PÉRICARD.

Non, monseigneur; il en sera quitte pour rester long-temps à la chambre; on lui a fait un lit chez le concierge, et le Roi a envoyé Miron pour le panser.

GUISE.

Le Roi lui a envoyé son médecin?

PÉRICARD.

Oui, monseigneur.

GUISE.

Allons, décidément, il nous adore! Il y a de quoi s'attendrir. — Mais que cela ne vous empêche pas d'aller mettre mes pages en liberté.

PÉRICARD.

J'y vais, monseigneur. — Ah! j'oubliais... Il

y a là-bas, sous le Porche aux Bretons, une bonne vieille qui demande en grâce à vous parler.

GUISE.

Comment la nommez-vous?

PÉRICARD.

Jeanne Lenoir, ce me semble.

GUISE.

Quoi! Jeanne, ma vieille nourrice? que me veut-elle?

PÉRICARD.

Je ne sais, mais elle a grande envie de voir monseigneur.

GUISE.

Eh bien! faites-la venir, Péricard.

PÉRICARD.

Oui, monseigneur.

(Il sort.)

GUISE, seul, cherchant de nouveau dans les papiers qui sont sur la table.

Pas encore de lettres d'Orléans!... Je veux pourtant qu'avant la Noël, la citadelle soit sortie des griffes de maître Judas d'Entragues. Si à midi je n'ai point de nouvelles, Rossieux et son frère iront m'en chercher. — (Il se lève et se place devant un miroir.) Quant à présent, la grande affaire, c'est de passer ce pourpoint.... d'attacher cette fraise...... — Huit heures. — Le vestibule ne tardera pas à se remplir; si je les faisais attendre, ils croiraient que je m'oublie à dormir. (Il s'approche de la fenêtre qui donne sur la basse-cour.) Peste ! tous les jours plus nombreux..... députés, conseillers, échevins, jusqu'à des bourgeois..... Bien; et tous s'acheminent de ce côté. (Il va voir à la fenêtre qui donne sur la cour.) Pas un qui tourne seulement la tête vers le grand escalier : ils ont raison, morbleu ! qu'iraient-ils faire vis-à-vis? éveiller une malade, troubler un moine dans ses dévotions!

(Entre Jeanne Lenoir.)

Ah ! te voilà, bonne Jeanne.

JEANNE.

Pardon, monseigneur, pardon!

GUISE.

Approche.

JEANNE.

Oh! je suis bien là, monseigneur.

GUISE.

Non, ma bonne; approche. — Que veux-tu me dire?

JEANNE.

Moi, monseigneur, rien...

GUISE.

Mais pourtant on m'a dit que tu voulais me parler.

JEANNE.

Oh! sans doute, mon bon seigneur.

GUISE.

Eh bien! est-ce ma mère qui t'envoie?...

JEANNE.

Non, monseigneur, non : mais j'ai tant de peur pour vous...

GUISE.

Comment? pourquoi as-tu peur?

JEANNE.

Ah dame! si vous saviez, monseigneur, si vous saviez ce que j'ai vu....

GUISE.

Qu'as-tu vu?

JEANNE.

C'est ce matin, monseigneur...

GUISE.

Eh bien? ce matin...

JEANNE.

Au bas de la rampe qui descend à la fontaine...

GUISE.

Achève, ma bonne...

JEANNE.

Il y avait un frère minime qui remplissait sa gourde; sitôt qu'il m'aperçut, il vint à moi en me disant : N'êtes-vous pas de la maison de notre bon seigneur Henri de Guise ? — Si je suis de sa maison, ai-je dit, c'est moi qui l'ai nourri, cet excellent, ce grand prince....

GUISE.

Ensuite, ma bonne.

JEANNE, changeant sa voix.

« Eh bien! vous direz à votre maître qu'il y » a dessein contre lui, et que s'il ne quitte » promptement ce château.... »

GUISE, riant.

J'étais sûr que ça finirait par-là....

JEANNE.

Ah! monseigneur, je vous jure qu'il me l'a dit, il n'y a pas une heure... il me semble que je l'entends encore : « s'il ne quitte prompte- » ment ce château.... »

GUISE.

Je veux bien qu'il te l'ait dit, bonne Jeanne; mais ton père minime était un fou.

JEANNE, faisant le signe de la croix.

Ah! prenez garde, vous ne l'avez pas vu....

Un fou! c'était un saint, monseigneur, aussi vrai que je suis Jeanne Lenoir de Nancy....

GUISE, souriant.

Un saint?

JEANNE.

Oui, monseigneur; car il n'a pas plus tôt fini de me parler, qu'il a disparu comme un esprit : j'ai eu beau le chercher derrière et devant la fontaine, il n'y était plus... (Baissant la voix.) Et Madeleine, à qui je viens d'en parler, m'a dit qu'elle le connaît et que c'est saint François.....

GUISE, riant.

Saint François, bonne Jeanne?

JEANNE.

Oui, monseigneur; elle l'a vu à Beaugency il y a déjà vingt-cinq années, et il lui dit à peu près mêmes choses : miséricorde! c'était deux jours avant que notre bon seigneur, défunt le duc votre père, fût massacré traîtreusement par ce petit démon tout noir....

GUISE.

Que dis-tu là? deux jours avant que mon père!...

JEANNE.

Oui, monseigneur : saint François, son bon patron, lui donnait avis....

GUISE, *se levant et laissant voir un peu d'agitation.*

Ce sont des rêves!

JEANNE.

Non, non; je l'ai vu, monseigneur....

GUISE.

Madeleine t'a conté des histoires....

JEANNE.

Mais moi, monseigneur, je l'ai vu, il m'a
parlé... il venait vous avertir à votre tour. Ah!
mon bon maître, croyez-moi, il faut vous en
aller d'ici!...

GUISE.

Jeanne, c'est assez, ma bonne.

JEANNE.

Ils vous tueront, monseigneur, c'est sûr....
Dans ce maudit château il n'y a que huguenots.... on n'ose pas faire seulement un signe de
croix à son aise.

GUISE.

Dans ce château, c'est moi qui suis maître;
ne crains rien.

JEANNE.

Eh bien! monseigneur, si vous êtes maître,
chassez donc tous ces vilains soldats, archers,
hallebardiers, porteurs de dagues et de hoque-
tons qui font la garde à toutes les portes... Ils

vous ont des figures de loups affamés; et je ne
passe jamais devant eux, que je n'en voie cinq
ou six qui ressemblent comme deux gouttes
d'eau à ce monstre de Poltrot, quand ils seraient ses enfans....

GUISE.

Allons, Jeanne, laisse-moi.

JEANNE.

Ah! c'est que je l'ai toujours devant les
yeux cette maudite figure de nègre.... Et ce
coup de pistolet, je l'entends toujours. Mon
Dieu, mon Dieu! ce pauvre défunt.... Il venait
d'embrasser votre mère, et il s'en allait si tran-
quillement, sans se douter de rien..... Voyez-
vous, monseigneur, voilà comme ça arrive les
malheurs...

GUISE, troublé.

Jeanne, je vous ai dit de me laisser... Montez
chez ma mère, vous lui direz que j'irai la voir
avant la messe.

JEANNE.

Oui, monseigneur. Mais encore une grâce...
laissez-moi baiser votre main.

(Guise lui donne sa main.)

Ah! Père tout-puissant! ayez pitié de mon bon

seigneur!... Hélas! voilà l'anneau de ce pauvre
duc, je l'ai baisé aussi la veille de sa mort!

(Guise retire sa main assez brusquement. Jeanne reprend :)

Pardon, monseigneur, je m'en vais...

(Elle sort.)

GUISE, se jetant dans un fauteuil.

C'est comme un songe.... — Allons, allons:
quelle sottise!...— Mais non, jamais cette vieille
n'eut la voix si forte.... comme son regard était
brillant!... ses cheveux gris, sa mante noire.... j'ai
vu des larmes sur ses joues.... (Il garde le silence un
moment.) — La pauvre femme m'aime bien.
(Il se lève.) Laissons-là ces chimères : le château
n'est-il pas à moi? j'en ai les clés; j'ai les épées
et le courage de mes cent gentilshommes, —
cent.... Ils sont plus de cent contre moi, voilà
ce que j'oublie toujours.... deux compagnies
de Suisses, deux enseignes d'Écossais, et ces
ordinaires, ce Loignac... Elle a raison, la bonne...
Mauvaises figures! — Allons donc, qu'importe!
Je sens en moi je ne sais quel mouvement de
confiance qui ne peut me tromper; c'est comme
le matin d'une victoire....

(Entre Brissac.)

Ah! vous voilà, Brissac; on m'attend, n'est-ce
pas? vous pouvez faire ouvrir.

6

BRISSAC.

Monseigneur, les cardinaux ne sont pas encore arrivés.

GUISE, riant.

Serait-ce aussi le souper de d'Espignac qui les retiendrait au lit? — Mais regardez-moi, Brissac.

BRISSAC.

Pourquoi, monseigneur?

GUISE.

Qu'avez-vous, mon ami? vous paraissez tout triste.

BRISSAC.

Monseigneur, je viens d'entendre des choses...

GUISE.

Dites-les; voyons.

BRISSAC.

Deux valets de la Reine-mère, buvant avec mon laquais chez le concierge, lui ont dit que d'ici à peu les hardes seraient à bon compte, parce qu'on vendrait votre garde-robe avant qu'il fût Noël.

GUISE.

Vraiment! les faquins se figurent sans doute que j'ai dessein de payer mes dettes.

• BRISSAC.

Monseigneur, ils croient autre chose.

GUISE.

Ils ne croient rien, mon ami : ce sont des
perroquets qui répètent la leçon qu'ils ont
apprise. Ne connaissez-vous pas la Reine?
l'avez-vous vu jamais dire devant ses gens autre
chose que ce qu'elle voulait qui fût redit? Ah!
je comprends maintenant d'où me pleuvent tous
ces avis charitables. Voilà qui m'explique le
saint François, et tant d'autres miracles. La
Reine veut que je parte : je m'en doutais, m'en
voilà sûr.

BRISSAC.

Pour moi, je crains bien, au contraire, que
ces gens-là n'aient trahi quelqu'infernal secret.

GUISE.

Comment, Brissac, vous seriez dupe de cette
machination florentine! la ruse ne vous saute
pas aux yeux? vous n'avez donc jamais commandé de fausses attaques? On veut que je
sorte, mon ami, c'est qu'on a dressé l'embus-
cade. Allez, je connais ma Catherine; voilà dix
ans qu'elle me joue de ces tours-là, et je m'é-
tonne qu'elle n'en soit pas dégoûtée, car je n'ai

pas souvent été sa dupe; mais la bonne femme
se fait vieille, elle est usée.

BRISSAC.

Ce qui n'empêche pas, monseigneur, qu'elle
a passé presque toute la nuit en conférence avec
votre bien-aimé cousin; et Dieu sait ce qui se
sera tramé dans ce tête-à-tête!

GUISE.

Parbleu! je vais vous le dire : ils auront fa-
briqué toutes ces lettres de Nancy, de Tours,
d'Angers, de Paris, que j'ai reçues ce matin.
Voyez, Brissac, quel énorme paquet? eh bien!
dans toutes, c'est le même refrain : « Méfiez-
» vous de la Noël; on vous tuera avant la fin
» de l'an. » Ce qui me rassure, c'est que la veille
des barricades on m'en écrivait tout autant; et
cependant, vous le voyez, je ne suis pas encore
mort.

BRISSAC.

Monseigneur, je l'avoue, vous avez l'œil
mieux exercé que personne à démêler les ruses
de vos ennemis, et je n'ai pas oublié ce jour où
vous vous moquâtes si fort de moi et de quelques
autres, qui prenions pour des Reîtres, ces lances
et ces enseignes plantées derrière une haie:
Mais je ne vous le cache pas, monseigneur,

votre confiance d'alors ne ressemblait pas à celle d'aujourd'hui ; votre regard, pardonnez si je me trompe, paraît moins calme que vos paroles, et sous cet aspect de tranquillité, l'on dirait que vous cachez....

GUISE, l'interrompant.

Brissac, vous le savez, les meilleurs prophètes ont leurs momens de doute.

BRISSAC.

Ah ! monseigneur, si vous concevez les plus légers soupçons, écoutez-les, au nom du ciel ! Ces lettres sont fausses, je le veux bien ; tous les avis qu'on vous donne sont forgés à dessein ; mais il n'en est pas moins vrai que par toute la France vos amis sont en alarmes, et que les bruits les plus sinistres se répandent, non-seulement à Paris et dans nos provinces, mais à Rome, en Espagne.....

GUISE.

Vous voilà bien en peine ! ne sont-ce pas ces misérables astrologues et faiseurs d'almanachs qui sont cause de tout ce beau tapage ?

BRISSAC.

Comme vous voudrez, monseigneur ; mais vous conviendrez pourtant que, sans être par trop crédule, on peut trouver étrange que tous ces diseurs d'avenir, chacun dans leur pays, se soient rencontrés à faire les mêmes prédictions.

GUISE.

Vous oubliez donc toujours notre vieille magicienne? n'est-elle pas leur commère à tous? Et d'ailleurs ces gens-là ne parlent jamais que par mots à double sens; et l'on peut toujours y voir, selon son goût, le noir ou le blanc. J'ai le cœur trop haut, mon cher Brissac, pour m'inquiéter de ces prétendues prophéties; mais je gage que, si je voulais en prendre la peine, je vous prouverais qu'elles me sont aussi bien favorables que contraires. Voyons : n'est-ce pas là les vers de votre fameux Nostradamus?

Paris conjure un grand meurtre commettre;
Blois lui fera sortir son plein effet.

BRISSAC,

C'est cela même, monseigneur.

GUISE.

Eh bien! *Paris*, ce n'est pas le Roi; ce sont les Parisiens; et franchement le bonhomme Nostradamus ne se trompe guère; car si ce pauvre Valois n'avait tourné bien vite les talons, je ne sais si nos amis de Sorbonne n'auraient pas trouvé de belles et bonnes raisons pour le pendre. Ainsi, rien n'est plus vrai : *Paris a conjuré un grand meurtre commettre ;* maintenant, *Blois lui fera sortir son plein effet....* Eh bien ! Brissac, cela vous désole?

BRISSAC.

Certes non, monseigneur : si vous l'entendez ainsi, je ne demande pas mieux ; mais toutes les prédictions ne se laissent pas interpréter de la sorte ; et l'almanach de Billy, par exemple....

GUISE.

Que dit-il donc celui-là?...

BRISSAC.

Voici ses vers :

La cour sera en un bien fâcheux trouble ;
Le grand de Blois son bon ami tuera.

GUISE, l'interrompant et souriant.

Le grand de Blois?... Ah! ça, monsieur de Brissac, vous avez de singulières distractions. Je ne suis donc pas le grand de Blois, selon vous? Quant à savoir si je tuerai mon bon ami, peu importe ; mais, par tous les saints! je suis le grand de Blois.

BRISSAC.

Allons, monseigneur, à la manière dont vous

prenez les choses, je vois que rien ne pourra changer votre résolution.

GUISE.

Non, mon ami; je suis trop avancé maintenant pour reculer; et l'on serait trop joyeux là en face, si j'avais le malheur de faire seulement un pas en arrière.

BRISSAC.

Vos amis, vos vrais amis, monseigneur, s'en réjouiraient aussi.

GUISE.

Excepté d'Espignac, pourtant.

BRISSAC.

Monsieur l'archevêque a ses raisons : ne faut-il pas qu'on lui donne le temps de recevoir ce fameux chapeau? Mais quant à ceux qui n'attendent rien de la cour, qui ne placent leur fortune que dans l'avancement de vos desseins et de votre grandeur, ils n'ont qu'un désir, c'est de vous suivre à Orléans ou à Paris, de vous y nommer connétable, puis quelque chose encore.... Je dois même vous le dire, monseigneur, c'est-là ce que nous avons arrêté hier....

GUISE.

Comment hier? à quel moment?

BRISSAC.

Hier au soir, monseigneur.

GUISE.

Voilà qui me déplaît! Encore une assemblée
de nuit, et chez les pères de Jésus, je gage.

BRISSAC.

Oui, monseigneur.

GUISE.

Toujours ces pères!... — C'était donc pendant le souper de d'Espignac?

BRISSAC.

Oui, monseigneur.

GUISE.

Je n'aime pas ces cachotteries.... Il fallait
m'avertir, Brissac.

BRISSAC.

Monseigneur, je n'y suis allé que par hasard....

GUISE.

Ces messieurs de Jésus devraient bien se
mêler de leurs affaires. — Étiez-vous nombreux?

BRISSAC.

Une trentaine environ; les gens du Tiers
dominaient.

GUISE.

En ce cas, vous aurez entendu de belles
folies !

BRISSAC.

Non, monseigneur ; ils sont convenus seulement qu'ils vous supplieraient de transporter
les États à Orléans, afin d'en finir avec le Valois, et d'échapper aux dangers que nous courons tous dans cette ville à demi-huguenote.

*(Guise ne répond rien et reste pensif appuyé sur le dos d'un grand
fauteuil.)*

Après la séance, le petit Caracciolo, le secrétaire
du légat, s'est levé pour se plaindre de son
maître....

GUISE, *se relevant brusquement.*

Comment? ce petit impudent...

BRISSAC:

Il l'accuse de froideur pour l'Union.... Et
entre nous, monseigneur, on voit plus souvent monsieur le cardinal au lever du Roi
qu'au vôtre...

GUISE.

Vous n'y comprenez rien... Morosini me
sert en homme habile...

BRISSAC.

Il court pourtant des bruits sur son compte...

GUISE

Je suis sûr de Morosini. — Ce Caracciolo est un meurt-de-faim, un Napolitain rongé d'envie : qu'il s'avise de dénoncer son patron...

BRISSAC.

Ma foi, monseigneur, je crois bien que les Pères en écriront à Rome...

GUISE.

Comment, ils m'enlèveraient Morosini, Morosini qui est maître de l'esprit du Roi, qui le mène à sa fantaisie? — En vérité, cette sainte société commence à se faire un peu trop remuante : pour des gens qui ne sont au monde que d'hier, ils ont déjà la main partout. Mon frère les gâte; il en fait ses mignons, il est toujours à leurs genoux, et cela pour quelques méchans services....

D'ESPIGNAC, qui vient d'entrer, et qui a entendu les derniers mots.

Silence! monseigneur, silence! monsieur le cardinal est derrière mes talons.

GUISE.

Eh bien! crois-tu que je me gênerai pour le lui répéter en face?

(Entre le cardinal de Guise.)

Venez donc, mon frère; voilà d'Espignac qui ne veut pas que je vous dise que vos jésuites

sont des brouillons qui accaparent tout à eux,
et que vous avez tort de leur livrer le plus secret de nos desseins.

LE CARDINAL.

Je vois d'ici ce qui vous tourmente : on vous
a parlé de cette réunion d'hier ; eh bien ! par
saint Michel ! ils ont bien fait ! j'aime les gens
qui veulent aller vite ; je les prends pour mes
serviteurs, et j'ai raison : quant aux gens qui
vous servent, je vous conseille, ma foi, de les
vanter ! Depuis deux mois que vous êtes ici,
vous avez fait grand'chose !

GUISE.

Un peu de patience..... et l'on verra.

LE CARDINAL.

Oui, d'ici là, nous avons le temps de gri-
sonner, vous et moi. Laissez donc courir mes
lévriers, mon cher Henri ; ils arpentent plus
de terrain en une semaine que tous vos bassets
en six mois.

GUISE.

Besogne si vite faite ne dure pas. Je n'ai pas
envie d'un trône bâti sur quatre fourches.

LE CARDINAL.

Qu'importe ! pourvu que les fourches soient
solides : et d'abord, grâce à nos amis de Jésus,

notre saint-père le pape en tiendra une dans sa main...

GUISE.

C'est précisément ce que je ne veux pas.

LE CARDINAL.

Eh bien, pardieu! faites-vous roi tout seul; mais hâtez-vous, car on finira par rire de vos lenteurs.

GUISE.

En effet, la chose est facile dans un pays peuplé de cette race à tête dure qu'on appelle bourgeois! Imbécilles qui s'imaginent qu'on n'est pas bon pour régner, si l'on n'est engendré roi dans le ventre de sa mère!

LE CARDINAL.

Soit : mais vous conviendrez cependant que dans leur temps le petit Pépin et le grand-père du Valois n'en ont pas moins très-bien fait leur affaire.

GUISE.

Beau mérite, dans ce temps-là!...

LE CARDINAL.

Dans ce temps là, il y avait des politiques tout comme du nôtre.

GUISE.

Des politiques, je n'en sais rien; mais du

moins, il n'y avait pas de bourgeois, il n'y avait pas cette fourmilière de manans qui se sont faits riches à auner de la serge, et qui maintenant ont plus de puissance en leurs baillages que des châtelains dans leurs donjons. — Maudits soient ceux qui ont laissé grandir cette mauvaise herbe, elle finira par nous étouffer tous! Allez, mon frère, une royauté, vieille de cinq siècles, et flanquée d'une bourgeoisie, c'est un bastion qui ne s'emporte pas du premier assaut... Ah! s'il n'y avait que des moines et des nobles!... Mais laissons tout cela... Il se fait temps d'ouvrir les portes.... Le vestibule doit être plein. —Holà! quelqu'un.

(Entre Montigny, premier page.)

—Faites entrer.—Mais où donc est mon fils?

D'ESPIGNAC.

Je ne sais, monseigneur. — Quelqu'un a-t-il vu le prince de Joinville?

(Personne ne répond.)

GUISE.

Il sera sans doute encore au mail ou au jeu de paume!.... — Ne devrait-il pas se rendre ici aux heures de réception, et m'aider à faire mes civilités? personne ne le connaît; il aura trente ans, qu'on le prendra encore pour un de mes pages. Bienheureux, ma foi, qu'on songe à sa fortune!....

D'ESPIGNAC, bas à Brissac.

Il est certain que si le cher enfant n'est pas roi par héritage, il ne risque rien de commander son tombeau ailleurs qu'à Saint-Denis.

(Pendant ces derniers mots, une foule de députés du Tiers et de la Noblesse, grand nombre d'ecclésiastiques, ayant à leur tête les cardinaux de Bourbon, de Gondy, de Vendôme, et l'archevêque de Bourges, sont introduits, et font leur révérence au duc de Guise : Saint-Paul, Bois-Dauphin, Mayneville, et les autres officiers du duc, entrent aussi de leur côté et viennent se ranger auprès de lui.)

GUISE.

Eh bien! messieurs, êtes-vous contens de la suppression des tailles?

LE CARDINAL DE VENDÔME.

Monseigneur, cette journée d'hier sera fêtée par le peuple comme un jour de délivrance.

GUISE.

Je voudrais lui procurer plus souvent de semblables fêtes : mais les temps sont difficiles, messieurs; ce n'est pas sans peine que nous avons obtenu de Sa Majesté qu'elle signerait.

L'ARCHEVÊQUE DE BOURGES.

Monseigneur possède la verge de Moïse; il a forcé Pharaon de soulager le peuple de Dieu : et comme il est dit au livre de....

MARTEAU, président du Tiers, l'interrompant.

Plus monseigneur a rencontré d'obstacles, plus nous lui devons de reconnaissance. La compagnie que j'ai l'honneur de présider, m'a commandé de déposer aux pieds de Votre Seigneurie ses humbles remercîmens.

(Le provincial des jésuites s'avance à son tour pour faire son compliment ; mais, au moment où il ouvre la bouche, Guise prend la parole :)

GUISE.

Je ne vous le cache pas, messieurs, le Roi se plaint encore ; il nous accuse de l'avoir réduit au petit pied, et prétend même que nous lui demandons deux choses incompatibles, savoir, d'augmenter le nombre de ses soldats pour soutenir trois guerres à la fois, et de diminuer ses revenus. Mais à cela, messieurs, la réponse est aisée : on n'a qu'à puiser dans l'épargne avec plus d'ordre et de retenue ; on n'a qu'à ne plus répandre une continuelle pluie d'or sur tous ces hommes avides, qui se partagent aujourd'hui la dépouille de messire d'Épernon, et il restera encore plus d'argent qu'il n'en faut pour faire rendre gorge au duc de Savoie, et exterminer tous les huguenots des deux provinces. — Que vous en semble, messieurs ; n'est-ce pas votre avis ?

(Tout l'auditoire répond par un murmure approbateur. On entend çà et là prononcer ces mots : Sans doute, monseigneur, sans doute. — Guise reprend :)

Si le Roi veut s'enrichir, il faut qu'il nous laisse le délivrer des sangsues qui le dévorent. Dénonçons sans pitié les abus dont nous sommes témoins, messieurs. Apportez-moi vos plaintes, je me charge de tout faire parvenir aux oreilles du Roi.

(Nouveau murmure approbateur. — Guise continue :)

Messieurs du Tiers, je sais que vous avez le désir de voir se rétablir la vieille charge de connétable : vous feriez bien d'en rédiger la demande, je vous promets de l'appuyer. C'est une excellente idée que vous avez eue là : le Roi est d'une santé qui demande des ménagemens ; un connétable lui sera d'un grand secours.

MARTEAU.

On dit pourtant, monseigneur, que Sa Majesté n'est pas disposée à renouveler cette ancienne dignité en votre faveur.

GUISE.

Pourvu que vous m'en jugiez digne, messieurs, c'est tout ce qu'il me faut.

7

(Un chuchotement assez bruyant se fait entendre dans la salle. — Guise,
qui jusque-là a parlé sans bouger de sa place, le dos tourné vers la cheminée, fait quelques pas en avant, et aborde le cardinal de Bourbon.)

Eh bien! monsieur le cardinal, est-ce vous qui
allez nous dire la messe à Saint-Sauveur?

LE CARDINAL DE BOURBON.

Le Roi me prive de cet honneur, monseigneur; il a chargé monsieur le légat d'officier.

GUISE.

Il m'eût été agréable que ce fût vous. —
(Il s'approche de Carlos de Mendoza, neveu de l'ambassadeur d'Espagne.)
— Votre oncle est donc malade, monsieur de
Mendoza?

MENDOZA.

Hélas! oui, monseigneur; il a la goutte.

GUISE.

J'irai le voir après mon dîner. — (À un député
du Tiers qui est à côté de Mendoza :) Comment, monsieur
Loisel, vous êtes déjà de retour d'Angers? J'admire votre diligence. Ah! ça, l'Union va-t-elle
bien dans votre pays?

LOISEL.

Mais, monseigneur, les catholiques ne s'entendent pas trop mal. Vous avez sans doute
appris ce que nous avons fait lundi dernier?

GUISE.

Non, je ne sais rien.

LOISEL.

Ah! je suis charmé de vous l'apprendre. Monseigneur connaît peut-être cet infâme petit libelle huguenot, intitulé *le Maire du Palais?*

GUISE.

Mais, oui; je crois me rappeler...

LOISEL.

Eh bien! monseigneur, l'imprimeur a été trouvé et pendu.

GUISE.

Très-bien.

LOISEL.

En même temps on a pendu un misérable marchand de Rouen qui paraissait s'appitoyer sur le sort de l'autre qu'on menait pendre. Monsieur Airault, le lieutenant criminel, mettait tant de zèle à vous satisfaire...

GUISE.

Cependant si cet homme n'avait rien fait?...

SAINT-PAUL, derrière le duc.

Allez, monseigneur, c'est toujours un de moins.

(On rit.)

GUISE, continuant sa promenade, s'approche de deux échevins.

N'est-ce pas vous, messieurs, qui êtes envoyés par les habitans de Romorantin ?

L'UN DES ÉCHEVINS.

Oui, monseigneur.

GUISE, se retournant.

Péricard, donnez-moi cette lettre.

(Péricard lui présente une grande lettre scellée d'un ample cachet.)

—Messieurs, j'ai examiné votre demande, elle est juste ; vous ne devez point de logemens militaires aux gens de Sa Majesté : voici des lettres-patentes, scellées de mon grand sceau, par lesquelles je vous fais défense de fournir ni vivres ni munitions au sieur de Souvray et à sa compagnie, quels que soient les ordres dont ils s'autorisent : vous leur direz d'aller en chercher à Bourges, ou plus loin encore. Puisque j'ai répondu devant Dieu de la sûreté des États, je ne dois pas souffrir que toutes les villes qui nous environnent se changent en camps et en arsenaux. Allez, messieurs.

D'ESPIGNAC, bas au cardinal de Guise.

Ma foi, monseigneur, je ne mangerai jamais plus de crême de Saint-Gervais, ou cela s'appelle faire le roi gros comme le bras.

LE CARDINAL.

Mais, oui, je le trouve assez en train ce matin : c'est surtout ce grand sceau qui me charme; j'appelle cela : *les adieux à la lieutenance.*

D'ESPIGNAC

Allons! le voilà qui passe devant le père provincial, sans lui dire un seul mot.

LE CARDINAL.

Maladresse : voyez-vous, Pierre, ces gens de guerre ont de maudits préjugés... Mais je vais lui parler, moi.

(Il s'approche du père provincial des jésuites et cause avec lui.)

GUISE, s'arrêtant devant monsieur Pasquier, maître aux comptes.

Salut! monsieur Pasquier : dites-moi, je vous prie, ce que devient votre ami, ce gentilhomme gascon qui fait de si beaux écrits?

PASQUIER.

Le sieur de Montaigne, monseigneur?

GUISE.

Oui, le sieur de Montaigne : pourquoi ne vient-il plus avec vous?

PASQUIER.

Mais, monseigneur... une santé délicate... un esprit quelque peu bizarre...

GUISE.

De quoi donc pourrait-il s'effaroucher?....
Dites-lui combien j'ai de plaisir à le voir... il a
des façons de parler si vives, si brusques....
dites-le lui bien, monsieur Pasquier.

(Guise, qui a fait le tour de la chambre, retourne devant la cheminée et dit
à haute voix :)

Messieurs, voici venir l'heure de vos séances ;
je ne veux pas vous retenir : moi-même, je ne
tarderai pas à prendre congé de vous, car j'ai
besoin de me recueillir avant de recevoir le
corps de Notre-Seigneur.—Nous n'avons point
parlé de tout ce que j'ai fait depuis dimanche
pour obtenir du Roi l'admission du concile de
Trente, et l'édit d'exclusion contre le roi de
Navarre. Demain, messieurs, si vous me faites
encore même honneur qu'aujourd'hui, je vous
dirai où en sont ces affaires, et en quoi je puis
avoir besoin que vous me prêtiez secours.—
Adieu! messieurs.

(La foule s'écoule peu à peu. — Guise fait signe à Marteau :)

Veuillez rester, monsieur Marteau. — (Au cardinal
de Bourbon :) Cardinal, un moment, s'il vous plaît...
(A l'archevêque de Bourges :) Et vous aussi, monsieur
l'archevêque, si rien ne vous presse toutefois.

L'ARCHEVÊQUE DE BOURGES.

A vos ordres, monsieur le duc, à vos ordres.

GUISE, se retournant et élevant la voix.

Péricard. — (A demi-voix :) Quels sont donc ces deux hommes debout près de la fenêtre? que font-ils là? pourquoi ne sortent-ils pas avec les autres?

PÉRICARD.

Monseigneur, le plus petit est ce juif, de Mayence, nommé je crois Mathias, qui vous prêta soixante mille écus la veille des barricades; l'autre a fourni l'argent pour payer le gouverneur de Sedan.

GUISE.

Eh bien! que viennent-ils faire? croient-ils que je vais les payer? soixante mille écus! soixante mille brasses de corde pour les pendre. Péricard, faites-moi sortir ces impudens. (A Saint-Paul:) Saint-Paul, aidez Péricard.

LE CARDINAL DE GUISE, bas à Brissac.

Le meilleur moyen de se délivrer de cette canaille, c'est de se faire Roi.

(Péricard et Saint-Paul disent quelques mots aux deux juifs, qui se retirent tout tremblans. — Il ne reste plus dans la chambre que Guise, son frère, Brissac, Bois-Dauphin, Mayneville, Saint-Paul, Péricard, d'Espignac, le cardinal de Bourbon, l'archevêque de Bourges et La Chapelle Marteau.)

GUISE.

Holà! qu'on ferme les portes.

(Un page ferme la porte et se retire.)

Maintenant, messieurs, nous pouvons parler; nous sommes en conseil de famille. — Monsieur Marteau, vous direz à votre chambre qu'il faut songer sérieusement à cette charge de connétable; j'ai l'espoir que le Roi n'en voudra point entendre parler; c'est alors, messieurs, que nous aurons besoin de toute votre énergie.

MARTEAU.

Mais, monseigneur, pourquoi courir la chance que le Valois accepte? Nous avons déjà décidé que nous vous nommerions de notre chef.

GUISE.

Je le sais : mais vous ne dites pas tout; ce n'est qu'à Orléans que vous comptez faire ce coup d'audace, et moi, c'est ici que j'en ai besoin. Je vous ai fait rester, messieurs, pour vous parler avec toute franchise : je ne veux point aller à Orléans, je ne veux point sortir de ce château. On n'a jamais fait retraite la veille d'une victoire; et quitter la partie, c'est la perdre.

MARTEAU.

Mais, monseigneur, si l'on vous prouve qu'on en veut à vos jours.

GUISE.

Je n'en fais doute, monsieur; et si j'étais fils
de lièvre, il y a long-temps que j'aurais pris
la fuite. Mais avec le nom que je porte, et au
point où j'en suis avec le Roi, on ne recule pas;
à moins d'avoir envie de s'avouer vaincu.

LE CARDINAL DE GUISE.

Au nom du ciel! mon frère, faites-nous grâce
de vos idées de paladin; vous n'êtes point sur
un champ de bataille, mais dans un repaire de
voleurs, et vous jouez un jeu à nous faire tous
égorger: depuis huit jours je ne rêve que guet-
à-pens.

GUISE.

Vous ne voyez pourtant pas qu'il soit fort
aisé de me surprendre. Je ne connais point
d'homme sur terre qui, mis aux mains seul à
seul avec moi, ne doive prendre pour lui la
moitié de la peur; et je marche d'ailleurs si bien
accompagné, qu'il n'est pas facile de m'investir
sans qu'on me trouve sur mes gardes.

LE CARDINAL DE BOURBON.

Tant mieux, monsieur le duc, tant mieux;
car il ne faut pas vous fier aux caresses du Roi.
Hier au soir je l'ai vu chez sa mère, et ce n'était
plus le même homme que quand il vous parlait.

BRISSAC.

Vous entendez, monseigneur, tout le monde le juge comme moi.

GUISE.

Eh bien! oui, c'est un fourbe, il est perfide comme une hyène; mais ne sait-il pas que ma partie est la plus forte, et que j'aurais des vengeurs? Le croyez-vous assez fou pour se mettre, de gaîté de cœur, en guerre avec tous ses sujets?

L'ARCHEVÊQUE DE BOURGES.

Ah! monseigneur, la colère est une passion aveugle, *cæcus furor* : tous les auteurs sont d'accord là-dessus....

GUISE.

Monsieur l'archevêque, je ne suis pas savant comme vous; mais, n'en déplaise à vos auteurs, j'ai remarqué qu'il y a aussi des colères prudentes, et celle du Roi est de ce nombre.

L'ARCHEVÊQUE DE BOURGES.

Notez bien cependant, monseigneur, que vous l'avez contraint de sortir au galop de sa ville capitale; fût-il un saint, c'est une honte qu'il ne pourra jamais oublier; et si vous ouvrez Homère, au livre premier de son *Iliade*,

vous y apprendrez une belle leçon de Calchas
qui remontre à Achille qu'un prince offensé,
encore qu'il dissimule, trouve toujours une
occasion de se venger :

Κρείσσων γὰρ βασιλεύς. . . . .

GUISE, l'interrompant.

Pardonnez, monsieur l'archevêque, il ne
s'agit point de grec.

LE CARDINAL DE GUISE.

Non ; mais il s'agit de vie et de mort, mon
frère.

GUISE.

Si vous le croyez, que ne partez-vous ? rien
ne vous oblige à rester : la chambre du clergé
trouvera bien un autre président.

LE CARDINAL DE GUISE.

Je ferais sagement peut-être, pour votre conservation, de me séparer de vous ; car il n'y a
rien de séduisant comme un coup double, et
l'on diffère volontiers ce qui ne peut se faire
qu'en deux fois : mais j'userai d'un moyen meilleur encore ; je resterai, me réservant de vous
harceler si bien, que vous finirez par me dire
vous-même : Allons-nous-en.

GUISE.

En vérité, mon cher Louis, vous parlez de
tout cela comme une femme; vous êtes bien le
digne frère de votre sœur; mais ouvrez donc
les yeux, et regardez sérieusement les choses.
Je suis ici à un poste d'honneur; que dira-t-on
si je l'abandonne? que j'ai trahi mes devoirs;
qu'en faisant dissoudre les États, j'ai empêché
le Roi d'accomplir le bien qu'il méditait pour
le soulagement du royaume : et, si le Roi se met
en armes pour me courir sus, que ferons-nous?
nous tiendrons la campagne. Soit : mais nous
voilà factieux, révoltés, sur le même pied que
les huguenots. N'attendez pas que les membres
des États qui se retireront avec moi nous
soient d'un grand secours; nous n'aurons pour
nous que nos amis : le Roi gardera les siens. Si
les deux tiers des États nous accompagnent,
l'autre tiers suivra le Roi. Si nous rendons des
édits, ils en rendront aussi. — Je cours ici quelques dangers, mais c'est un malheur nécessaire;
il n'y a point de fortune sans hasard : quand on
a le pied sur l'échelle, il faut monter jusqu'au
sommet, quelque haute que soit la muraille.
Une fois pour toutes, messieurs, je reste à
Blois; je reste dans ce château : c'est à la face

du Roi que, de gré ou de force, je veux devenir connétable. Une fois connétable, je le me-
nerai à Paris; et là, dans son Louvre, il faudra qu'il me demande comme une grâce de
sceller de sa propre main le contrat d'une nouvelle royauté.

(Ici le duc s'arrête et garde un moment le silence. — Personne ne prend
la parole pour lui répondre. — Il continue :)

Maintenant, messieurs, que vous connaissez
mes desseins, vous n'exigerez plus, je pense,
que je cède à vos alarmes. Si vous me trouvez
téméraire, ne me suivez pas; mais, croyez-moi,
une telle partie de prime vaut bien qu'on risque
quelque chose pour l'enjeu.

BRISSAC.

Monseigneur, Dieu nous garde de vous quitter jamais! nous ne craignons que pour votre
vie.

GUISE.

J'en étais sûr, mes amis. — Monsieur Marteau,
n'oubliez pas que c'est votre Chambre qui doit
la première parler de la charge de connétable;
il ne faudra pas tarder. J'ai mandé deux de mes
régimens de Picardie qui arriveront demain soir
à Vendôme; la citadelle d'Orléans nous sera
rendue dimanche au plus tard; lundi, Rossieux

nous amènera un millier de lances à Beaugency ;
c'est donc mardi qu'il faut être prêts. Faisons
des vœux pour qu'on nous fasse un beau refus.... nous en serions quittes plus tôt? Adieu,
messieurs ; pardonnez-moi de ne pas vous
retenir à déjeûner ce matin ; vous savez que
je vais m'asseoir à une autre table ; et d'ailleurs on vous attend à vos Chambres. —
Adieu.

LE CARDINAL DE GUISE , lui donnant la main.

Adieu ; mais souvenez-vous que je ne suis pas
vaincu, et qu'il me reste une langue qui ne
vous laissera pas en repos.

GUISE , souriant.

S'il vous plaît de perdre vos paroles : à votre
aise.

(Le cardinal de Guise sort ; après lui sortent le cardinal de Bourbon , le
cardinal de Vendôme , l'archevêque de Bourges , monsieur de Brissac et
Péricard. Saint-Paul, Mayneville et Bois-Dauphin vont aussi pour
sortir ; mais Guise leur fait signe de rester, et leur dit :)

Écoutez, mes amis, faites prendre les armes à
tous mes gentilshommes du régiment de Vaudemont ; puis, sans faire semblant de rien, vous,
Mayneville, entrez avec eux dans l'église, et
placez-moi deux ou trois hommes entre chaque
pilier : cela demande un peu d'adresse, vous
comprenez. — Vous, Saint-Paul, emmenez

avec vous tous vos amis de Nancy, et distribuez-
les çà et là dans la basse-cour, afin qu'il y ait du
monde autour de moi quand je passerai. Il est
bon que l'on sache que nous sommes sur nos
gardes. Allez, messieurs, avant que la messe
sonne.

(Ils sortent.)

D'ESPIGNAC, resté seul avec le duc.

Monseigneur, puisque vous en êtes à l'article
des précautions, ce que j'approuve fort, bien
que notre ami l'ermite ne me fasse pas grand'
peur, il en est une que je vous prie de ne pas
oublier.... Mais qu'est-ce que j'aperçois là-bas
sur le pont-levis.... un carrosse?...

(Ils s'approchent tous deux de la fenêtre qui donne sur la basse-cour.)

GUISE.

Il a passé si vite, que je n'ai pu reconnaître
qui était dedans. — Le voilà qui s'arrête sous la
grande porte... D'Espignac, va donc voir ce que
c'est.... ces postillons fourrés doivent venir de
loin....

D'ESPIGNAC.

J'y vais, monseigneur; mais d'abord écoutez
ma précaution : quand vous aurez reçu la sainte
hostie sur votre langue, pour l'amour de Dieu,
gardez-vous de l'avaler....

GUISE.

Comment?

D'ESPIGNAC.

Ne l'avalez pas; c'est tout ce que je vous demande; mais ramassez-la, sans qu'on s'en aperçoive, dans un coin de votre bouche, puis, au bout d'un moment, feignez de tousser et crachez-la. Croyez-moi, c'est plus prudent; on ne sait pas de quelle farine elle sera faite.... Pour moi, je n'en use pas autrement depuis que je suis ici, même quand j'officie. Songez-y bien, monseigneur.... — Je remonte à l'instant.

GUISE.

Je t'attends.

(Il s'assied. D'Espignac sort.)

— Il a raison peut-être.... Cette communion serait-elle ?.... (Il se lève.) Non, non.... — Et puis les précautions....les précautions me fatiguent.... Certainement, la meilleure de toutes serait de s'en aller.... mais, puisque je reste, puisqu'il faut que je reste, ce qui doit arriver arrivera..... Quand tous les sorciers du monde me chanteraient mon *Requiem*.... je n'ai pas cent ans à vivre; il faut bien mettre à fin quelque chose.....

(Il s'interrompt en voyant rentrer D'Espignac.)

D'ESPIGNAC.

Ah! monseigneur! quelle nouvelle! Devinez qui était dans ce carrosse?

GUISE.

Qui? voyons; parle.

D'ESPIGNAC.

Une dame, une dame de Paris.

GUISE.

Ce carrosse vient de Paris?

D'ESPIGNAC.

Oui, monseigneur; et cette belle dame est une marquise.

GUISE.

Que dis-tu là? Serait-il possible... Charlotte?...

D'ESPIGNAC.

Elle-même, monseigneur; madame de Noir-moutiers en personne.

GUISE.

Ah! cette chère Charlotte!.... Mais que vient-elle faire à Blois?

D'ESPIGNAC, prenant une voix lugubre.

Elle vient tout exprès, monseigneur, pour vous empêcher de mourir.

GUISE.

Comment? elle aussi!

8

D'ESPIGNAC.

Elle vous croyait déjà assassiné, dagué, brûlé vif, et que sais-je encore?... Mais quand nous lui avons dit : Il est là-haut, vous allez le voir.... ses joues se sont couvertes d'une douce rougeur.... Ah ! monseigneur, quelles joues !....

GUISE, se tournant vers le miroir, et arrangeant sa fraise.

Monsieur l'archevêque, il me semble que voilà des joues qui occupent un peu trop votre éminence.

D'ESPIGNAC.

Et vous, monseigneur, n'y pensez-vous point?... Il est vrai que les yeux valent encore mieux que les joues.... et, certes, pour une beauté de trente-sept ans, il est impossible d'être plus....

GUISE.

Que dis-tu donc? elle n'a pas....

D'ESPIGNAC.

Ah ! monseigneur, plutôt trente-huit ! je tiens registre de toutes ces dames. — Elle vient précisément entre madame d'Aumale et madame de Nevers : mais il n'y paraît pas ; toujours jolie ! toujours belle !....

GUISE.

D'Espignac, où est-elle ?

D'ESPIGNAC.

Chez votre mère, monseigneur....

GUISE.

Eh bien ! montons chez ma mère.

D'ESPIGNAC.

Eh ! mon Dieu ! monseigneur, vous voilà plus
jeune, plus ardent que monsieur de Joinville !....
Dites.... en seriez-vous toujours amoureux ?

GUISE.

Mais pourquoi pas ?

D'ESPIGNAC.

Vous avez raison, monseigneur, je suis un
grand sot.... Mais le siècle où nous sommes croit
si peu aux vieilles amours... surtout quand sept
à huit ans d'infidélités ont passé par-dessus.

GUISE.

Allons, laisse-là ton bavardage, et suis-moi.

D'ESPIGNAC.

Oui, monseigneur. Mais avouez que j'ai bien
fait de vous empêcher de quitter ce château :
voyez un peu ; vous auriez manqué la marquise !

(Guise sort le premier sans l'écouter.— D'Espignac sort après lui.)

FIN DE LA TROISIÈME SCÈNE.

SCÈNE IV.

JEUDI 22 DÉCEMBRE, 9 HEURES DU MATIN.

La chambre à coucher du Roi.

Le Roi est à genoux sur son prie-dieu. M. de Bullis, son aumônier, est assis auprès du feu.

LE ROI.

Monsieur de Bullis, je suis prêt.

DE BULLIS.

Votre Majesté a-t-elle dit son *Confiteor ?*

LE ROI.

Oui, mon père.

DE BULLIS, *s'approchant du Roi.*

Très-bien ! N'est-ce pas dimanche que nous nous sommes confessés pour la dernière fois ?

LE ROI.

Oui, mon père.

DE BULLIS.

Eh bien ! Sire.... depuis dimanche ?....

LE ROI, ayant l'air de chercher dans sa mémoire.

Depuis dimanche, mon père, il n'y a rien de nouveau.

DE BULLIS.

Rien ?

LE ROI.

Non, rien : je suis d'une telle sagesse, maintenant !....

DE BULLIS.

Je vous l'ai toujours dit, Sire, il ne s'agit que d'en prendre l'habitude. — Votre Majesté veut-elle que je prononce l'absolution ?

LE ROI.

Mais.... attendez.... pas encore.

DE BULLIS.

C'est qu'il se fait tard, Sire : monsieur le légat est peut-être déjà à la sacristie, et Votre Majesté se souvient qu'elle m'a commandé de lui servir la messe. (Il se lève et se prépare à prononcer l'absolution.) *In nomine Patris et....*

LE ROI.

Non, non : un moment.... on oublie quel-

quefois.... si par hasard.... —Tenez, mon père,
faites-moi des questions.

DE BULLIS.

Sire, à quoi bon, si votre mémoire ne vous
rappelle rien qui en vaille la peine? est-ce pour
quelques misérables peccadilles....

LE ROI.

Voilà comme vous êtes, monsieur de Bullis....
Moi, je ne veux pas de grâce. Je n'ai pas envie
de faire une mauvaise communion, surtout si
près de la Noël. Voyons, mon père; je vais
vous répondre.

DE BULLIS.

Certainement Votre Majesté n'a rien fait ni
rien pensé qui soit contraire aux saints dogmes
de notre divine religion.

LE ROI.

Miséricorde! Dieu m'en garde!

DE BULLIS.

Vous n'avez rien épargné, rien négligé pour
étendre son règne et terrasser ses ennemis.

LE ROI.

Oh! pour ce qui est de la religion, mon
père, n'ayez point d'inquiétude; je suis bien
sûr que Dieu doit être content de moi.

DE BULLIS.

Eh bien! c'est tout ce qu'il faut, Sire : car Dieu nous absout aisément de nos autres péchés, quand nous n'en commettons point qui le touchent personnellement. — Maintenant, quant au prochain, vous ne l'avez offensé ni en action, ni en pensée?....

LE ROI, hésitant.

Mais.... je ne dis pas cela; je me rappelle bien certaines pensées....

DE BULLIS.

Comment, Sire; des pensées de haine, de vengeance, peut-être?....

LE ROI.

Hélas! oui, mon père. Mais que voulez-vous, il m'insulte tous les jours.....

DE BULLIS.

De qui parle Votre Majesté?

LE ROI.

De qui?.... eh! mais.... du prochain.—Cette question était inutile, monsieur de Bullis.

DE BULLIS.

J'en demande pardon à Votre Majesté.

LE ROI.

Ce qui me rassure, mon père, c'est que

vous m'avez dit souvent qu'on n'allait pas en
enfer pour des pensées.

DE BULLIS.

Sire, c'est suivant quelles pensées....

LE ROI.

Je compte pourtant bien que Dieu ne me
damnera pas pour quelques mouvemens d'impatience, ou pour de simples bouffées d'humeur noire.... cela ne s'est jamais vu. — D'autant que quand il fait ce temps sombre et froid,
vous savez bien que je ne suis pas maître de
moi. Ce n'est donc pas ma faute si....

DE BULLIS.

Sire, Notre-Seigneur ne reçoit pas de telles
excuses.

LE ROI.

Pardonnez-moi, mon père, il faut bien qu'il
les reçoive; car Miron m'a dit vingt fois que
tout ce que je pourrais penser et même tout
ce que je pourrais faire, par un temps comme
celui-ci, ne saurait m'être imputé.

DE BULLIS.

Votre Majesté veut donc que je prononce
l'absolution?

LE ROI.

Moi, je ne veux rien : c'est votre affaire, monsieur de Bullis.

DE BULLIS.

Sire, vous êtes en état de grâce.

LE ROI.

Dès que vous me le dites, je me tiens content.

DE BULLIS.

Cependant, Sire....

LE ROI.

Pardon, pardon!....

DE BULLIS.

Comme Votre Majesté voudra.... — *In nomine Patris....*

LE ROI.

Et ma pénitence? Vous ne me donnez pas de pénitence?

DE BULLIS.

Ah! vous avez raison, Sire : Votre Majesté lira trois fois, tous les soirs, le psaume trentième : *Domine, ne in furore tuo....*

LE ROI.

Mon père, j'aimerais mieux le trente-septième.

DE BULLIS.

Pour quelle raison, Sire?

LE ROI.

Parce qu'il est plus long. Je veux une bonne pénitence.

DE BULLIS.

Eh bien! soit : Votre Majesté lira le trente-septième.

LE ROI.

Je le lirai six fois.

DE BULLIS.

Comme vous voudrez, Sire. — *In nomine Patris et Filii et Spiritûs-Sancti....*

LE ROI.

Amen.

DE BULLIS.

Absolvo te, etc.... (Il dit toute la formule de l'absolution.)

LE ROI.

Amen. — Maintenant, monsieur de Bullis, allez voir si monsieur le légat est arrivé : vous me ferez avertir aussitôt que vous serez prêt. Adieu. —

(Il se lève et l'accompagne jusqu'à la porte; au moment où de Bullis va pour lever la tapisserie, le Roi lui prend la main et lui dit :)

Un instant, monsieur de Bullis.... Décidément, il me semble que je ne vous ai pas tout dit....

(Après une minute de silence, il laisse aller la main de M. de Bullis et ajoute :)

Mais non.... ce n'est rien : je ne m'en souviens plus. Adieu, mon père.

DE BULLIS.

Sire, je baise les mains à Votre Majesté.

(Il sort.)

LE ROI, seul.

Ma foi, j'ai bien fait de ne lui rien dire.... Au bout du compte, je suis en état de grâce, j'ai mon absolution.... Oui, mais.... je vais faire une mauvaise communion! Seigneur Dieu !.... voyons pourtant... n'y aurait-il pas moyen ?... Si j'envoyais quelque petite chose à Notre-Dame de Cléry ?.... (Il ouvre un coffre de bijoux.) Bon ! cette croix d'or fera l'affaire.... et en y joignant ce petit bénitier.... (Il prend dans le coffre la croix et le bénitier, et dit à haute voix :) Holà? quelqu'un !

(Entre Du Halde.)

DU HALDE.

Vous avez appelé, Sire?

LE ROI.

Allez chercher....

DU HALDE.

Miron?

LE ROI.

Non, d'Orguyn, mon chapelain; mais pourquoi disiez-vous Miron?

DU HALDE.

Je craignais que Votre Majesté ne fût mal à son aise.

LE ROI.

Quelle idée!

DU HALDE.

C'est que monsieur de Bullis nous a dit en
sortant : « Le Roi n'a-t-il pas la fièvre ? il est bien
» agité. »

LE ROI, laissant tomber la croix et le bénitier sur son prie-dieu.

Comment! ce sont ses paroles ?....

DU HALDE.

Oui, Sire.

LE ROI, à part.

Oh! que j'ai bien fait de ne lui rien dire ! (Haut.)
Mais qu'a-t-il ajouté?

DU HALDE.

Rien, Sire : je l'ai vu ensuite descendre dans
la cour, où il s'est entretenu avec monsieur le
cardinal de Guise. Tenez, les voilà tous deux
qui entrent chez les PP. de Jésus.

LE ROI, s'approchant de la fenêtre.

En effet, vous avez de bons yeux. — Est-ce
que monsieur de Bullis est de la société ?

DU HALDE.

On le croit, Sire.

LE ROI.

Pourquoi s'en cache-t-il?

DU HALDE.

Pour que Votre Majesté lui continue ses bonnes grâces.

LE ROI.

Mais il a tort : je ne les hais pas ces gens de Jésus.

DU HALDE.

Ce sont pourtant de désespérés ligueurs.

LE ROI.

Je le sais : mais trouvez-moi des moines qui ne soient pas ligueurs; ligueurs pour ligueurs, j'aime mieux les jésuites que les cordeliers.—Ah ça! nos deux compagnons ne sont pas seuls. Du Halde, voyez donc tout ce monde qui sort du chemin creux! quelle procession! d'où viennent ces gens-là?

DU HALDE.

De chez monsieur de Guise....

LE ROI.

Comment? tous?

DU HALDE.

Oui, Sire.

LE ROI.

Mais qu'avait-il besoin de cette cohue?

DU HALDE.

Sire, c'est tous les matins même cérémonie, à l'heure du lever de monsieur le duc....

LE ROI.

Ah ! j'oubliais, c'est vrai !.... — Mais moi,
du Halde, voici l'heure de mon lever, et je n'ai
personne !

(Il se promène avec agitation.)

DU HALDE.

Sire, pendant que vous étiez avec monsieur
de Bullis, messieurs de Rambouillet et de Loignac se sont présentés au vestibule ; après eux
sont venus monsieur D'Aumont, monsieur
d'Ornano, monsieur Révol, monsieur.... de
Montolon....

LE ROI, avec ironie.

Comment ? la demi-douzaine ! vous m'é-
tonnez : et où sont-ils, s'il vous plaît ?

DU HALDE.

Sire, quand ils ont vu que vous ne receviez
pas, ils sont passés chez la Reine.

LE ROI, d'un ton plus amer.

Bravo ! ils auraient pris froid devant le feu
du vestibule !... C'est dommage que je ne m'appelle pas monsieur de Guise ! on m'aurait bien
attendu.... Oh ! j'ai vraiment de bons amis ! j'en
ai bon nombre surtout !... (S'efforçant de rire :) Si mon
cousin ne me fait la charité, je finirai par être
forcé de me verser moi-même à boire. (Il s'aperçoit

que du Halde l'écoute.) Du Halde, ne restez pas là... sortez, du Halde!...

DU HALDE.

Sire, vous paraissez souffrant.... il vous faut quelqu'un.

LE ROI.

Non, je sais ce que c'est : laissez-moi ; je veux être seul. — Allez chez ma mère, vous lui demanderez des nouvelles de sa santé. Allez.

(Du Halde sort. Le Roi baisse aussitôt la tapisserie devant la porte et court se jeter à genoux sur son prie-dieu. Après un moment de silence, il se frappe par trois fois la poitrine et s'écrie :)

O mon doux Jésus, mon Sauveur! ce n'est pas ma faute, mais, décidément, il faut que je le tue!.... (Il se lève subitement.) Personne ne m'écoute ? non. (Il s'assied près du feu.) —— Qu'on est bien tout seul!... Il me semble que je le vois là par terre! ce serait si facile.... Après tout, ce n'est pas le premier homme qu'on tue. Patience!... (Il prête l'oreille comme pour écouter.) Non, l'on ne sonne pas, ce n'est pas encore cette messe.... elle m'ennuie cette messe.... Pardon, mon bon Dieu! mais soyez juste, songez que je vais l'avoir assis à mon côté, qu'il me faudra endurer l'outrage de son regard, de sa taille de Goliath!.... Ah! que n'ai-je dit à mes braves ordinaires de me l'étendre mort, là, justement

devant l'autel!... Et s'il était encore temps? —
pourquoi pas? Oui.... mais ne serait-il pas bien
aise, comme dit ma mère, d'être attaqué pour
avoir un prétexte?.... Cette lettre de la d'Aumale.... Oh! la maudite lettre! sans elle le coup
serait fait maintenant! L'occasion était si belle
hier soir, au sortir de ce souper!....

(On frappe à la porte.)

Qui va là?

CRILLON, de dedans le vestibule.

C'est moi, Sire : dites à du Halde qu'il me
laisse entrer.

LE ROI, à part.

C'est Crillon.... Si celui-là voulait! Mais comment lui dire?....

CRILLON, toujours dans le vestibule.

Est-ce que Votre Majesté ne veut pas que
j'entre?

LE ROI, levant la tapisserie et ouvrant la porte.

Pardon, mon ami : on ouvre toujours sa
porte aux braves comme toi!

(Crillon entre brusquement; il a le visage animé et la voix émue.)

Mais que me veux-tu? est-ce la messe?

CRILLON.

La messe? en vérité, je pense bien à la messe.

LE ROI.

Et qu'as-tu donc?

CRILLON.

J'étouffe.

LE ROI.

Tu étouffes ?

CRILLON.

Pas de chaud, mais de rage.

LE ROI.

Que t'ont-ils fait ? Conte-moi cela.... morbleu !

CRILLON.

Ce qu'ils m'ont fait ?.... Je n'ai pas pu me
venger.... voilà ce qu'ils m'ont fait.

LE ROI.

Tu ne t'es pas vengé, Crillon ?

CRILLON.

Par la corbleu ! c'étaient des enfans : je ne tue
pas les enfans, moi !

LE ROI.

Quels enfans ?

CRILLON.

Parbleu, les pages de votre beau cousin.
Vous voyez bien cette tache à mon pourpoint,
Sire, eh bien ! c'est de la neige que ces polis-
sons m'ont lancée, en m'appelant *garde-fou*,
sauf votre respect. Harnibieu ! que n'avaient-ils
la taille et la moustache de maître Bussy d'Am-

9

boise, je ne les aurais pas laissé prendre leur galop comme une nichée de petits lapins.

LE ROI.

Crillon, es-tu bien sûr que ce soient ses pages ?

CRILLON.

Comment, Sire ? Venez les voir ; ils sont peut-être revenus dans la cour.

LE ROI.

Mais les miens, où sont-ils ?

CRILLON.

Au cachot.

LE ROI, se jetant avec colère dans son fauteuil.

Oh ! mon cousin, pour le coup, vous allez trop loin.

CRILLON.

Il ne s'arrêtera pas là, si Votre Majesté ne prend le parti de lui dire une bonne fois, comme cela, voyez-vous, la main sur la dague : Cousin, le charbonnier est maître chez lui.

LE ROI.

Assieds-toi, Crillon.

CRILLON.

Quand Votre Majesté aura fait au maître ce

compliment, les valets deviendront plus dociles.

LE ROI.

Ce qui est inouï, c'est qu'il les laisse aller dans la cour. Si du moins il les eût gardés dans ses appartemens; mais dans la cour, au vu et au su de tout le château!

CRILLON.

Parbleu, ils ne se cachaient pas; ils étaient là à jouer au cheval-fondu avec les palfreniers de cette marquise qui vient d'arriver....

LE ROI.

Quelle marquise?....

CRILLON.

Celle qu'on appelait madame de Sauves; vous savez, Sire.

LE ROI.

Madame de Noirmoutiers?

CRILLON.

Comme vous dites.

LE ROI.

Elle vient de Paris, sans doute! Encore quelque intrigue! C'est la Montpensier qui l'envoie! Oh! la maudite race que ces femmes! — Mais j'admire comme on en use avec le maître du logis! On vient ici, l'on s'installe sans

en demander permission, sans même en avertir....

CRILLON.

Que voulez-vous, Sire, les rats ne se gênent
pas quand le chat sommeille.

(Le Roi, à ce mot de *chat*, fait un petit mouvement convulsif.)

LE ROI.

Nous nous réveillerons, Crillon.

CRILLON.

Tout de bon, Sire? Dieu vous entende!

LE ROI.

Si tu es las des valets, je ne le suis guère
moins du maître.

CRILLON.

Par saint Georges! voilà qui est parlé, Sire!

LE ROI, s'approchant de Crillon et baissant la voix.

Dis-moi, l'homme sans peur, tu ne l'aimes
donc pas ce grand Gédéon?

CRILLON.

Pas plus qu'il n'aime Votre Majesté.

LE ROI.

Eh bien! tu as raison, mon ami, car il te
déteste.

CRILLON.

Je l'espère bien, ventre-bleu! je n'ai pas
envie de ses caresses.

LE ROI.

Sois persuadé qu'il aura commandé à ces
petits garnemens de te faire cette avanie.

CRILLON.

Parbleu! c'est une manière d'insulter Votre
Majesté.

LE ROI.

Non; c'est qu'il t'en veut personnellement,
et plus qu'à moi, peut-être.

CRILLON.

Tant mieux!

LE ROI, après un moment de silence.

Sais-tu ce que je me disais tout à l'heure?

CRILLON.

Que vous disiez-vous, Sire?

LE ROI.

Qu'il finirait par rencontrer quelque âme
brusque qui couperait court à son insolence.
(Regardant l'épée de Crillon.) Il y a certaines dagues.....

CRILLON.

Sire, vous ne serez roi que quand on vous
aura rendu ce service-là.

LE ROI.

Eh bien! mon Crillon.... c'est toi qui me le
rendras!

CRILLON.

Sire, je suis prêt.

LE ROI.

Mon bon ami! tu m'en délivreras?....

CRILLON.

A l'instant, si vous voulez.

LE ROI.

Oh!.... j'étais bien sûr....

CRILLON.

Je vous en réponds.

LE ROI.

Brave Crillon!....

CRILLON.

Ah! ça, mais croyez-vous qu'il accepte?

LE ROI.

Comment? qu'il accepte?....

CRILLON.

Eh bien! oui : ce n'est pas tout de bien se battre; il est prince, et je ne suis que mestre de camp, Crillon, fils cadet de Gilles de Balbis...

LE ROI.

Qu'importe, mon ami!

CRILLON.

Mais s'il n'accepte pas, comment voulez-vous que je fasse?

LE ROI.

Tout comme s'il acceptait. — As-tu besoin de sa permission pour lui envoyer deux balles dans la tête ?

CRILLON.

Harnibieu ! Sire, comptez-vous donc que je vais l'attendre au coin d'une haie ?

LE ROI, lui frappant amicalement sur la cuisse.

Non, non, là....

CRILLON.

Je ne suis qu'un cadet ; mais, ventre-bleu ! je suis Crillon, votre mestre de camp ; et jusqu'ici personne n'a dédaigné de se couper la gorge avec moi....

LE ROI.

C'est vrai, mon ami.

CRILLON.

Je vous ai promis de vous délivrer du duc ; et je tiendrai parole. Quelque rude que soit son bras, je suis sûr de mon coup. Je n'ai qu'à me faire tuer, il faudra bien qu'il tombe.... Mais si Votre Majesté veut faire de moi son prévôt des hautes œuvres ; si vous me commandez de braquer les gens comme des lièvres, je me sens encore de trop bonne condition pour m'accommoder à de tels métiers ; et je vous demanderai plutôt la permission de me retirer dans ma famille, dans ma Provence....

LE ROI.

Crillon, Crillon, n'en parlons plus. — Je trouverai d'autres moyens.

CRILLON.

Sire, vous avez tort. Il n'y a qu'un moyen digne de vous : c'est celui que je vous propose.

LE ROI.

Non, mon ami; je paierais sa mort trop cher en l'achetant au prix de la vie d'un homme comme toi.

CRILLON.

Tout ce que je vous conseille, Sire, c'est de ne pas le faire assassiner.

LE ROI.

Et moi, tout ce que je te demande, c'est le secret, le plus profond secret !

(La porte s'ouvre.)

DU HALDE , annonçant de dedans le vestibule.

Monseigneur le légat.

LE ROI , à demi-voix.

Ah! mon Dieu! le légat! Et cette messe que j'oubliais !.... (Bas à Crillon :) Crillon, tu me tues si tu parles! Au nom du ciel, donne-moi ta parole que tu ne parleras pas! ta parole, Crillon !

CRILLON, bas.

Je vous la donne, Sire : que je meure plutôt
que de révéler jamais les secrets intérêts de
mon maître !

LE ROI, au légat qui est entré pendant la réponse de Crillon.

Pardon, cent fois, monsieur le légat! je vous
fais attendre; je devrais être à l'église.... Holà!
vite, mon manteau!

MOROSINI.

Sire, c'est à nous à prendre les commodités
de Votre Majesté : toutefois, si vous le per-
mettez, nous ne descendrons point encore à
l'église....

LE ROI.

Comme il vous plaira, monsieur le cardinal.
Tout n'est peut-être pas encore préparé?

MOROSINI.

Non pas encore; et je venais en attendant....

LE ROI, l'interrompant.

Vous veniez me parler de quelque affaire....
vous voulez un entretien. — Tout à l'heure,
monsieur le légat. Asseyez-vous, je vous en
prie. (Bas à Crillon qui se dispose à s'en aller :) Tu m'as donné
ta parole, Crillon; ne l'oublie pas! surtout pas
de générosité : prends garde à toi! ne va pas

te croire obligé de lui faire confidence, comme autrefois à Fervaques!....

CRILLON, bas.

Vous avez ma parole, Sire.

LE ROI, bas et lui serrant la main.

Elle me suffit, mon brave.... (A Morosini.) Vous excusez, monsieur le légat : je lui donne quelques ordres....

MOROSINI.

Comment donc, Sire? c'est moi qui vous demande pardon.... J'ai si peu de chose à dire à Votre Majesté....

LE ROI.

Oh! ce que je lui dis n'est rien non plus, je vous assure.... (Frappant sur l'épaule de Crillon.) C'est mon vicaire, monsieur le légat! un second moi-même; mon cher, mon fidèle Crillon, mon brave des braves!... Va, mon ami, va; et je t'en prie, n'oublie pas ce que je t'ai dit....

(Crillon salue le légat et sort. — Le Roi se rapprochant du légat :)

— Maintenant me voici tout à vous. (Il s'assied.) Que me voulez-vous, monsieur le légat? vous avez peut-être des nouvelles de Sa Sainteté?

MOROSINI.

Non, Sire, je n'ai rien reçu de Rome; mais je viens d'y envoyer un message qui ne peut man·

quer d'y causer une grande joie! Quelles belles
étrennes pour notre Saint-Père, quand il ap-
prendra que Votre Majesté a dépouillé tout
ressentiment, tout soupçon contre monseigneur
de Guise : que vous avez, devant la Table de
notre Sauveur, partagé avec lui le Saint des
saints.... Et quant à moi, Sire, comment pour-
rais-je vous remercier dignement de l'honneur
que vous me faites en me choisissant pour présider à une aussi mémorable cérémonie?

LE ROI.

Vous croyez donc que Sa Sainteté sera contente de cette communion?

MOROSINI.

Ah! Sire, le parfum en montera jusqu'au
trône de Dieu! Par-là, vous démentez à la face
du ciel les bruits injurieux qu'on a semés contre
vous : qui voudrait croire qu'un prince aussi
religieux que vous, Sire, consentît à se souiller
d'un sacrilége?....

LE ROI.

Monsieur le légat, que disent-ils donc de
moi?

MOROSINI.

Des calomnies indignes, Sire.... On voudrait

nous faire croire que votre bonne amitié pour monsieur le duc n'est qu'un piége où....

LE ROI, l'interrompant.

Par la mort-dieu! qui ose répandre de tels bruits?

MOROSINI.

Sire, je ne sais : mais il y a tant de mauvaises langues qui se plaisent à débiter des noirceurs.

LE ROI.

C'est vrai; car mon cousin n'est pas plus à l'abri que moi de la morsure de ces vipères.

MOROSINI.

Comment?

LE ROI.

Sans doute. On dit qu'il a dessein de se faire nommer connétable par les États; qu'il veut me ramener de vive force à Paris, me raser, m'enfermer aux Capucins; que sais-je même, me faire mourir?....

MOROSINI.

Ciel! quelles perfidies!

LE ROI.

Certes, c'est affreux! Mais il ne faut pas plus croire ce qu'on dit de lui, que ce qu'on dit de moi : l'un est aussi vrai que l'autre.

MOROSINI.

Ah! que je suis heureux, Sire, de voir le peu de cas que vous faites de ces faussetés. Je craignais toujours que de funestes conseils....

LE ROI.

Monsieur le légat, je n'écoute pas les mauvais conseils....

MOROSINI.

Sire, j'en rends grâce à Dieu; mais, si jamais vous aviez le malheur de leur prêter l'oreille, songez à toutes les calamités que vous feriez fondre sur votre royaume! quelle guerre furieuse vous allumeriez!

LE ROI.

Comment? vous croyez qu'il faudrait guerroyer?

MOROSINI.

Oui, Sire; et ce serait de ces guerres dont on ne voit pas la fin. — Songez aussi quelle plaie pour notre religion! et quelle douleur pour Sa Sainteté, qui se verrait forcée de lancer contre vous la bulle d'excommunication.

LE ROI.

D'excommunication! vous croyez?

MOROSINI.

Hélas! oui, Sire, *ipso facto.*

LE ROI.

Ipso facto ? Cependant, si le cas de *lèse-majesté* était bien prouvé ?

MOROSINI.

Ah ! c'est autre chose.

LE ROI.

À la bonne heure : vous m'étonniez de parler si vite d'excommunication. Je sais qu'en fait de *lèse-majesté*, les principes de notre Saint-Père sont très-sévères.

MOROSINI.

Je le crois aussi.

LE ROI.

Il n'aimerait pas qu'on se laissât détrôner.

MOROSINI.

Non, certes. Puisqu'il est le père spirituel de tous les rois, il doit être le gardien de tous les trônes.

LE ROI.

Je me rappelle qu'il m'écrivait, il y a deux ou trois ans : « Avant tout, il faut se faire obéir. »

MOROSINI.

Je le crois, Sire.

LE ROI.

C'est lui aussi qui a envoyé aux galères cer-

tains cordeliers qui, en leurs prédications,
avaient osé médire de lui.

MOROSINI.

Rien de plus vrai.

LE ROI.

Enfin, c'est encore lui qui me fit dire, après
les barricades, que j'avais été trop bon. Je ne
cite pas ses paroles et ses exemples, afin de
m'en autoriser; car je n'ai certainement pas
occasion de les mettre à profit; mais je tenais
à apprendre de vous, monsieur le légat, s'il
n'était pas des cas où je pourrais, tout en usant
de quelque rigueur, ne pas cesser d'être agréable
à Sa Sainteté ?

MOROSINI.

Sans aucun doute, Sire.

LE ROI.

J'en suis charmé : car je ne suis pas d'humeur à me laisser outrager par un.... par mes
sujets; et cependant ce serait pour moi le plus
cuisant chagrin, que d'être brouillé avec notre
saint-père le Pape.

MOROSINI.

Sire, vous avez bien raison! Aussi ferez-vous
toujours mieux, si le cas échéait, de vous adresser
d'abord à notre cour....

LE ROI.

A moins pourtant que la nécessité ne soit si urgente....

MOROSINI.

Sans contredit....

LE ROI.

Mais nous raisónnons là sur de vraies chimères : Dieu merci ! nous n'en serons pas réduits à ces extrémités ; car, je vous le répète, il ne faut pas ajouter plus de foi aux mauvais desseins qu'on prête à mon cousin contre moi, qu'il n'en faut donner aux pensées charitables qu'on me suppose contre lui.

MOROSINI , se levant.

Sire , pardonnez-moi de vous avoir troublé au milieu de vos affaires.

LE ROI.

C'étaient de vraies bagatelles , monsieur le légat ; n'en parlons plus : vous m'avez fait grand plaisir.

MOROSINI.

Je vais me rendre à la sacristie ; et quand Votre Majesté....

LE ROI.

Très-bien : dès que vous me ferez avertir , je descendrai.

(Morosini le salue profondément et sort. — Le Roi, après avoir baissé
la tapisserie :)

Bon ! nos gens de Rome, à ce que je vois, ne
diraient pas grand'chose : il ne serait pas difficile de s'accommoder avec eux ; moyennant
quelque argent et l'admission du concile, tout
serait bien vite terminé. Allons, il ne s'agit que
de se mettre à l'œuvre.... — Oui, mais que
d'obstacles !.... encore, si mes amis y mettaient
quelque complaisance ; mais on me laisse seul :
ma mère, qui sait tout, ne me dit rien.... Si j'en
parle à mots couverts, on n'a pas l'air de me
comprendre ; et, pour une fois que je me suis
expliqué ouvertement, j'ai été bien reçu !....
Aussi je suis un grand fou d'aller conter ces
choses-là à ce Crillon : il n'y a rien de pis que
ces cadets, quand ils ont seulement un peu
d'honneur : heureusement il ne parlera pas : on
pouvait s'adresser plus mal. — J'ai bien encore
Ornano, Loignac.... mais je n'oserai plus. —
Allons, c'est fini : je ne suis pas né heureux,
jamais je ne réussirais ; autant vaut ne pas essayer. — Après tout, je n'aurai pas d'enfans : à
quoi bon me donner tant de peine !.... Encore
un peu de patience.... sait-on ce qui peut arriver ? Enfin, s'il tombait malade !.... oh ! quelle
idée ! qu'il me ferait plaisir !

10

(On entend la cloche de Saint-Sauveur qui sonne la messe.)

— La messe !

(Il se met à genoux sur son prie-dieu et récite à demi-voix le *Confiteor*. — Du Halde entre portant à la main le manteau du Roi. — Au moment où il entre, le Roi élève la voix et dit, en se frappant fortement la poitrine :)

Meâ culpâ, maximâ, maximâ culpâ !

DU HALDE.

Sire, voici votre manteau.

LE ROI, se levant.

Bien ; prenez mon Missel. —

(Entrent dix ou douze gentilshommes, parmi lesquels le maréchal d'Aumont, Ornano, Loignac, Bellegarde, Rambouillet. — Le Roi va au-devant d'eux et donne la main à d'Aumont.)

Salut ! messieurs ; bonjour, maréchal ! — Eh bien ! mes amis, que dit-on de cette communion ?

D'AUMONT.

Rien, Sire ; mais Votre Majesté peut compter sur nous.

LE ROI.

Comment ? aurait-on des desseins de l'autre côté ?

D'AUMONT.

Dieu les en préserve, ou morbleu !....

LE ROI.

Oh ! je connais mon cousin, il est trop sage. —

(A du Halde, qui vient de lui placer son manteau sur les épaules :)

Eh! mon Dieu, du Halde, me voilà fourré comme un ours : il fait donc bien froid?

DU HALDE.

Encore plus qu'hier, Sire.

LE ROI.

Quel diable de temps! Est-ce que notre France s'aviserait de prendre le climat sauvage de cette maudite Pologne? — Messieurs, vous prierez Dieu pour qu'il dégèle.... ah! j'oubliais.... et pour que notre hôte soit aussi loyal et fidèle qu'il est heureux en amours. Car vous savez que pendant que cette bonne duchesse fait ses couches à Paris, il vient d'arriver, pour occuper sa place, une belle dame que.... quelques uns de nous connaissent sans doute.... Mais, n'importe, les yeux sont encore assez beaux pour dompter des Hercules, et j'espère que le nôtre va nous laisser en paix pour filer sa quenouille.

(On rit et on chuchote.)

Eh bien! qu'attendons-nous? Tout est-il prêt, du Halde?

DU HALDE.

Oui, Sire; et même monsieur de Guise est au pied du grand escalier, qui attend Votre Majesté.

LE ROI.

Monsieur de Guise, vous l'avez vu ? — Dans
la cour, vous êtes sûr?

DU HALDE.

Oui, Sire.

LE ROI.

Quelle humilité ! — Eh bien ! voyez comme
il s'amende ! Allons, descendons. — Ce n'est
pas que j'aie d'ordinaire grand'pitié pour mes
pages; mais, en vérité, celui-là est de condition
à ne pas le trop faire attendre.

(Il va pour sortir. Entre Révol, le secrétaire d'État, et derrière lui un
messager.)

RÉVOL.

Sire, permettez : voici un homme qui demande à parler à Votre Majesté.

LE ROI.

Révol, je vais à la messe.

RÉVOL.

Sire, ce sont d'importantes affaires.

LE ROI.

Je ne puis, mon cousin m'attend. Lisez le
message.

RÉVOL.

Cet homme n'a point d'écrit; il faut qu'il vous
parle, Sire.

LE ROI.

C'est donc bien secret? (Aux gentilshommes :) Messieurs, veuillez descendre vers monsieur de Guise; je vous suis.

(Les gentilshommes sortent. — Le Roi au messager :)

Qui vous envoie, bon-homme?

LE MESSAGER.

Sire, voyez cet anneau.

LE ROI , prenant l'anneau.

Quoi! d'Épernon! oui c'est bien cet anneau que je lui donnai à Saint-Germain. (Il met l'anneau à son doigt et conduit le messager auprès d'une fenêtre.) Parlez bas, mon ami.

LE MESSAGER.

Sire : le duc, mon maître, sait, de bonne part, qu'on en veut à vos jours; l'exécution de ces mauvais desseins doit être proche : monsieur de Guise ramasse déjà ses forces; deux régimens lorrains arriveront aujourd'hui ou demain à Vendôme; et l'on dit que du côté d'Orléans il a déjà réuni un grand nombre de lansquenets et d'Espagnols des Pays-Bas.

LE ROI.

On ne vous a rien dit de plus?

LE MESSAGER.

Non, Sire; mais monseigneur le duc m'a re-

commandé par trois fois de vous prier de veiller
à votre vie.

LE ROI.

Merci, mon ami. — Du Halde, vous allez faire
boire ce brave homme, et vous le logerez dans la
petite aile du midi.

DU HALDE.

Sire, monsieur le duc vient d'en disposer pour
les laquais de la marquise.

LE ROI, frappant du pied.

Comment!... (Au messager:) N'importe; descendez toujours, mon ami.

(Le messager sort.)

— Du Halde! du Halde! écoutez. — Vous
voyez bien cet homme; vous remarquez ses
chausses bleues et son floquet rose, eh bien!
ne le perdez pas de vue : sachez où il va, à qui
il parle : prenez garde qu'il ne s'enivre, et, si
vous le voyez rôder à six pas seulement des cui-
sines du duc ou de son escalier, faites-le saisir
sur-le-champ, et pas de pitié : aux petites oubliettes!... Allez vite.

(Du Halde sort.)

— Sainte mère de Dieu! moi qui parlais de patience! je suis dans la nasse jusqu'au cou! mais
j'en sortirai, je briserai les mailles! Par la

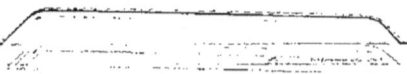

mort-dieu! le courage me remonte au cœur!

(Entre Loignac)

Ah! c'est vous, Loignac; comme vous courez! vous venez me chercher? Descendons.

LOIGNAC.

Sire, je voulais vous prévenir que vous alliez trouver l'église remplie de soldats; n'en soyez pas surpris....

LE ROI.

Que se passe-t-il donc?

LOIGNAC.

Rien, Sire; mais comme je me suis aperçu que monsieur le duc faisait garnir la nef de ses hommes d'armes, j'ai cru que Votre Majesté devait y avoir aussi les siens.

LE ROI.

Vous avez très-bien fait, Loignac. Mes ordinaires y seront-ils?

LOIGNAC.

Oui, Sire; moitié dehors, moitié dedans.

LE ROI.

Bon! — Ainsi nous allons communier au milieu des hallebardes! — Ah! mon cousin, voilà donc comme vous entendez la paix!.... Mon cher Loignac, vous me répondez qu'ils n'entreprendront rien?

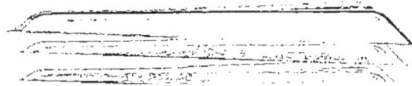

LOIGNAC.

Sire , nous serions plus forts qu'eux.

LE ROI.

A la bonne heure. (Elevant la voix:) Désormais, mon ami, il faut que je m'arrange pour communier plus tranquille.

(Ils sortent.)

FIN DE LA QUATRIÈME SCÈNE.

SCÈNE V.

JEUDI 22 DÉCEMBRE, 11 HEURES DU MATIN.

La basse-cour du château.

Grande foule dans la basse-cour.

De l'autre côté des fossés, beaucoup de bourgeois et de gens de la campagne, que les sentinelles ne laissent pas entrer.

Les portes de l'église Saint-Sauveur sont ouvertes ; on entend le son de l'orgue et le chant des prêtres ; on aperçoit les cierges allumés ; l'église est presque entièrement pleine de soldats.

Sous le porche *, Loignac, Sainte-Malines et une douzaine d'ordinaires ; à côté d'eux huit ou dix gentilshommes lorrains.

Dans l'intérieur de la basse-cour se forment çà et là des groupes de députés du tiers, d'ecclésiastiques et de gentils-hommes des deux partis. Parmi les députés on remarque Crucé, Compan, le président de Neuilly et quelques autres Parisiens.

Le poste du pont-levis est sous les armes ; on voit aussi mêlés dans la foule quelques soldats de la garde du Roi. Crillon, Larchant, capitaine des Écossais, et Hamilton, son lieutenant, causent ensemble auprès du pont-levis.

GOUDARD, le concierge, sur le seuil de sa porte, regardant avec étonnement la foule qui remplit la basse-cour.

Sainte Brigitte de miséricorde ! faut-il que les hommes soient curieux ! du froid qu'il fait, les

* *Voyez* le plan, lettre P.

voilà tous qui restent là comme des statues, et pourquoi? pour voir communier le Roi! Belle rareté! Ce qui me déplaît là-dedans, c'est que ça finira encore par du bruit. Dans ce pays-ci, quand les maîtres font la paix, on peut bien gager que les valets vont se prendre aux cheveux : gare mes vitraux! gare mes bouteilles! Oh! que ne suis-je resté concierge à Chambord!.....

(Il aperçoit les pages du duc de Guise qui entrent par la grande porte du château.)

Malédiction! les voilà lâchés ces étourneaux, ces démons!....

MONTIGNY.

Père Goudard, as-tu vu les Valois?

GOUDARD.

Comment! les Valois? on ne parle pas comme cela de messieurs les pages de Sa Majesté.

MONTIGNY, riant.

Messieurs les pages!.... réponds toujours les as-tu vus tes messieurs?....

GOUDARD.

Je n'ai vu personne.

PETIT-BOURG.

Les poltrons! c'est par peur qu'ils restent au cachot.

MONTIGNY.

Nous finirons bien par les rejoindre. — A propos, Goudard, comment va Robertz ?

GOUDARD.

Un peu mieux.

MONTIGNY.

Ce pauvre Robertz ! dis-lui que pour achever de le guérir, nous lui ferons manger une fricassée d'oreilles de ces faquins de bleuets.

GOUDARD.

Oh ! les petits vilains, sont-ils méchans !....

(Voyant entrer Loignac, suivi de six hallebardiers :)

— De la sagesse, messieurs !

LOIGNAC, faisant ranger la foule à droite et à gauche.

Place au Roi ! place au Roi !

MONTIGNY, marchant derrière Loignac, et faisant reculer la foule jusqu'à ce que le passage soit plus large du double.

Place à monseigneur de Guise ! à chacun son chemin !

(Entrent le Roi, le duc de Guise, et derrière eux tous les cardinaux et les gentilshommes des deux Maisons. Le Roi tient ses Heures ouvertes, et marmotte ses prières : le duc fait de temps en temps des saluts gracieux aux gentilshommes qui sont sur son passage ; arrivé auprès du porche, le Roi ferme ses Heures, jette un coup d'œil dans l'église, et se retourne vers le duc en disant :)

Voyez donc, mon cousin ; voilà un spectacle qui me touche ; que de casques, que de justeau-corps de fer !.... J'ai tant de plaisir à voir les gens de guerre devenir religieux !

GUISE.

En effet, Sire, j'aperçois dans la nef presque tous les archers de votre garde.

LE ROI.

Ah! ne soyons pas injustes, mon cousin; j'y vois aussi bon nombre de vos Lorrains. — Mais entrons; monsieur le légat est à l'autel.

(Ils entrent : les seigneurs des deux partis se rangent pêle-mêle dans l'église. — Le Roi, selon sa coutume, entre en gardant son bonnet sur la tête.)

DUVERGER, député du Tiers.

Eh bien! le très-chrétien n'ôte pas son bonnet?

UN BOURGEOIS.

Il a peut-être peur de s'enrhumer.

CRUCÉ, au bourgeois.

Savez-vous, l'ami, de quoi il a peur? c'est de faire trop d'honneur à Jésus-Christ.

LE BOURGEOIS, étonné.

Oh!.... monsieur le député!...

NEUILLY, à Duverger.

Vous appelez cette coiffe-là un bonnet? c'est un turban, morbleu!

LE BOURGEOIS, étonné.

Oh! pas tout-à-fait.

NEUILLY.

Comment, pas tout-à-fait? Moi, je vous dis qu'il est coiffé à la turque.

CRUCÉ.

Oui, Turc par la tête, Polonais par l'habit, Anglais par la jarretière, et diable dans l'âme; c'est bien clair, il n'y a que les Blaisois qui en doutent.

LE BOURGEOIS, bas à son voisin.

Dis donc, Michel, éloignons-nous un peu : ces enragés de députés me font peur....

MICHEL, bas.

Ils pourraient bien se faire caresser de quelques bons coups de dague par les soldats du Roi....
(Ils s'éloignent.)

NEUILLY, à Crucé.

Ah! ça, compère, vous n'êtes donc pas content de cette communion?

CRUCÉ.

Je vous ai déjà dit qu'elle me fend l'âme. Décidément nous ne ferons rien de notre duc....

COMPAN.

Il aime un peu trop les parades; mais, n'importe, il mène sagement notre barque.

CRUCÉ.

Eh bien! moi, je suis comme le père provincial, je voudrais le voir en terre sainte; nous

essayerions du Mayenne, qui serait peut-être
plus docile.

COMPAN.

Êtes-vous fou ?

CRUCÉ.

Eh ! tu-dieu ! pourquoi nous laisse-t-il pourrir
dans cette maudite ville ? J'y vis mal à l'aise,
moi : il me semble toujours que j'entends bour-
donner autour de mes oreilles ces infâmes
psaumes huguenots, cette musique de damné,
qui donne la fièvre aux morts.

NEUILLY.

Vous avouerez pourtant qu'il n'y a pas un
seul huguenot dans la ville.

CRUCÉ.

Je suis sûr que j'en trouverais dans les caves,
et puis d'ailleurs les maisons vous ont une mine
hérétique.... — En tout cas, s'il nous fait rester
ici, que ce soit au moins pour en finir avec
son Judas, et non pour lui faire de beaux sermens sur le corps de Notre-Seigneur : pour son
honneur, j'espère bien qu'il n'est pas sincère ;
mais, n'importe, Dieu n'aime pas qu'on se
joue comme cela de son Fils ; et, souvenez-
de ce que je vous dis, cette communion lui
portera malheur.

(Le père Cornac, qui vient d'entrer par le pont-levis, et qui s'est glissé derrière le dos de Crucé, le frappe légèrement à l'épaule. Crucé se retournant :)

Qui va là ? — Ah ! c'est vous, mon père ? eh bien !

CORNAC, à demi-voix.

Tout est prêt; venez, nous sommes réunis.

CRUCÉ.

Est-ce le père provincial qui vous préside ?

CORNAC.

Oui; et monseigneur le cardinal de Guise a promis de nous venir voir après la messe.

CRUCÉ.

A la bonne heure; il joue franc jeu celui-là; c'est le meilleur de la famille.

CORNAC.

J'espère que vous approuverez notre petit plan : l'idée en est venue au P. Sartines....

CRUCÉ, bas.

Voyons.

CORNAC, bas.

Le pénitent va demain à Notre-Dame de Cléry; nous comptons le saluer en route, de telle sorte qu'il n'en reviendra pas.

CRUCÉ.

Ah! vive Dieu! père Cornac; voilà la besogne

que j'aime; ce n'est pas fade comme toutes ces singeries d'amitié....

CORNAC.

Allons vite....

CRUCÉ.

Allons. (A Duverger, Neuilly, Compan et autres :) Venez-vous, les amis?

COMPAN.

Où ça? à la séance?

CRUCÉ.

Eh! non (montrant Cornac), chez ces messieurs.

NEUILLY.

Eh bien! soit.

CRUCÉ.

Venez; nous aurons plus chaud qu'ici, et nous verrons plus de braves gens.

(Au moment où Crucé et ses amis se disposent à sortir, on entend chanter dans l'église le *Kyrie eleison*. Crucé s'arrête et retient Neuilly par son manteau.)

Halte-là, mes amis, il faut saluer Notre-Seigneur : attendez la fin du *Gloria*.

LE LÉGAT , après avoir psalmodié le *Gloria in excelsis* , élève la voix en finissant ; et l'on entend ces mots :

Tu solus altissimus, Jesu-Christe, cum sancto Spiritu, in gloriá Dei patris.

CRUCÉ , et tous ceux qui sont dans la cour.

Amen.

LE LÉGAT, du fond de l'église.

Dominus vobiscum.

CRUCÉ, et tous ceux qui sont dans la cour.

Et cum spiritu tuo.

CORNAC.

Allons, allons, messieurs!

(Crucé, Cornac et sept ou huit députés sortent par le pont-levis.)

MONTSÉRY, l'un des ordinaires, sous le porche de l'église.

Dis donc, Sainte-Malines, voit-on monsieur de Guise de votre place?

SAINTE-MALINES, placé au bas des degrés du porche.

Non: qu'est-ce qu'il fait le camarade? souffle-t-il dans ses doigts?

MONTSÉRY.

Il joue avec son chapeau.

SAINTE-MALINES.

Bah! — Et la messe?

MONTSÉRY.

Ma foi, je crois qu'il ne l'écoute guère, car il regarde à tous momens derrière lui.

SAINTE-MALINES.

C'est pour nous voir, Montséry: il nous aime tant, ce cher Guisard!

UN ÉCUYER DU DUC, de l'autre côté du porche.

Guisard! Guisard!... Qu'est-ce qu'il dit donc celui-là?

11

SAINTE-MALINES.

Eh bien ! ça vous offense, l'ami ? ce n'est pas
son nom, peut-être ?

L'ÉCUYER.

Vous pouvez bien l'appeler monseigneur.

SAINTE-MALINES.

Au diable ! il n'est pas mon seigneur.

LOIGNAC, de dedans l'église.

Ne faudrait-il pas l'appeler Sa Majesté ?

MONTSÉRY, riant.

Sa Majesté guisarde ! comme cela ferait bel
effet !

L'ÉCUYER.

Sa Majesté béarnaise ! comme cela serait catholique !

MONTSÉRY.

Et qui te parle de ton Béarnais, vilain Lorrain ?

L'ÉCUYER.

Maudits Gascons ! aussi vrai que votre d'É-
pernon est un podagre et un galeux, vous êtes
les valets du Béarnais.

MONTSÉRY.

Mor-diou ! les étrivières à cette canaille...

GOUDARD, qui s'est approché près du porche par curiosité.

Allons ! ils vont se battre aussi, ceux-là ! attendez au moins que la messe soit finie.

LE BEDAU , de l'intérieur de l'église.

Silence !

GOUDARD.

Je m'en doutais bien ; on vous entend : vous troublez le service.

LOIGNAC , à Montséry.

Tiens-toi tranquille.... le Roi ne serait pas content.

(Deux députés qui viennent d'entrer par le pont-levis s'approchent du groupe qui est à l'entrée du porche. Ces deux députés sont Montaigne et Pasquier.)

MONTAIGNE , se haussant sur la pointe du pied pour voir dans l'église.

Monsieur le conseiller, je ne vois rien. (Il s'a-dresse à un laquais du duc.) Pourriez-vous nous dire si la messe est bientôt finie ?

LE LAQUAIS.

Finie ? De quel pays êtes-vous donc ? vous n'entendez pas qu'on lit le saint évangile ?

MONTAIGNE.

Je ne suis pas Turc, mon ami ; mais j'ai une si pauvre nature, que quand je songe à voir, j'oublie d'écouter. Cela me vaut mon pardon, n'est-il pas vrai ?

LE LAQUAIS, à demi-voix, et lui tournant le dos.

Qu'est-ce qu'il veut donc dire ? C'est du gri-moire politique, il n'y a pas de doute ; car on ne le voit jamais chez nous ce front pelé....

MONTAIGNE, à Pasquier.

Eh bien! monsieur le conseiller, si vous avez
le loisir, nous nous promènerons le long de ce
fossé.

PASQUIER.

Comme il vous plaira : j'aime bien autant
passer mon temps ici que dans la compagnie de
messieurs nos collègues; car il m'ennuie, je
l'avoue, d'entendre une douzaine de fous parler
sans relâche et de ne pouvoir une fois seulement obtenir d'être écouté. N'en êtes-vous pas
las comme moi, monsieur de Montaigne?

MONTAIGNE.

S'il faut que je me confesse, je dirai qu'ils
m'amusent fort, et me semblent d'excellens
diseurs, car ils parlent avec passion.

PASQUIER.

Eh bien! que n'allez-vous les écouter; ils ne
demandent pas mieux que de vous divertir.

MONTAIGNE.

Ce m'est avis, monsieur le conseiller, que le
spectacle que nous venons chercher ici est bien
autrement rare et précieux. L'étude des physionomies m'est agréable par-dessus toutes les
autres, mais surtout des physionomies men-
teuses; et je ne puis vous dire combien je me

réjouis à penser que je verrai tout à l'heure
sortir de cette église nos deux bons apôtres.

PASQUIER.

Je ne m'étonne donc plus que vous m'ayez
fait courir si fort.

MONTAIGNE.

Pardon pour ma sotte curiosité, monsieur
le conseiller; mais ces sortes de comédies sont
tellement de mon goût, que, si l'on me disait,
au sortir de celle-ci : le roi de Navarre retourne
à la messe dimanche qui vient, — je ferais le
voyage de Poitiers tout exprès pour le voir.

PASQUIER.

Heureusement, pour nous et pour votre
monture, le roi de Navarre vous privera de
ce plaisir.

MONTAIGNE.

Ne jurons de rien, monsieur le conseiller;
si monsieur de Guise se faisait huguenot....

PASQUIER, riant.

Quandò leves pascentur in æthere cervi. Vous
faites du Gargantua, monsieur de Montaigne.

MONTAIGNE.

Vous savez bien pourtant que son oncle, le
cardinal de Lorraine, lui avait fait goûter la
confession d'Augsbourg.

PASQUIER.

Soit; mais il l'a oubliée depuis, et pour jamais.

MONTAIGNE.

Oui, je le crois comme vous; mais soyez certain que s'il en avait besoin, pour prétexte à ses desseins, avant qu'il fût ce soir il l'aurait r'apprise. Il n'est que le menu peuple, dans notre pays de France, qui s'imagine qu'il y a deux religions; tout le reste sait bien que la différence n'en vaut pas la peine, et n'était leur intérêt, ils ne se battraient pour de telles misères. On nous dit que Martin Luther a porté le fer dans la plaie, il n'y a mis qu'un emplâtre.... Quant à moi, si j'avais eu, comme tant d'autres, le malheur de tomber en dégoût de ma religion maternelle, j'aurais voulu me faire idolâtre, juif, mahométan, ou de quelque autre culte purement de ma façon; mais protestant! pour Dieu! ce n'eût été la peine du déménagement. Quand l'air d'une ville me paraît malsain ou mal plaisant, me voit-on me contenter de changer de maison? non, je prends ma bique et m'en vas jouir la vie en autre lieu.

PASQUIER.

Pourquoi, je vous prie, employez-vous toujours ainsi ce mot : jouir? Jouir la vie, c'est une
manière de dire peu française.

MONTAIGNE.

Vous avez raison, monsieur le conseiller : si
je ne crois pas à la religion, je crois de toute
mon âme à la langue réformée.

PASQUIER.

Me voilà revenu, comme vous voyez, à mon
procès contre vos admirables essais : j'espère
bien qu'à la première impression que vous en
ferez, vous nous bannirez tous ces mots in-
accoutumés qui les déparent.

MONTAIGNE.

Eh! que voulez-vous, ce sont mots qui
sentent le cru de Gascogne. J'ai une condition
singeresse et imitatrice; ce que j'entends dire
s'accroche à moi et ne s'en va plus que je ne
fasse effort pour le secouer. Imitation parfois
meurtrière, bonne parfois; car, tout comme
j'imite les dictons grossiers qui courent les
ruelles de Bordeaux, les gens qui ont le beau
langage m'en impriment facilement quelque
chose. A Paris, je parle tout autrement qu'à
Montaigne : et, si j'avais le bonheur que les

États me tinssent toute l'année à vos côtés,
monsieur le conseiller; si je jouissais sans relâche de vos excellentes façons de dire, je
finirais par parler vraiment français par simi-
litude.

(Ici on entend, pour la troisième fois, la voix du légat qui dit, d'un ton
solennel : *Dominus vobiscum;* et, pour la troisième fois, tous ceux
qui sont dans l'église et dans la cour répondent : *Et cum spiritu tuo.* —
Mais Montaigne et Pasquier, absorbés dans leur causerie, ne font pas
chorus, et ne s'aperçoivent même pas de ce qui se passe autour d'eux.)

PASQUIER.

Ces incorrections sont de petites choses,
mais qui choquent beaucoup de gens. J'en dis
autant de vos titres de chapitres qui, le plus
souvent, ne se rapportent aucunement au contenu ; et par exemple : *Les Coches, Les Boiteux,
les vers de Virgile....*

MONTAIGNE.

Quant à mon ramage gascon, je vous l'a-
bandonne sans pitié, mais vous ne me gué-
rirez jamais de mon inconséquence. Songez
donc, monsieur le conseiller, que quand j'é-
cris, je me jette à la merci de mon invention
présente ; j'ajoute et ne corrige pas : je ne fais
qu'une marqueterie mal jointe....

PASQUIER.

N'importe, quand vous imprimerez, n'oubliez pas de m'avertir, nous arrangerons tout cela. Au reste, ne craignez point que j'efface une seule de vos sentences : c'est là votre titre immortel : vous êtes un autre Sénèque en notre langue. Y a-t-il, dans toute l'antiquité, de plus nobles traits que ceux-ci, par exemple : « L'homme d'entendement n'a rien perdu, s'il » a soi-même. — La vieillesse nous attache plus » de rides en l'esprit qu'au visage. » Et tant d'autres que vous jetez à pleines mains sur votre livre, comme sur un parterre diversifié de mille fleurs.

MONTAIGNE.

Eh bien! moi, j'ai peu de vénération pour mes sentences : d'abord elles ne sont pas toutes de mon estoc; les plus belles ne sont dans mon terrain que pour avoir été transplantées par moi en cachette : et puis, croyez-moi, ce sont presque toujours expressions plus obscures que profondes, ou bien plus brillantes que solides. Mais nous voilà bien loin de notre messe et de nos communians. Cette manie de deviser sur les mots me rappelle ce vers qu'on fit dernièrement contre le Roi, vous savez....

. . . . . Fit modo Grammaticus.

Rapprochons - nous de l'église, monsieur le conseiller.

(On entend les enfaus de chœur chanter le O Salutaris Hostia.)

Voilà des enfans qui chantent d'une charmante façon.

(Montaigne ne s'aperçoit pas que Pasquier le tire par son manteau pour qu'il se mette à genoux comme ceux qui sont dans la cour.)

UN OFFICIER LORRAIN, à Montaigne.

A genoux! bonnet bas!

MONTAIGNE, *se mettant à genoux.*

Ah! mon Dieu! voglio ben.

L'OFFICIER, bas à Goudard, qui est à genoux auprès de lui.

Il est juif celui-là; entends-tu comme il parle?

GOUDARD, bas.

Taisez-vous donc; c'est le maire de Bordeaux.

(L'élévation finie, tout le monde se relève.)

PASQUIER, à Montaigne.

Profitons de ce mouvement pour nous pousser aux premiers rangs : ils vont bientôt passer; vous les verrez de plus près.

MONTAIGNE.

Oui, mais moins à l'aise : je n'aime pas la foule, monsieur le conseiller, surtout quand il faut se mêler à gens d'humeur si peu débonnaire. Voyez donc ces messsieurs de Lorraine, comme leur figure est renfrognée! Et mon

voisin, monsieur Loignac, avec ses Périgour-
dins.... ne dirait-on pas de vrais tigres?

PASQUIER.

Eh bien! restons ici....

MONTAIGNE.

Mais regardez donc! comme ils se préci-
pitent les uns sur les autres devant cette
porte!

PASQUIER.

C'est sans doute le moment de la communion.

LOIGNAC, sur le seuil de ▓▓▓▓▓▓▓▓ vers la foule qui veut

Quand vous pour▓▓▓▓▓▓▓ faire tomber
ces colonnes, vous n▓▓▓▓▓▓z pas davantage.
— Voilà monsieur le légat qui brise la sainte
hostie.... êtes-vous contens? — Le Roi l'avale,
et de bonne grâce, ma foi. — A son voisin
maintenant. Si ça le guérit du péché d'orgueil,
il faut que monsieur le légat ait un fameux
secret pour bénir les hosties!

UN OFFICIER LORRAIN, dans la foule.

Si ces hosties-la inspirent franchise et vraie
religion, puisse ton Roi en avaler une douzaine!

SAINTE-MALINES.

Où es-tu, beau radoteur? prends garde que je ne t'avale toi-même.

LOIGNAC, à Sainte-Malines.

Laisse donc cette canaille. Ce n'est pas le moment.... voilà la messe finie.... allons, en marche.... place au Roi! place au Roi!....

(Il écarte la foule, et pratique un passage assez large. Le Roi sort de l'église, son livre d'Heures à la main, et marmottant des prières comme quand il est entré. Le duc de Guise cause à voix basse avec Brissac; ce qui ne l'empêche pas de saluer tous ceux qu'il reconnaît sur son passage. Arrivé à la porte du château, il salue le Roi à deux reprises, et se dirige, avec sa suite, du côté de ses appartemens. — Les soldats qui étaient dans l'église sortent à la file, et retournent à leurs postes. — La foule se disperse et se dissipe peu à peu.)

PASQUIER, à Montaigne.

Eh bien! vous les avez vus, êtes-vous content?

MONTAIGNE.

Oui, mais je suis tout ému.

PASQUIER.

Et pourquoi?

MONTAIGNE.

Je ne sais; mais en voyant marcher ce duc de Guise avec un courage si haut et une contenance si fière, il m'est venu en l'esprit, soudainement et comme par inspiration surnatu-

relle, ce vers d'un ancien, que j'avais tout-à-
fait oublié depuis mon sortir des écoles :

In tua constanter funera cœce ruis.

PASQUIER.

Vraiment? il vous est revenu comme cela
tout à coup.

MONTAIGNE.

Oui, tout à coup.

PASQUIER.

Et vous y voyez un avertissement?

MONTAIGNE.

Non, mais.... il m'est arrivé quelquefois....

PASQUIER, le prenant par le bras et le conduisant du côté
du pont-levis.

Allons, je vois avec plaisir que vous êtes
comme moi, vous croyez un peu aux almanachs.

MONTAIGNE.

Tout philosophes que nous sommes, il nous
souvient parfois de notre nourrice.

PASQUIER.

C'est vrai, monsieur de Montaigne.... (S'arrêtant
et retenant Montaigne par le bras.) Mais si nous consultons
les augures, en voici bien un plus terrible !
voyez donc ce mai qui tombe !

(Un grand mât planté sur le fossé tombe brisé par le vent.)

MONTAIGNE.

Qui l'a abattu?

PASQUIER.

Le vent, je crois.

MONTAIGNE.

Il y a des gens qui diraient comme ce vieux
noël :

> ... Quelque grand mourra,
> Et que de petit monde
> Sa chute écrasera !

PASQUIER.

Il y en a même qui ajouteraient : le mois de
mai est le mois des barricades; le barricadeur
tombera.

MONTAIGNE.

Dieu éloigne de nous pareille catastrophe !

PASQUIER.

N'en déplaise à nos pronostics, je crois que
c'est plutôt au Roi à se garder du duc; car le
duc a les ongles plus longs que lui.

MONTAIGNE.

Que sait-on?.... Mais voyez donc comme
nous voilà descendus tout d'un coup à la tristesse! moi qui venais ici pour me divertir.

PASQUIER.

Allons au mail, nous y ferons une partie de

quilles, puis nous reviendrons souper chez
moi.

MONTAIGNE.

Je vous suis, monsieur le conseiller.

(Ils sortent par le pont-levis.)

FIN DE LA CINQUIÈME SCÈNE.

SCÈNE VI.

JEUDI 22 DÉCEMBRE, MIDI.

Le cabinet vieux du Roi. *

Le Roi entre brusquement, tenant encore à la main son livre d'Heures. — Loignac le suit, et après être entré, ferme doucement la porte, baisse la tapisserie, puis s'en va dans un coin de l'appartement, jouant avec la poignée de son épée et regardant au plafond comme un homme qui n'a pas envie de s'en aller, mais qui n'est pas sûr qu'on lui permette de rester. Le Roi s'aperçoit bien qu'il est là, mais ne fait pas semblant, et se jette sur un grand fauteuil à oreiller.

LE ROI, fermant ses Heures et les posant sur la table.

Dieu soit loué! c'est donc fini!.... me voilà seul, tranquille.... Que cet office m'a semblé long! que ce légat chante lentement! un autre, en vérité, nous aurait dit deux messes.

LOIGNAC, derrière le fauteuil du Roi.

Sa Majesté avait froid, sans doute.

* *Voyez* le plan, lettre F.

LE ROI, *sans se retourner.*

N'y a-t-il que ceux qui ont froid à qui le temps paraît long?.... Quelle cérémonie!.... (Se retournant vers Loignac :) — Loignac, me suis-je trompé? sont-ce les armoiries de Lorraine que j'ai vues suspendues à la porte de l'église et entre chaque pilier?

LOIGNAC.

Mon Dieu, oui, Sire! sans compter qu'elles étaient bien deux fois plus larges et plus hautes que les armes de Votre Majesté attachées vis-à-vis, à de petites cordes, comme écriteaux d'apothicaires.

LE ROI.

Vous avez raison....

LOIGNAC, *toujours derrière le fauteuil du Roi.*

A côté de ces grosses armoiries lorraines, votre champ de lis tout rogné, grand comme le fond de mon bonnet, n'avait-il pas figure d'un écusson de cadet ou de parvenu?

LE ROI.

Qui m'a fait cette insolence?

LOIGNAC.

Sire, c'est à monsieur le grand-maître qu'on a demandé les ordres pour tapisser l'église.

12

LE ROI.

Ah! c'est donc lui!....

LOIGNAC.

Oui, Sire. — C'est aussi monsieur le grand-
maître qui s'est fait dresser ce siége d'une si belle
taille, sur lequel il s'est hissé comme un roi de
parade.... Mais Votre Majesté n'aura pas remarqué combien il était haut perché.

LE ROI.

Comment ne l'aurais-je pas vu? j'avais l'air
d'un nain à côté de lui.

LOIGNAC.

Qu'on ne dise pas que c'est par hasard que
cette espèce de trône lui a été donné; j'ai vu
ses pages et ses valets le mettre en place ce
matin.

LE ROI.

Ses pages!... Ne les avais-je pas derrière moi,
Loignac?

LOIGNAC.

Oui, Sire.

LE ROI.

Indigne canaille! Croiriez-vous qu'ils ont
chuchoté pendant tout le service, et qu'au
Domine salvum ils ricanaient presque haut?

C'était surtout ce mot *Regem* qui les mettait en gaîté.

LOIGNAC.

Ah! vous n'avez rien entendu, Sire : dans l'église, ils n'osaient pas; c'est en dehors qu'il fallait écouter les beaux propos de leurs camarades! les insolens! comme ils parlaient de Votre Majesté!

LE ROI.

Et vous les laissiez dire, Loignac?

LOIGNAC.

Si ce n'eût été la crainte de vous déplaire, Sire, la mêlée allait être plus chaude qu'hier au soir. Les épées de vos gentilshommes sortaient d'elles-mêmes de leurs fourreaux.

LE ROI, se rapprochant de Loignac, comme pour lui parler en confidence.

Loignac....

LOIGNAC, s'approchant aussi.

Sire....

LE ROI, à part, se renfonçant dans son fauteuil.

Non, pas encore.... (Haut.) Mon ami.... faites flamber ce feu.... Ou bien, non; allez voir ce qui se fait dans ma chambre, j'entends du bruit.... (A part.) Il n'aurait qu'à me jouer le même tour que Crillon! j'espère pourtant....

LOIGNAC , après avoir soulevé la tapisserie et entr'ouvert la porte.

Sire, il n'y a dans votre chambre que du Halde et sept ou huit de ces messieurs....

LE ROI.

Bien. — Mais où donc est mon petit Mylord, mon petit bijou? il ne vient pas me caresser? Trahit-il aussi son maître, celui-là?

LOIGNAC.

Sire, la pauvre bête ne lèchera plus les mains de Votre Majesté.

LE ROI.

Et pourquoi?

LOIGNAC.

Ils l'ont tué, Sire....

LE ROI.

Qui?

LOIGNAC.

Ces garnemens, qui chuchotaient à la messe, derrière votre fauteuil.

LE ROI.

Comment! ces misérables pages m'ont tué mon chien? ce joli petit Mylord, dont ma bonne sœur d'Angleterre m'avait fait présent, et que j'aimais mieux que tous mes épagneuls ensemble!

LOIGNAC.

Oui, Sire, ils l'ont tué ce matin en sortant du cachot.... et après avoir fait ce beau coup, ils ont dansé en rond et chanté des pasquils.

LE ROI.

C'est donc pour s'amuser qu'ils me l'ont tué?

LOIGNAC.

Certainement, Sire ; car ils s'en allaient, disant qu'il fallait l'assommer en qualité d'hérétique, que tout ce qui venait de cette Jézabel d'Angleterre était excommunié.... Mais ce n'est rien encore : quand il a été tué, vous ne devineriez pas ce qu'ils en ont fait?

LE ROI.

Achevez....

LOIGNAC.

Ils l'ont jeté au bas du grand escalier, cousu dans la peau d'un vieux chat.

LE ROI, se levant brusquement.

Ne prononcez pas ce mot, Loignac.

LOIGNAC.

Pardon, Sire, ce sont ces mauvais sujets....

LE ROI.

Ils savent donc tout ce que je déteste?—Ce n'est donc pas assez de me tuer mon chien, il faut qu'ils l'enterrent dans la peau de cette

horrible bête!.... Ah! je n'en doute pas, c'est
lui qui leur fournit ces belles idées!.... Voilà
pourquoi, durant cette messe, il avait toujours
le sourire sur les lèvres; il pensait à ses pages,
à mon chien.... moi aussi j'y penserai. — (Bas.)
La patience m'échappe.... (Haut.) Loignac, si vous
étiez à ma place, ne seriez-vous pas terrible-
ment las de cet homme-là?

LOIGNAC.

Oui, Sire; mais je ne le serais pas long-temps.

LE ROI.

Vous trouveriez donc des amis?

LOIGNAC.

Votre Majesté n'en a-t-elle pas?

LE ROI.

Regardez-moi, Loignac.

LOIGNAC.

Un mot de plus seulement, Sire....

LE ROI.

Eh bien!.... oui.... Loignac, il faut le tuer!
mais le tuer sans confession, sans lui donner
le temps de dire un *Amen!*

LOIGNAC.

Qu'il soit assommé sur place comme votre
pauvre chien!

LE ROI.

C'est cela, mon ami : nous nous compre-
nons.... que vous me soulagez !

LOIGNAC.

Et moi donc, Sire, moi qui, depuis deux
mois, grille de l'expédier pour mon propre
compte.

LE ROI.

Ah ! que ne l'avez-vous fait !

LOIGNAC.

Il est encore temps, Sire.

LE ROI.

Ne tardons pas cependant ! Savez-vous qu'il
appelle ses régimens; que, dans peu de jours,
nous pouvons être bloqués par dix mille Lorrains ? D'Épernon m'en a donné l'avis.

LOIGNAC.

Commandez, Sire.—Quand Votre Majesté
veut-elle ?....

LE ROI.

Quand vous voudrez..... Faites-en votre affaire, mon ami.... Tuez-le comme pour vous.

LOIGNAC.

Mais, veuillez me dire....

LE ROI.

Jurez-moi seulement que vous m'obéirez.

LOIGNAC, se mettant à genoux devant le Roi et lui baisant la main.

Sire, je vous le jure! à genoux, devant Dieu.

LE ROI.

Mon brave Loignac!.... Mais on vient.... Me trompé-je?.... non.... c'est lui, je reconnais son pas. — Levez-vous, Loignac, levez-vous!

DU HALDE, entrant dans le cabinet.

Monseigneur le duc de Guise demande à parler à Votre Majesté.

LE ROI, à demi-voix.

J'avais deviné!....

(Il ne répond rien à du Halde.)

DU HALDE.

Sire, faut-il ?....

LE ROI.

Eh bien!.... qu'il entre.

(Du Halde sort.)

Loignac.... il va vous voir avec moi.... il va se douter de tout....

LOIGNAC.

Sire, nous pouvons l'en empêcher....

LE ROI.

Taisez-vous; le voici....

(Guise entre, tenant à la main un papier : son premier regard se porte sur Loignac. Le Roi, debout devant la cheminée, se hâte de dire à Guise :)

Mon cousin, que me voulez-vous?

GUISE.

Sire, faites que je puisse vous parler : je
viens pour affaire d'importance.

LE ROI, à Loignac.

Portez ces Heures dans mon oratoire.... et
puis vous passerez dans ma chambre.... Vous
entendez, Loignac, dans ma chambre?

(Loignac sort.)

Eh bien! mon cousin, nous sommes seuls....

GUISE.

Sire, pendant que vous me donniez, à la
face du Dieu vivant, un si beau témoignage de
votre bonne amitié, vos serviteurs, ou soi-di-
sant tels, se permettaient de violer envers moi
la foi des traités, de manquer à vos plus saintes
promesses....

LE ROI.

Je ne puis croire, mon cousin....

GUISE, montrant le papier qu'il tient à la main.

Voici qui vous le prouvera.... Je viens de recevoir cette lettre en quittant Votre Majesté,
et j'ai senti, à sa lecture, une telle indignation, qu'il m'a fallu tout laisser là pour vous
porter mes plaintes : Sire, je veux une répara-
tion ; je la veux prompte.... éclatante!....

LE ROI.

Mais, mon Dieu! que vous a-t-on fait, monsieur le duc?

GUISE.

Ecoutez, Sire : voilà ce qu'on m'écrit d'Orléans....

LE ROI.

Ah! c'est donc d'Orléans qu'il s'agit?

GUISE.

Oui, Sire. — (Il lit.) « Monsieur d'Entragues,
» se disant autorisé par le Roi, a sommé ce
» matin les habitans de la ville de lui délivrer
» les clés de toutes les portes, et, sur leur re-
» fus, ledit sieur a fait tourner les canons du
» château contre la ville. Nous attendons. »

LE ROI.

Eh bien! mon cousin, de quoi vous plaignez-
vous?

GUISE.

De quoi je me plains ? vous me le demandez,
Sire? Croyez-vous donc que je reconnaisse, à
ce mal-appris de gouverneur, le droit de som-
mer une ville qui est confiée à la garde de mes
amis, et que Votre Majesté leur a cédée?

LE ROI.

C'est-là votre erreur, je ne vous ai point cédé

ma bonne ville d'Orléans; vous l'avez prise,
mon cousin....

GUISE.

Sire, vous l'avez cédée à l'Union; et vous
avez cédé non seulement la ville, mais le
château....

LE ROI, l'interrompant.

Ni l'un ni l'autre....

GUISE, sans l'écouter.

Ce serait ce monsieur d'Entragues qui devrait être sommé de livrer, à qui de droit, ses
canons et son donjon.

LE ROI.

Mais, monsieur le duc, veuillez m'écouter;
je vous dis....

GUISE, l'interrompant.

Sire, les écrits font foi.... (Il tire de son pourpoint un
rouleau de parchemin.) — Voici votre traité de juillet;
voici l'article secret qui accorde à la Sainte-
Union des catholiques, sept bonnes villes,
comme places de sûreté.... Lisez, Sire ; ne
voilà-t-il pas là.... « d'Orléans? »

LE ROI.

Soit : mais ce n'est qu'une copie que vous
avez, mon cousin; et moi j'ai la minute, qui
dit tout autrement.

GUISE.

Ma copie est signée « PINARD. »

LE ROI.

Mais la minute est signée « VILLEROI. » Or, dans cette minute, il n'y a pas d'Orléans, mais Dourlans; je l'ai encore lu hier, toutes les lettres sont parfaitement distinctes, et celui qui a écrit d'Orléans sur votre copie avoit la vue trouble, apparemment.

GUISE.

Sire, je n'ai pas l'habitude des chicanes de procureur; mais je demande à Votre Majesté laquelle de ces deux villes elle a entendu céder. Qu'importe cette minute, si votre conscience dit le contraire?

LE ROI.

Mon cousin, j'ai trop peu de mémoire pour vous répondre sur ce point. Mais c'est Villeroi qui a rédigé le traité; il savait mes intentions, et puisqu'il a écrit Dourlans, je dois croire que c'est Dourlans que j'ai entendu céder.

GUISE.

Eh bien! moi, j'ai assez de mémoire pour me rappeler ce que je voulais il y a cinq mois, et je dis que c'est Orléans que j'ai entendu; en vérité, je me serais bien soucié d'obtenir de vous une misérable bicoque!

LE ROI.

Croyez-vous donc que j'avais envie de vous livrer la clé de mon royaume?

GUISE.

Sire, je m'en tiens à la lettre de mon traité.

(Il remet ses parchemins dans son pourpoint.)

LE ROI.

Mais, si je dis comme vous, mon cousin, comment ferons-nous?

GUISE.

Je n'en sais rien, Sire; et pourtant je crains que si le château somme encore une fois la ville, la ville, à son tour, ne somme le château.

LE ROI.

Comment, monsieur le duc, vous vous mettrez en guerre avec votre Roi?

GUISE.

Dieu m'en garde! Mais que dois-je faire, si mon Roi oublie ses promesses?

LE ROI.

C'est Dourlans que j'ai promis.

GUISE.

Vous ne le dites que sur la foi d'autrui; vous vous en rapportez à un secrétaire disgracié,

de préférence à votre lieutenant, au premier
officier de votre couronne. Encore si l'on vous
voyait invoquer le témoignage de la Reine votre
mère, qui était présente au traité....

LE ROI.

Ma mère !.... Voulez-vous que nous la prenions pour arbitre ? le voulez-vous ?....

GUISE.

Consultons-la toujours.... il est impossible
que la Reine ait oublié....

LE ROI.

Eh bien ! oui, consultons-la ; vous me donnez
une très-bonne idée. — Holà, du Halde !

(Entre du Halde.)

— Descendez chez ma mère, et demandez-lui
si elle peut nous recevoir.

(Du Halde sort.)

— Eh bien ! mon cousin, vous devez être content de moi ; je montre assez d'envie de vous
complaire.... Asseyez-vous, je vous prie, et parlons un peu d'autre chose.

GUISE, s'asseyant.

Votre Majesté a-t-elle fait droit à la requête
des États, relative au Roi de Navarre ?

LE ROI.

Ah ! mon cousin, comment ! encore de la
politique ! moi qui allais vous demander des

nouvelles de madame de Noirmoutiers, de son voyage, de sa.... santé....

GUISE.

Sire, c'est qu'il y a six semaines que les États ont prononcé l'exclusion du Roi de Navarre, et vous éludez toujours de signer leur arrêt !

LE ROI.

Ma foi, mon cousin, dites-leur que je n'aime pas les testamens ; c'est une chose fort triste : après tout, je ne suis pas encore en ruines.... avant de me faire creuser ma fosse, attendez que je sois plus près d'y descendre.... Mais voici du Halde....

(Entre du Halde.)

Eh bien ! quelle réponse ?

DU HALDE.

Sire, la Reine est au lit ; c'est le jour de la fièvre, et monsieur Miron m'a dit que l'accès était très-violent.

LE ROI.

Pauvre mère !

(Du Halde sort.)

— Eh bien ! mon cousin, attendons jusqu'à demain.

GUISE.

Sire, ce n'est pas en pareille affaire qu'on

peut prendre des délais. Souffrez que, par provision, j'exécute mon traité.

LE ROI.

Ah !.... vous êtes un peu.... brusque, mon cousin !

GUISE.

Sire, je suis franc ; et me préserve le ciel de jamais abandonner ce genre de brusquerie, surtout pour faire usage de subtilités cauteleuses qui seraient indignes de moi ! Votre Majesté peut interpréter ces paroles comme bon lui semble, mais nous n'en irons pas moins droit notre chemin, mes amis et moi : nous garderons la ville, puisqu'on nous l'a cédée, et quant à la citadelle, comme on nous l'a promise....

LE ROI, pâle de colère, mais cherchant à se contenir.

Monsieur le duc !....

GUISE, se levant.

Sire, bon gré, mal gré, le traité s'accomplira.

LE ROI.

Bon gré.... mal gré ?....

GUISE.

Oui, Sire.

(Il lui fait un salut, lève la tapisserie brusquement et sort.)

LE ROI, se lève précipitamment, court écouter à la porte, et tenant d'une main la tapisserie à demi relevée :)

Bon gré..... mal gré !..... (Après un moment de silence, dans cette attitude, il entr'ouvre doucement la porte, et dit à demi-voix :)

Loignac ! Loignac !....

(Entre Loignac.)

Eh bien ! vous ne l'avez pas tué ?.... Il était seul !

LOIGNAC.

Sire, je ne vous demandais qu'un signe.... vous n'avez pas voulu....

LE ROI.

Loignac, on devine ces choses-là ! Bon Dieu ! quelle occasion perdue ! Moi qui comptais si bien que vous alliez.... Vous n'écoutiez donc pas ?....

LOIGNAC.

Mais non.... Sire !....

LE ROI.

Quoi ! vous n'avez pas entendu ?.... Il m'a menacé, mon ami.... comme on menace un enfant du fouet ! Il m'a dit : bon gré mal gré.... et que sais-je encore ? Pensez quelle était ma fureur ! je n'étais soutenu que par l'idée que vous étiez là, que vous nous écoutiez, que vous alliez l'étendre mort !.... Ah ! Seigneur Dieu ! ce serait fait maintenant !

LOIGNAC.

Ne vous inquiétez pas, Sire, nous le retrouverons.

13

LE ROI.

Mais il était seul !....

LOIGNAC.

Oui, dans votre cabinet, Sire ; mais il y avait dans le vestibule trente à quarante gentils-hommes qui l'attendaient.

LE ROI.

Vous me faites plaisir !....

LOIGNAC.

Eh bien! moi, Sire, je suis fâché : si j'avais su !....

LE ROI.

Non, non ; dès qu'il avait ses gentilshommes, je n'ai plus de regret.

LOIGNAC.

Si Votre Majesté m'avait seulement fait un geste !....

LE ROI.

Mais non ; c'est pour le mieux. Eût-il été seul, le moment était mal choisi. Rien n'était pré-paré, nous n'aurions réussi qu'à moitié. Vous sentez bien, Loignac, que ce n'est pas tout de se défaire de lui, il faut en même temps s'as-surer de ses gens, de sa famille, de ses amis.

LOIGNAC.

Oh! c'est la moindre chose !....

LE ROI.

Vous vous trompez; si je leur laissais la liberté, ils auraient bientôt soulevé contre moi la moitié de mon royaume.... Non, non, il ne s'agit pas seulement de donner un coup de dague.

LOIGNAC.

C'est pourtant la principale besogne.

LE ROI.

Sans doute! Aussi, mon cher Loignac, c'est vous qui me rendrez le plus grand service; c'est vous qui ferez tout; mais pas d'étourderie! il faut que notre plan soit combiné, concerté....

LOIGNAC.

Eh bien! Sire, donnez-moi vos ordres.

LE ROI, après un moment de silence.

Loignac, je me fie en vous, en vous seul; mais cette entreprise commence à me paraître plus compliquée que je ne pensais d'abord.... trop compliquée même, pour que vous et moi nous puissions la consommer à nous seuls. Il nous faudrait le conseil de quelques amis.... et, par exemple, d'Alphonse, de Bellegarde, du maréchal d'Aumont....

LOIGNAC, à part.

Mille pestes ! voilà la girouette qui tourne au vent de la peur !

LE ROI.

Qu'en pensez-vous ?

LOIGNAC, d'un ton un peu brusque.

Votre Majesté peut consulter qui bon lui semble : quant à moi, si je dois avoir tant de compagnons, j'aime mieux ne me mêler de rien.

LE ROI.

Mais vous ne comprenez pas, Loignac ; vous serez seul, si vous voulez....

LOIGNAC.

Qu'avez-vous donc besoin, Sire, d'en appeler d'autres? est-ce pour qu'ils vous dissuadent de votre dessein ?

LE ROI.

Me dissuader, Loignac ! Non, mon parti est pris : qu'ils m'approuvent, qu'ils me blâment, j'aurai recours à vous.... j'emploierai cette brave épée....

LOIGNAC.

Mais, Sire, pourquoi les consulter ?

LE ROI.

Oh !.... seulement pour savoir ce qu'ils diront.... Ils peuvent avoir de bonnes idées....

Allez les chercher, Loignac, ils doivent être
dans la galerie des Cerfs. Si Rambouillet est
avec eux, amenez-le aussi....

LOIGNAC.

Comment? Sire! encore un!

LE ROI.

Rambouillet n'est-il pas votre ami?

LOIGNAC.

Sire, je ne dis pas....

LE ROI.

Eh bien! descendez donc....

LOIGNAC.

Mais, Sire....

LE ROI.

Si vous n'y allez pas, j'en vais charger du
Halde.

LOIGNAC.

J'obéis.

(Il sort.)

LE ROI, seul, se promenant à pas lents.

Ces Gascons ne doutent de rien.... Il est bien
bon pour faire le coup; mais pour tendre les
filets, il nous faut d'autres têtes que celle-là....
Et puis, si c'était une folie! si c'était impossible!
si.... Ils vont peut-être me montrer des diffi-
cultés, des dangers! Mais non.... j'espère....
Voyons : comment faut-il leur présenter la

chose?.... rassemblons nos idées.... Mais les
voici déjà....

(Entrent le maréchal d'Aumont, Ornano, Bellegarde, Rambouillet et
Loignac. Le Roi, qui s'est allé asseoir dans son fauteuil, en les entendant
venir, leur dit, dès qu'il les aperçoit :)

Venez, mes amis.... Bonjour, maréchal; placez-
vous-là. Messieurs, asseyez-vous : nous allons
parler d'une grande affaire....—Loignac, voyez
donc que cette porte soit mieux fermée.

(Loignac se lève, va fermer la porte, puis revient s'asseoir. Le Roi alors
reprend :)

Vous savez tous si j'ai lieu d'être content de
monsieur de Guise : sans remonter plus haut
dans le passé, voilà trois années qu'il me fait la
guerre. Vous avez vu les insolences et les in-
jures que, depuis ces trois années, j'ai chaque
jour reçues de lui : vous savez aussi que je les
ai souffertes jusqu'à faire douter de ma puissance et de mon courage; qu'au lieu de châ-
tier son orgueil et sa témérité, je l'ai comblé
de faveurs et de bienfaits, pensant, par ma
douceur, arrêter le cours de cette insensée et
furieuse ambition. Eh bien! mes amis, ma bonté
a été déçue : ce feu que je croyais éteindre, je
l'ai rendu plus ardent. Mais c'est surtout depuis
l'ouverture des États qu'il a déposé plus que
jamais toute pudeur et toute retenue. Je ne

parle pas de sa conspiration avec le duc de
Savoie, ni de tous ces édits ruineux qu'il m'a,
pour ainsi dire, arrachés de force, ni des
brigues hypocrites par lesquelles il a si bien
disposé tous les membres des États à sa dévotion, qu'ils ne parlent plus que par sa bouche;
enfin, je ne me plains pas même qu'il cherche
à débaucher, par ses caresses, mes propres serviteurs, qui malheureusement, me dit-on, ne
résistent pas tous, comme ce brave maréchal:
(il serre la main au maréchal d'Aumont) tous ces crimes ne
sont rien, messieurs, il ose plus encore. De
tous côtés, on m'avertit qu'il est à la veille
d'attenter à ma personne. D'Épernon l'a appris
à Angoulême et me l'a fait savoir ce matin.
Déjà ses régimens sont en marche pour nous
envelopper. Ses propres parens se font ses
accusateurs;   (s'adressant à Ornano :) Mayenne, son
frère, vous l'a dénoncé, Alphonse, quand vous
le vîtes dernièrement à Lyon; d'Aumale m'a
fait écrire par sa femme de redouter quelque
entreprise; enfin lui-même, tout à l'heure,
dans cette chambre, vient de révéler à son
insu ses coupables desseins. Le croiriez-vous?
il me sommait de lui abandonner la meilleure
ville de mon royaume; et, parce que je n'obéis-

sais pas assez vite, il a cru m'effrayer en m'accablant des plus indécentes menaces. Vous voyez, messieurs, pourquoi je vous appelle. Je suis réduit, je crois, en telle extrémité, que je dois prendre un parti. Voyons, mes amis, que faut-il faire?

D'AUMONT.

Punir, Sire, punir!

LE ROI.

J'y suis résolu, maréchal. Je trouve qu'il est temps que je sorte de tutelle, et qu'il n'y ait de roi que moi.

D'AUMONT.

Ah! Sire, c'est l'ange des nobles fleurs de lis qui vous inspire ces belles paroles

LE ROI.

Mais quels châtimens choisir, mes amis? Comment punit-on de pareils coupables?

D'AUMONT.

Eh bien! n'avons-nous pas des lois? n'avez-vous pas un grand-prévôt, Sire?

(Le Roi, sans répondre, s'enfonce dans son fauteuil, d'un air boudeur.)

ORNANO.

Maréchal, croyez-moi, point de procès....

LOIGNAC.

Oh! non, point de procès, c'est bien dit.

ORNANO.

Je vous le demande, qui osera l'instruire ce procès? qui exploitera contre un tel homme? qui entendra les témoins? qui exécutera le jugement? Soutenu par tant de partisans, auxquels vous donnez le temps d'accourir pour le sauver, c'est lui, morbleu! qui ferait le procès à ses juges!

LOIGNAC.

Bravo! colonel!

BELLEGARDE.

Le crime de lèse-majesté est tout extraordinaire; la forme de sa punition doit donc l'être aussi. Quand Dieu veut se venger, le tonnerre a frappé avant que l'éclair brille : quand un Roi veut punir, il faut que la peine précède le jugement.

LE ROI, vivement.

Voilà qui est juste, Bellegarde, et d'un beau langage; oui, c'est cela, le tonnerre avant l'éclair.... Ainsi, punissons d'abord, et puis ensuite on informera. Qu'en dites-vous, maréchal? renoncez-vous au procès?

D'AUMONT.

Sire, je n'y tiens pas autrement.....

LE ROI.

Eh bien! c'est chose arrêtée; la peine avant le jugement. Maintenant, messieurs, il s'agit de l'exécution : donnez-moi vos avis.

ORNANO.

Il ne faut pas s'attendre à le surprendre aisément; il est toujours si bien accompagné!

RAMBOUILLET.

Cependant, je l'ai vu quelquefois à la chasse se laisser emporter loin de son monde. Si Votre Majesté lui donnait rendez-vous dans la forêt?

LE ROI.

Mes amis, c'est ici qu'il m'a bravé, c'est ici surtout qu'il me plairait d'être vengé. Voyons, ne pourrions-nous l'attirer seul dans cette chambre?

RAMBOUILLET.

Quand il vient vous voir, Sire, votre vestibule n'est pas assez grand pour contenir tous les coupe-jarrets qu'il traîne après lui.

LE ROI.

C'est vrai.... tout à l'heure encore il y en avait quarante..... mais le vestibule est-il donc toujours à la disposition des laquais?.... Quand j'y suis, quand j'y tiens le conseil, où laisse-t-il ses gardes?

RAMBOUILLET.

Sire, presque toujours au bas de l'escalier,
et quand il pleut, sous le porche aux Bretons.

LE ROI, vivement.

Eh bien! nous le tenons, mes amis! qu'il
vienne au conseil, et qu'il n'en sorte plus!

D'AUMONT.

Au conseil?.... en votre présence, Sire?....
Songez bien que dans sa fureur il est homme
à se jeter sur votre Majesté!

LE ROI.

Mais si je restais dans ce cabinet, maréchal?.... on irait l'avertir que je veux lui parler,
il entrerait dans ma chambre; et c'est là, si
Dieu nous aide, qu'on m'en délivrerait, (regardant
Loignac) ainsi qu'on me l'a promis.

LOIGNAC.

Vive Dieu! son affaire est faite!....

LE ROI.

Qu'en dites-vous, messieurs?

ORNANO.

Le plan me paraît bon.

RAMBOUILLET.

Oui; mais il faudrait s'assurer de la porte du
vestibule et du grand escalier....

ORNANO.

Ne peut-on trouver un prétexte pour garnir l'escalier de soldats?

BELLEGARDE, au Roi.

Croyez-moi, Sire, chargez-en mon ami Larchant et ses Écossais; le camarade a le génie actif, il nous inventera quelque belle histoire.

LE ROI.

Eh bien! soit : vous lui en parlerez, Bellegarde. Maintenant, fixez le jour, mes amis.

D'AUMONT.

Demain, Sire.

LE ROI.

Comment! sitôt, maréchal! C'est samedi notre jour de conseil, attendons à samedi.

D'AUMONT.

Non, Sire, demain....

LE ROI.

Mais, demain, je vais à Cléry!

D'AUMONT.

Sire, tous les jours sont aussi bons pour faire vos dévotions à notre bonne Dame; mais vous n'avez que demain pour accomplir votre dessein. Nous sommes ici cinq chargés d'un terrible secret : tâchons d'avoir à le garder le moins de temps que nous pourrons.

BELLEGARDE.

Douze heures, c'est déjà trop.

ORNANO.

Oui ; oui, demain.

LE ROI.

Allons, vous le voulez tous, j'y consens : après tout, mieux vaut plus tôt que plus tard ! ce sera toujours une bonne journée de plus dans ma vie.

RAMBOUILLET.

Ainsi, je chargerai monsieur Révol de convoquer les membres du conseil pour demain matin....

LE ROI.

Oui, et de bonne heure.... Ah ! ça, n'oubliez pas les précautions d'usage.... que dès ce soir les portes du château et toutes celles de la ville soient fermées et gardées sévèrement.

D'AUMONT.

Quant aux portes de la ville, j'en fais mon affaire ; mais pour celles du château, il faudrait avoir les clés.

LE ROI.

Mon Dieu ! je n'y pensais plus ; c'est lui qui les a !

BELLEGARDE.

Mon ami Larchant se chargera de les escamoter.

LE ROI.

Décidément, Bellegarde, vous voulez que je le fasse colonel, votre ami Larchant.

BELLEGARDE.

Sire, je vous réponds qu'il nous aura les clés.

LE ROI.

Tant mieux : qu'il nous serve bien, le brave garçon, quitte à le bien récompenser.

RAMBOUILLET.

Mais une fois les portes du château fermées, que voulez-vous faire?

LE ROI.

Nous saisir de tout ce qui sera dedans.

RAMBOUILLET.

En ce cas, ne faudrait-il pas dresser une petite liste de ceux que nous arrêterons?

LE ROI.

La liste sera bientôt faite. D'abord tous nos Guisards, hommes et femmes; notre vieux Bourbon; mon ami, monsieur de Lyon; et puis, au hasard, une vingtaine de ces bavards des États : comment les nommez-vous? Marteau, Crucé, Compan.... enfin à votre choix.

RAMBOUILLET.

Et parmi les gentilshommes?

BELLEGARDE.

Un instant, messieurs, je ménagerais la Chambre de la noblesse : on a toujours de la ressource avec les gens d'honneur, quand on ne les pousse pas à bout; il n'y a que cette canaille qui soit intraitable.

ORNANO.

N'oubliez pas cependant monsieur de Brissac et ses deux compères Mayneville et Bois-Dauphin.

BELLEGARDE.

Soit; mais à condition qu'on n'épargne pas non plus notre voisin le provincial et tous ces gens de Jésus, qui depuis que nous sommes ici remuent ciel et terre contre nous.

LE ROI.

Oh! Bellegarde, point de prêtres, je vous en prie; songez que vous en arrêtez déjà trois : c'est beaucoup.

BELLEGARDE.

Sire, vous savez ces vers :

> Il n'y a gens si factieux
> Que ces porteurs de patenôtres.

Et, certes, ils disent vrai; car, j'en fais la gageure, qui les surprendrait dans leur couvent à l'heure qu'il est, les trouverait conspirant contre Votre Majesté.

LE ROI.

C'est possible; mais nous aurons déjà deux cardinaux et un archevêque en prison, et un de plus....

BELLEGARDE.

Craignez-vous donc les censures de notre Saint-Père?

LE ROI.

J'aime autant les éviter, si je puis.

BELLEGARDE.

Oh! ne vous inquiétez pas, Sire; du temps qu'il fait les foudres d'excommunication gèlent en passant les Alpes.

LE ROI.

Vous avez de l'esprit, Bellegarde; mais, je vous en prie, ne me brouillez pas avec Sa Sainteté. J'ai déjà bien assez de crainte qu'il ne prenne pas comme il faut ce que nous allons faire.... Il est aussi un autre scrupule dont j'ai peine à me défendre : j'ai juré d'accorder aux États sûreté et protection; si j'arrête ces gens-là, ne vont-ils pas dire que je viole mon serment?

RAMBOUILLET.

Qu'ils le disent s'ils veulent! Vous savez
bien, Sire, qu'entre le seigneur et le serf il n'y
a pas d'obligations : ces messieurs des États
sont-ils donc vos égaux, que vous vous croyez
lié par vos promesses envers eux?

D'AUMONT.

Vous n'êtes pas ici roi de Pologne, Sire; vous
êtes plus à vous seul que tous les États ensemble.

RAMBOUILLET.

D'ailleurs, n'ont-ils pas, les premiers, violé
leurs propres sermens? ne vous ont-ils pas juré
fidélité, eux qui sont aujourd'hui en rébellion
contre vous ?

LE ROI.

C'est vrai, mes amis, c'est vrai....
(Il se lève ; tous se lèvent en même temps.)
Allons, tout est arrêté : demain, point de
voyage à Cléry; conseil, au point du jour;
Larchant sera maître de l'escalier; les portes
du château seront fermées ; et, pendant que
le grand Roi des Parisiens criera merci! tous
ses complices, grands et petits, se réveilleront
entre les mains de mes archers.... Eh bien!
que manque-t-il à notre plan? rien, pas

14

même une bonne patrone : c'est demain sainte Victoire, le nom n'est-il pas de bon augure? oui, nous triompherons, mes amis! Venez, d'Aumont, embrassez-moi, mon brave! embrassez-moi, Loignac!... embrassons-nous tous. — Ah! je l'aurai bien gagnée, cette victoire !....

D'AUMONT.

Je vais sur-le-champ faire la revue des corps-de-gardes : il faut qu'à la nuit tombante toutes les portes de la ville soient fermées devant moi.

LE ROI.

Bien.

RAMBOUILLET.

Je vais parler à Révol pour la convocation du conseil.

LE ROI, à Loignac.

Et vous, mon cher Loignac, (il lui serre la main et parle presque à demi-voix) choisissez huit ou dix de vos ordinaires, ceux qui vous inspirent le plus de confiance : mais ne leur dites qu'à demi-mots ce que nous voulons d'eux, car ils n'auraient qu'à parler..... (Elevant la voix :) A propos, messieurs, prenez bien garde à vos paroles! au nom de Dieu, prenez-y bien garde! (A Ornano.)

Pour vous, Alphonse, je vous charge du mot
d'ordre : *sainte Victoire* et *saint Clément* —
Deux bons saints, n'est-il pas vrai, messieurs ?
Je ne vous retiens pas; adieu, mes amis : le ciel
nous aidera, mais prions-le bien ! Allez vite....
Adieu.

D'AUMONT, d'une voix solennelle.

Dieu vous garde! Sire; demain nous aurons
sauvé votre royale personne et la monarchie
de vos pères.

LE ROI.

Bien, mon vieil ami.... Adieu.

(Ils sortent. Le Roi seul se promenant à grands pas :)

Ils sont partis.... Bon Dieu! quel chemin j'ai
fait dans cette journée!.... Qui aurait prévu ce
matin, quand ce Crillon faisait tant le difficile,
que ce soir.... (Il s'arrête.) Qu'en dira ma mère?...
Ah! si je réussis, elle sera contente.... mais il
faut réussir. — Miséricorde! nous avons oublié
ce qui était le plus important, ce qu'elle m'a
si fort recommandé.... Oui, certes, écrire à tous
les gouverneurs de provinces, à tous les com-
mandans de places, c'était la première chose à
faire! comment n'y ai-je pas songé?... Ce n'est
pas que nous avons tout le temps.... Rambouillet
y passera sa soirée. Et puis, ma foi, pourvu

que nous ne le manquions pas, je ne m'effraie pas du reste.... Mais s'il était averti! s'il ne venait pas au conseil.:.. Viendra-t-il? (Il marche d'un bout du cabinet à l'autre en comptant ses pas.) Un, deux, trois, quatre, cinq, six, sept. Bon. (Il recommence dans tous les sens, et, à chaque expérience, il dit:) Toujours impair, c'est à merveille! (Mettant la main dans la poche de son pourpoint:) Si ma petite bonne dame a la tête en bas, c'est encore un meilleur signe. (Il tire de sa poche une petite madone d'ivoire.) Tout juste!... Et d'ailleurs, sainte Victoire ne peut pas me trahir! — (Il s'assied dans son fauteuil.) Bénédiction du ciel! j'en serai donc délivré! (Après avoir feuilletté avec distraction un volume de Machiavel qui est sur sa table, il le ferme et prend un petit livre broché qui est à côté.) — Voyons ce qu'il dit celui-là. (Il lit le titre.) — « Excellent et libre discours. » — Ah! c'est ce bon libelle qu'on vient d'imprimer à Tours et que mon vieux d'Elbenne m'a envoyé. (Il l'ouvre et lit.) « Grand prince! » — A qui parle-t-il? (Après avoir retourné quelques feuillets:) — Ah! c'est à moi!... Voyons : « Grand prince! ils t'ont chassé hors » de Paris; ce que jamais les Anglais, les Es- » pagnols, les Allemands ne firent à tes bis- » aïeux : et, par tes lettres patentes, tu montres » à ton peuple, qu'au lieu de t'en ressentir, il » te tarde déjà qu'ils t'aient pardonné. » — En

vérité, pour un huguenot, cet homme ne raisonne pas mal. (Il lit encore.) « Or, crois que celui
» qui a entrepris de te faire fuir aujourd'hui,
» entreprendra bien de te faire mourir demain. »
(Se levant brusquement et jetant le livre sur la table:) — Oh! quant
à cela, bonhomme, tu te trompes : demain!
non, morbleu! demain, ce n'est pas moi qui tomberai! (Il se rassied et s'appuie la tête sur le dossier du fauteuil, d'une manière qui annonce beaucoup de lassitude.) — Ah! quand il
ne sera plus, quelle bonne tranquillité!... Sans
compter l'héritage.... le gouvernement de
Champagne! le gouvernement de Provence!
la charge de grand-maître!.... comme je
vais devenir riche! quel plaisir de distribuer
tout cela!... Loignac aura la Provence.... Ce
n'est pas que Bellegarde en a peut-être envie....
Il a bien de l'esprit ce Bellegarde.... Ma foi!
tant pis.... il se consolera en devenant grand-
maître....

(Le jour commence à baisser : le Roi se rapproche de plus en plus du feu, et paraît près de s'endormir.)

— Ah! demain! demain! que c'est long!....
(Il ferme les yeux et s'endort. Au bout d'un instant, le bruit du feu qui pétille le réveille; il se retourne et s'aperçoit qu'il est dans l'obscurité.)
Sainte Marie! comme il fait sombre! Comment?
déjà la nuit!... et ils me laissent seuls!... Qui va

la?... Laissez-moi.... (Il pousse un grand cri.) Holà! des flambeaux, des flambeaux!

(Entre du Halde, un flambeau à la main.)

DU HALDE.

Qu'y a-t-il? que voulez-vous, Sire?

LE ROI, d'une voix encore un peu tremblante.

Ce que je veux? rien.... non, je n'ai rien....

(Entre la Reine Louise, tout effrayée. Le Roi l'apercevant :)

Comment? vous aussi, madame?

LA REINE.

Ah! Sire, j'ai entendu un cri qui m'a fait une peur mortelle.

LE ROI.

Mais vous m'étonnez, je n'ai rien.... C'était un rêve, sans doute.

LA REINE.

Sire, vous paraissez mal à votre aise.... venez dans mon appartement.

LE ROI.

Non, madame, non, je ne puis.

LA REINE.

Ah! vous m'avez promis de souper ce soir chez moi....

LE ROI.

Je ne souperai pas.

LA REINE.

Vous êtes donc malade?

LE ROI.

Non ; mais.... Eh bien ! pourtant, puisque vous le voulez....

LA REINE.

Combien je vous en sais gré, Sire !

LE ROI, à du Halde.

Dès que monsieur de Loignac sera de retour, on viendra m'avertir.

(Ils sortent.)

FIN DE LA SIXIÈME SCÈNE.

SCÈNE VII.

La maison du concierge. *

Grande salle, meublée à peu près comme un cabaret.

Au milieu de la salle une grande table couverte d'assiettes et de gobelets d'étain.

Une porte à vitraux conduit à une petite salle voisine.

———

Robertz, le page du duc, qui a été blessé dans la première scène, est assis au coin du feu, dans un grand fauteuil de bois; il est pâle et a l'air encore souffrant. De l'autre côté de la cheminée, Jeanne Lenoir, la nourrice de monsieur de Guise, est assise sur un escabot. Le frère Coupard, chantre de Saint-Sauveur, les coudes appuyés sur la table, se verse de temps en temps rasade. Martinot, palfrenier de la marquise de Noir-moutiers, est placé entre la nourrice et Robertz. Enfin Goudard, le concierge, va et vient dans la salle.

GOUDARD.

Allons, Martinot, raconte-nous les nouvelles de Paris; voyons : — où en est le Pont-Neuf?

* *Voyez* le plan, lettre M.

MARTINOT.

Et qui diable y pense, à ton Pont-Neuf?
nous n'y mettrons pas une pierre que le tyran
ne soit à bas.

GOUDARD.

Pas si haut, camarade.

MARTINOT.

Eh bien! qu'as-tu donc?

GOUDARD.

Dame, tu emploies des mots!....

MARTINOT.

Des mots parisiens, morbleu! te font-ils
peur? Tu me demandes de quoi on parle chez
nous : je te le dis. Crois-tu bonnement que
nous nous gênons pour baptiser le Valois de
son vrai nom? N'est-il donc pas tyran, ce fils
de catin, ce pied fourchu, cette harpie ga-
leuse?.....

GOUDARD.

Plus bas! plus bas! Prends garde!....

MARTINOT.

Ah ça! je vois que tu t'es farci de galimatias
royaliste. Tu ne chantais pas sur cet air-là,
l'année dernière, à Chambord.

GOUDARD.

C'est qu'ici.... vois-tu, Martinot.... c'est diffé-
rent.

MARTINOT.

Oui.... tu as peur qu'on ne t'écoute.

GOUDARD.

Non, mais je suis concierge.

LE FRÈRE COUPARD.

Voilà pourtant comme on se livre à Satan
sans s'en douter! voilà comme on oublie les
commandemens de Dieu! (Il avale un grand verre de vin.)
A la santé de nos chers Parisiens, monsieur
Martinot.

MARTINOT.

Merci, mon père : ils vous le rendent, à vous
et à tous les vrais Guisards.

JEANNE LENOIR.

Ah! saint François! que ne sommes-nous
dans ce brave Paris! c'est là qu'on nous aime!

MARTINOT.

Je vous en réponds, bonne Jeanne! et si vous
y venez jamais, soyez tranquille, vous y verrez
de belles fêtes. Quand on leur dira : voilà celle
qui l'a nourri; — ils vous brûleront autant de
chandelles qu'à la bonne Vierge, si elle res-
suscitait.

(On entend frapper à la porte qui conduit au château.)

GOUDARD.

Ah! mes amis, entrez là-dedans ; entrez, je vous en prie....

(Il leur montre la petite salle.)

MARTINOT.

Pourquoi donc ?

GOUDARD.

Vous n'entendez pas ?

(On frappe de nouveau et on crie : holà! Goudard.)

Ce sont les quarante-cinq.... Vous savez, ces enragés démons.... Entrez, entrez....

(Il les pousse vers la petite salle.)

COUPARD.

Soit....

MARTINOT.

Il est certain que s'ils sont quarante-cinq, il n'y a pas moyen de leur tenir tête.

(Martinot, Coupard et la nourrice entrent dans la petite salle.)

GOUDARD.

Là, bien.

(On crie de nouveau : holà ! ouvre donc, Goudard.)

— On y va, on y va. (A Robertz.) Allez-vous-en aussi, mon enfant.

ROBERTZ.

Je ne peux pas marcher !

GOUDARD, essayant de soulever le fauteuil.

Maudit fauteuil ! est-il lourd !

ROBERTZ.

N'importe ! laisse-moi là, je ne les crains pas !

(On frappe à coups redoublés, et comme si on voulait enfoncer la porte.)

GOUDARD, courant ouvrir.

Voilà, voilà.

(Entrent Sainte-Malines, Montséry, Saint-Gaudin, Sériac et le capitaine Duguast.)

SAINTE-MALINES.

Enfin !.... il est bientôt temps !.... Tu te barricades donc, vieux ligueur ?

GOUDARD.

Pardon ! messieurs, pardon !.... c'est que je tirais mon vin.

DUGUAST.

Est-ce pour en avoir trop bu que tu trembles comme un chat qui sort de l'eau ?

GOUDARD.

Oh ! non.... mais vous avez frappé si fort, qu'en vérité j'en ai eu peur....

SAINTE-MALINES.

Hardiment heurte à la porte
Qui bonne nouvelle apporte.

GOUDARD.

Et quelle nouvelle, monsieur Sainte-Malines ?

SAINTE-MALINES.

Tiens, écoute : (il fait sonner dans sa main des pièces d'argent.)
Regarde, maintenant....

(Il ouvre la main et montre à Goudard quatre écus neufs.)

GOUDARD.

Grand'chose de beau ! c'est de l'argent de
calice !

SAINTE-MALINES.

Veux-tu te taire ! c'est du franc argent royal.

GOUDARD.

Mais regardez-le donc ; il est aussi huguenot
que le Béarnais ; il vient de La Rochelle tout
droit.

DUGUAST.

Que t'importe ! n'est-il pas bon pour te payer ?

GOUDARD.

Comme vous voudrez.... mais je n'oserais pas
le donner à d'autres.... car enfin c'est de l'argent
de calice, de ciboire....

SAINTE-MALINES.

Tu en as menti, aussi vrai que

Quatre chopines font un pot,
Et qui dit non est un gros sot !

MONTSÉRY, riant.

Bravo ! Sainte-Malines est en train, nous
allons rire. (A Goudard.) Du vin, morbleu !

DUGUAST.

Des cartes, des dés.....

(Goudard se hâte pour les servir.)

SAINT-GAUDIN, à Sainte-Malines.

Ah! ça, raconte-nous donc ce que Loignac vient de te dire.

SAINTE-MALINES, après avoir bu un verre de vin.

Eh bien! il m'a dit comme ça : ·

« Homme mutin,
» Brusque roussin,
» Flacon de vin,
» Ont prompte fin.

(A Goudard.) Flacon de vin!.... tu comprends, père Goudard?

(Il lui passe la bouteille vide. — Goudard court la remplir.)

MONTSÉRY, prenant la bouteille pleine.

Ma foi, oui, il comprend.... Mais je ne crois pas qu'il comprenne si bien : « homme mutin. »

SAINT-GAUDIN.

Voyons, comprends-tu, « homme mutin? »

GOUDARD, tout décontenancé.

Mais.... messieurs....

SAINTE-MALINES.

Cela veut dire, mon garçon, que mieux vaut tuer compère Satan, que d'attendre qu'il nous

tue.... Souviens-toi de ça; c'est Loignac qui
l'a dit.

MONTSÉRY.

Eh bien ! seras-tu content si nous tuons compère Satan ?

GOUDARD.

Oh ! certainement , messieurs.... certainement....

SERIAC.

On dit pourtant que tu n'as pas l'âme bien
nette, ami Goudard.... Te souviens-tu quand
tu faisais signer l'Union à Chambord ?....

GOUDARD.

Ah! monsieur.... on dit de ces choses !.... Ce
qui est certain, c'est que je n'aime pas les hérétiques.

SERIAC.

Et qui te parle d'hérétiques ?

MONTSÉRY.

Est-ce que nous avons des figures de huguenots? Sais-tu que j'en ai plus tué en dix années, que tu n'as plumé de canards dans toute
ta vie?

GOUDARD.

Oh! je ne dis pas.... monsieur Montséry, je
ne dis pas....

MONTSÉRY.

Par exemple, ce qui est vrai, c'est que je n'ai pas encore tué de Machabées!.... (Ils rient.) Mais ça peut venir....

(Ils rient plus fort.)

SAINTE-MALINES.

Ah! ça, le père Goudard sait-il ce que c'est que les Machabées ?....

GOUDARD.

Non, monsieur... non....

SAINTE-MALINES.

Eh bien! écoute, les Machabées, ce sont de ces gens

Qu'on salue trente pas au loin,
Avec trois pierres au poing,
Pour s'en aider au besoin.

MONTSÉRY.

Non, ce n'est pas ça, Goudard : un Machabée, c'est un sanglier qui vaut le coup, surtout quand il est en cage depuis deux mois, et qu'il est bien dodu....

DUGUAST.

Eh bien! père Goudard, à quoi donc diable rêves-tu là? qu'est-ce qui te passe par le cerveau ?

MONTSÉRY.

Te voilà roide comme lé bonhomme de bois qui bat les cloches à Saint-Sauveur.

GOUDARD.

Moi, messieurs.... non.... vous vous trompez.

SAINT-GAUDIN.

Allons, prends ce verre et trinquons.

GOUDARD, prenant le verre.

A votre santé, messieurs les ordinaires !

MONTSÉRY.

Je ne veux pas de cette santé-là. Voyons, dis comme moi : Je vous souhaite bonne chasse aux Machabées.

GOUDARD.

Je vous.... (Il s'arrête, et prête l'oreille.) Eh bien ! ne ferme-t-on pas la grand'porte ?

SAINTE-MALINES.

Qu'est-ce que cela te fait ?

GOUDARD.

Ce n'est pas encore l'heure.

MONTSÉRY.

Bois toujours. (Il aperçoit Robertz au coin du feu.) Et ce petit fanfan qui dort dans son fauteuil, il faut qu'il boive aussi....

15

DUGUAST, secouant Robertz qui fait semblant de dormir.

Holà! eh! — Ouais! c'est ce pauvre roquet qui a reçu cette bonne balafre, hier!... Eh bien! camarade, elle est lourde l'épée du frère Loignac. — Mais, console-toi, il y en a d'autres que toi qui sauront ce qu'elle pèse.

GOUDARD, prêtant l'oreille.

Qui diable ferme donc cette porte? Certes, ce ne sont pas des gens qui connaissent la serrure : ils n'en viennent pas à bout. J'y vais aller voir.

MONTSÉRY, le retenant.

Veux-tu bien rester là.

(Entrent Larchant et quelques Écossais.)

DUGUAST.

Allons : des verres pour les montagnards!

LARCHANT.

Bonsoir, les amis!

GOUDARD à Larchant.

Est-ce donc vous, monsieur Larchant, qui fermiez la grand'porte?

LARCHANT.

De quoi te mêles-tu?

GOUDARD.

Pardon, monsieur Larchant, c'était pour savoir....

LARCHANT.

Tu sais qu'elle est fermée; n'es-tu pas content?

GOUDARD.

Ainsi tous ceux qui voudront sortir du château ce soir, ou bien y entrer, passeront donc par chez moi?

LARCHANT.

Oui, jusqu'à ce qu'on ferme ta porte, comme les autres.

MONTSÉRY, frappant sur l'épaule de Goudard.

Pour le coup, te voilà pétrifié, mon garçon!

LARCHANT, à Goudard.

Tu vas me prêter ton réveil-matin.

GOUDARD, courant prendre dans son buffet une petite horloge à réveil.

Le voici, monsieur le capitaine.

LARCHANT, essayant de monter le réveil.

Quelle infernale manivelle! je n'y connais rien.... Voyons, arrange-moi ça.... je veux un bon carillon pour quatre heures.

GOUDARD.

Pour quatre heures?...

LARCHANT.

Ah ça! ne vas pas te tromper; j'ai promis à du Halde de l'éveiller....

GOUDARD.

Est-ce que le Roi doit aller à Cléry, à quatre heures du matin?

LARCHANT.

Le Roi ne va pas à Cléry. Allons, dépêche-toi!

GOUDARD.

Où va-t-il donc?

LARCHANT.

Tu le verras, curieux. — (S'adressant aux ordinaires :) Camarades! ne venez-vous pas avec moi au pont-levis?

SAINT-GAUDIN.

Volontiers, capitaine.

LARCHANT, à ses Écossais.

Vous autres, rentrez par cette porte. (Il leur montre la porte qui conduit au château.) Vous resterez dans la galerie, et vous me direz tous ceux que vous aurez vus entrer ou sortir. Allez.

(Les Écossais sortent. Larchant prenant le bras à Sainte-Malines :)

Allons de notre côté, mes amis.

(Ils sortent par la porte de la basse-cour.)

GOUDARD, après que la porte est refermée.

Jesus-Maria! je n'en puis plus!

ROBERTZ.

Mille damnations! ils vont le tuer!

MARTINOT, *sortant de la petite salle.*

Oh! les brigands! les loups enragés! ils n'ont qu'à venir à Paris ceux-là! je leur conseille!....

JEANNE LENOIR, *sortant aussi de la petite salle et se jetant à genoux.*

Ah! mon bon saint François! prenez pitié de ce pauvre duc! Voilà pourtant plus de vingt messes que je vous fais dire, mon bon saint! plus de cinquante cierges que je fais brûler en votre honneur!.... c'est égal, mon dernier dou-blon sera encore pour vous!

(Elle tire un doublon de sa poche.)

LE P. COUPARD, *qui est sorti le dernier de la petite salle, tendant la main pour recevoir le doublon.*

Donnez, bonne Jeanne.

JEANNE.

Tenez, frère : trois messes chantées, n'est-ce pas?

LE P. COUPARD, *mettant le doublon dans sa poche.*

Oui, chantées.

GOUDARD, *tout consterné.*

Mon Dieu! que devons-nous faire?

ROBERTZ, *vivement.*

Parbleu! avertir monseigneur!

GOUDARD.

Il faut s'y prendre avec prudence....

MARTINOT.

Ah! si nous avions là seulement la compagnie de l'Université, comme nous ferions la barbe à ces buveurs de sang! Si mon cousin Louchard ou mon parrain Sénault étaient ici!....

ROBERTZ.

Mais, puisque vous y êtes, faites donc quelque chose!....

MARTINOT.

Certainement, mon petit, je ne demande pas mieux.... Je vais conter l'affaire à madame la marquise.

LE P. COUPARD.

Et moi au père sacristain.

ROBERTZ.

Mais toi, bonne Jeanne, vas donc vite chez madame de Nemours : dis-lui de parler à monseigneur.

JEANNE.

Oui, j'y vais.... mais la bonne dame ne sera pas plus heureuse que moi.... il ne l'écoutera pas.... Les scélérats lui ont jeté un sort, c'est sûr....

ROBERTZ.

Va toujours.

GOUDARD.

Ne sortez pas tous en même temps.... Les Écossais sont là qui rôdent sous la galerie.... Toi, d'abord, Martinot.

(Martinot sort.)

LE P. COUPARD.

Moi, je vais par la basse-cour....

(Il sort.)

GOUDARD.

Bien.... A vous, bonne Jeanne.

(Jeanne sort.)

— Ah! c'est fini, ils le tueront.

ROBERTZ.

Eh bien! tu restes là, Goudard?

GOUDARD.

Mais où voulez-vous que j'aille, mon enfant?

ROBERTZ.

Que sais-je, moi? chez monsieur de Lyon, chez monsieur de Brissac, quelque part enfin.

GOUDARD.

J'irais bien; mais tous ces beaux messieurs n'écouteraient pas un pauvre diable comme moi. Je crois donc qu'il vaudrait mieux trouver quelque moyen de donner l'avertissement à monsieur le duc lui-même....

ROBERTZ.

Soit : vas-y, dépêche-toi....

GOUDARD.

Peste! je n'entends pas lui parler.... mais j'aurais envie de lui glisser un petit mot d'écrit qu'il trouverait, comme par hasard, dans son chapeau ou bien sous sa serviette....

ROBERTZ.

L'idée n'est pas mauvaise.

GOUDARD.

N'est-il pas vrai que ça pourrait lui donner à penser?

ROBERTZ.

Je le crois, mais il faut te hâter.... Ecris donc, père Goudard.

GOUDARD, cherchant une plume dans son buffet.

A l'instant.... (Il présente la plume à Robertz.) Tenez, mon petit, j'aimerais mieux.... vous avez la main si belle.

ROBERTZ, prenant la plume.

Maudit poltron! allons, dicte au moins....

GOUDARD.

Voilà, voilà.... (Il réfléchit un instant.) « Donnez-
» vous de garde, on est sur le point de vous

» jouer un mauvais tour. » Qu'en dites-vous, petit?

ROBERTZ.

Ce n'est pas mal; mais maintenant il faut le porter ce billet. Voici l'heure du souper, on dresse la table à la cuisine; l'occasion est bonne pour le placer sous la serviette de monseigneur.

GOUDARD.

Oh! ma foi, oui, l'occasion est bonne....

ROBERTZ.

Il ne s'agit que de traverser la galerie : allons, père Goudard....

GOUDARD.

Certainement, mon enfant, j'irais.... j'irais, très-volontiers, si ces grands coquins ne rôdaient pas justement sous cette galerie.

ROBERTZ.

Et de quoi as-tu peur ?

GOUDARD.

Dame, ils n'auraient qu'à me voir !....

ROBERTZ, lui arrachant le papier des mains.

Eh bien, morbleu! donne-le-moi.... j'y vais aller.

GOUDARD.

Oh ! mon petit.... prenez-garde.... vous allez vous blesser....

ROBERTZ.

Il le faut bien, puisque tu n'as pas le cœur...

GOUDARD.

Mais nous trouverons quelqu'un....

ROBERTZ.

Demain, n'est-ce pas ? il sera temps ! Allons, décroche-moi cette vieille arquebuse, elle me servira de béquille....

GOUDARD, détachant son arquebuse de la muraille.

Tenez, la voici....

(Robertz s'appuie sur l'arquebuse, et commence à marcher.)

Bien, mon enfant.... Allons, il marche.... il ira....

(Il lui offre de le soutenir.)

ROBERTZ, le repoussant.

Je n'ai pas besoin de toi.... va-t-en....

GOUDARD.

Voyez-vous, il fait le fier..... Allons..... très-bien..... courage.....

(Robertz sort.)

— Voilà qui est pour le mieux.... Cet enfant-là, c'est son affaire, c'est à lui de sauver son maître... — Oh ! Goudard, tu as des idées, mon ami, des idées uniques !

(On ouvre la porte de la basse-cour.)

—Eh ! mais voici monsieur le cardinal; il faut

lui en dire aussi quelques mots sans en avoir l'air.

(Il se met à feuilleter un petit livre.)

LE CARDINAL DE GUISE, entrant avec le P. Cornac, qui porte un falot à la main.)

Retournez au couvent, père Cornac; je vous suis obligé.

CORNAC.

Monseigneur, vous aurez besoin de mon falot pour vous en retourner : si vous le per-mettez, je vais vous attendre au coin du feu de l'ami Goudard.

LE CARDINAL.

Soit.

(A Goudard, qui tient son bonnet d'une main et son petit livre de l'autre.)

Bonsoir, Goudard. Qu'est-ce que tu lisais donc là ?

GOUDARD.

Mon almanach, monseigneur.

LE CARDINAL

Eh bien ! que te dit-il pour demain ?

GOUDARD.

Le dégel, monseigneur, le dégel.

LE CARDINAL.

Mais il aura deviné, je crois; le temps est brumeux, il pourrait bien pleuvoir.

GOUDARD.

Oh ! oui, monseigneur ; il tombera demain force hallebardes. — Je vous conseille de prendre vos précautions.

LE CARDINAL

Que veux-tu dire ?

GOUDARD.

Rien.... monseigneur.

LE CARDINAL.

Tu prends pourtant ton air mystérieux....

GOUDARD.

C'est que quand je lis Nostradamus, ça me donne toujours des idées qui me font peur.

LE CARDINAL.

Pourquoi la grand'porte est-elle fermée à l'heure qu'il est.

GOUDARD.

Monseigneur, je ne sais.

LE CARDINAL.

Est-ce par ordre de mon frère ?

GOUDARD.

Je ne crois pas, monseigneur.

LE CARDINAL.

Et qui donc s'avise ici de fermer les portes sans notre ordre ?

GOUDARD.

Monseigneur, je n'ai vu personne; j'ai seulement entendu qu'on fermait la porte.

LE CARDINAL.

Tu n'as jamais rien vu.... et tu m'as l'air d'en
savoir plus que tu n'en dis; il se passe quelque
chose.... — Cornac, éclairez-moi, je veux faire
le tour du château.

(Il sort par la porte de la basse-cour. Larchant et les ordinaires rentrent
au même moment et passent à côté de lui sans le saluer.)

GOUDARD, à Larchant.

Comment, vous ne saluez pas ? c'est monseigneur le cardinal.

LARCHANT.

Pourquoi se met-il en habit court ? on n'est
pas forcé de le reconnaître.

DUGUAST.

Que n'a-t-il son chapeau rouge ?

MONTSÉRY.

S'il a perdu le sien, qu'il prenne garde qu'on
ne lui en donne un autre.

(Ils rient et sortent de la salle par la porte du château.)

GOUDARD, seul.

Sont-ils insolens ce soir! que diable ont-ils
donc ? N'importe, voilà les deux frères avertis;
maintenant, si ce monsieur Larchant s'ima-

gine les surprendre, il comptera deux fois.....
c'est pourtant moi qui l'aurai sauvé, ce brave
duc !

(Il prend les verres et les assiettes qui sont sur la table et les porte
dans la petite salle.)

FIN DE LA SEPTIÈME SCÈNE.

SCÈNE VIII.

Le cabinet du duc de Guise.

———————

Le duc et la marquise de Noirmoutiers sont assis l'un auprès de l'autre.

LA MARQUISE.

J'espérais mieux de mes prières; je me croyais plus de pouvoir sur vous.

GUISE.

Mais, de grâce, pourquoi voulez-vous que je parte?

LA MARQUISE.

Pourquoi?.... Mon cher Henri! ne vous l'ai-je pas dit?.... ne le sentez-vous pas?

GUISE.

Je ne sens qu'une chose, c'est le bonheur
d'être auprès de vous. Je l'avoue, ce matin encore ce château me semblait triste; mais maintenant il me plaît.... c'est votre faute : c'est
vous qui l'avez rendu un si charmant séjour....
(Il lui prend la main.) Charlotte, où serais-je mieux
qu'ici ?

LA MARQUISE.

Partout, monseigneur, car partout vous seriez plus en sûreté.

GUISE.

Ah! laissons cela.... Redites moi plutôt ce
voyage, ces fatigues, ces inquiétudes dont je
suis fier.... Quoi! par ce temps rigoureux, seule,
la nuit, vous avez bravé une si longue route ?....
Et pour moi!....

LA MARQUISE.

Oui, pour vous.... Si du moins j'obtenais
quelque chose!.... Hélas! j'attendais un autre
succès de mon voyage! Je me disais cette nuit,
pendant que je traversais ces longues plaines
couvertes de neige : Mon Dieu! s'ils ne me l'ont
pas tué, si je le retrouve encore, de combien
de plaisirs mes peines seront payées!.... Je le
ramènerai.... il reviendra dans ce carrosse; sa

place sera là.... c'est moi qui l'aurai sauvé! Ces
heureuses pensées me donnaient du courage!....
Mais je n'en ai plus!.... Je m'en irai seule!

GUISE.

Charlotte!....

LA MARQUISE.

N'en parlons pas davantage : mais vous êtes
un ingrat.

GUISE.

Ma douce mie, écoutez-moi : ne rougiriez-
vous pas d'être aimée par un homme sans
cœur, qui sortirait du champ clos au moment
où les trompettes vont sonner? Charlotte, je
suis ici le champion de notre sainte cause, de
ma maison, de mon père.... Songez-vous que
mon père et mon oncle le cardinal sont là-haut
qui me regardent.

LA MARQUISE.

Ah! s'ils vous voient en ce château, ils trem-
blent comme moi pour votre précieuse vie!

GUISE.

Non, Charlotte; ils m'ordonnent de rester à
mon poste, et de mettre à fin ce que je leur ai
promis! N'ai-je pas déjà trop attendu?.... devrait-il y avoir encore en ce royaume un homme

16

qu'il me faille saluer le premier, devant qui je
sois forcé de fléchir le genou....

LA MARQUISE.

Qu'importe ! n'êtes-vous pas plus puissant
que lui ?.... plus puissant et plus heureux ! Mon
cher Henri, le bien après lequel vous courez
vaut-il celui que vous risquez de perdre ?

GUISE, riant et prenant un air étonné.

Comment, marquise! vous aussi vous em-
pruntez à ma mère le texte de ses sermons?
Qui donc vous a initiée à ces idées bourgeoises?
Auriez-vous épousé quelque duc de Nemours?
A peine hors de Paris, vous oubliez déjà les
leçons de ma sœur!

LA MARQUISE.

Je ne l'écoute plus, cette bonne Catherine :
ne m'avez-vous pas dit qu'elle avait la tête
folle?....

GUISE.

Allons, ne vous parez pas de tant de sagesse :
je vous ai vue, comme elle, prier Dieu pour que
votre Henri devînt le plus puissant roi de l'Eu-
rope! je vous ai vue rêver avec bonheur à cette
pompe, à ces honneurs qui rejailliraient sur
vous, à cette cour dont je vous renverrais les
hommages.... Ah! donnez-moi seulement quel-

qués jours, ma bien-aimée!... quelques jours;
et qui sait si tout ne sera pas changé?..... C'est
moi peut-être qui vous ramenerai.... Nous irons
à Paris, Charlotte, non point comme des cri-
minels qui s'échappent, mais à la clarté du jour,
au bruit des applaudissemens de nos amis, au
milieu des fanfares d'un triomphe....

LA MARQUISE.

Mon Dieu! qu'avez-vous donc à votre tour?
jamais je ne vous ai vu parler ainsi de ces
choses-là. Savez-vous que vous m'effrayez?

GUISE.

Oui, je l'avoue, jamais l'idée de cette haute
fortune ne m'avait inspiré cette joie d'enfant.
Sans doute le moment approche, et c'est l'esprit prophétique qui m'envoie ces élancemens
de plaisir. Je sens en moi je ne sais quelle impatience de m'essayer à ce métier de roi! la
partie sera si belle pour qui saura bien jouer!...
Que cette formidable Espagne ne pense pas
m'empêcher d'être dans dix ans le chef des rois
catholiques.... Mais que dis-je? — Quels discours!.... et que vous êtes coupable de m'avoir
amené à un tel entretien! Quoi! cette blanche
main est dans la mienne, et je ne vous parle
pas un autre langage! Vous aviez bien raison

de m'appeler un ingrat! Mais ne me croyez pas
indigne de pardon, Charlotte : si je suis plus
ambitieux que de coutume, je suis aussi plus
amoureux que jamais. Vous, au contraire, ma
mie, vous ne venez que pour me faire peur,
pour me débiter vos prédictions sinistres!...

> « Rosette, pour un peu d'absence,
> « Votre cœur vous avez changé. »

Mais vous souriez?... me serais-je trompé? un
autre sentiment que l'inquiétude vous aurait-il
conduite ici? Vous souviendrait-il encore de
ces soirées si douces dont fut témoin votre
château de Sauves? Ah! je crois toujours entendre le son de votre luth, les vers de notre
bon abbé de Tiron, et votre voix, cette douce
voix, *Che nel' anima si sente!*... Puis, quand le
soir avait fini.... ce charmant signal.... Charlotte,
vous ne l'avez pas oublié, notre signal?

LA MARQUISE, avec embarras.

Mais.... monseigneur....

GUISE.

Speranza, ce joli mot *speranza*.... Tous les
soirs, je le prononce, et toujours à demi-voix....
comme si vous étiez là.... Mais, grâce au ciel,

ce ne sera plus en songe seulement que je verrai votre porte s'ouvrir.... M'écoutez-vous, Charlotte?

LA MARQUISE.

Je fais tout ce que je peux pour ne vous pas entendre.

GUISE.

Cruelle que vous êtes!

LA MARQUISE.

J'aurais tant d'envie de me venger!

GUISE.

Quoi! vous me refuseriez même l'*espérance?*

LA MARQUISE.

Oui.... si j'en avais le pouvoir; mais vous le savez : *la speranza è l'ultimo ben che si perde!*

GUISE, lui baisant la main avec transport.

O diva d'amore!....

(La porte de la chambre s'ouvre ; entre un laquais.)

LE LAQUAIS.

Monseigneur, voici votre souper.

GUISE.

Au diable l'imbécille!

(On entre une table servie.)

— Pour qui donc tous ces couverts?

D'ESPIGNAC, entrant.

Pour des convives qui vont vous faire le plaisir d'une surprise, monseigneur.

GUISE.

Comment! c'est toi qui me joues ce mauvais tour?

D'ESPIGNAC.

Non, monseigneur; je ne suis coupable que de m'être invité, pensant qu'un de plus ne ferait pas foule; mais, quant aux autres, à savoir, monseigneur le Cardinal, monsieur de Bourbon, monsieur d'Elbeuf, monsieur de Brissac, c'est madame votre mère qui vous en gratifie.

GUISE.

Ils sont donc chez elle?

D'ESPIGNAC.

Oui, monseigneur.

GUISE.

Eh bien! qu'on aille les avertir.

D'ESPIGNAC.

Un instant, ne les dérangez pas.... Les portes sont fermées; ils conspirent.

GUISE.

Et contre qui?

D'ESPIGNAC.

Contre vous, monseigneur.

GUISE.

Contre moi?

D'ESPIGNAC.

Attendez-vous à un rude assaut : on vous
prépare une harangue faite pour émouvoir un
cœur de roc. Il paraît que les avertissemens
vont pleuvant; il n'y a pas jusqu'à votre vieille
nourrice qui a entendu des soldats se vanter
qu'ils vous feraient faire le saut périlleux.

GUISE.

La bonne Jeanne est sujette à rêver....

D'ESPIGNAC.

Rêve ou non, monseigneur, je commence à
croire que nous céderons au nombre, et que
nous irons en fils soumis prendre l'air d'Orléans.

LA MARQUISE, à d'Espignac.

A la bonne heure, monsieur de Lyon, vous
voilà converti....

D'ESPIGNAC.

Oui, madame, mais à la béarnaise; car je
me sens déjà relaps.

LA MARQUISE.

Fi donc!

D'ESPIGNAC.

Que voulez-vous? je n'ai pas assez de foi de
reste, pour que les contes bleus en prennent
leur part. — Mais regardez, monseigneur,

voici monsieur de Brissac qui vient le premier,
en maraudeur ; voyez-vous quelle sombre figure !

(Brissac entre par la porte qui conduit chez madame de Nemours ; au même
moment le prince de Joinville ouvre la porte de la chambre du duc.)

GUISE, se tournant du côté de son fils et le montrant à d'Espignac.

Ma foi, nous aurons le jour et la nuit. Voyez
donc par ici quel air joyeux ! — D'où vient,
mon fils, que vous montrez tant de gaîté ?

JOINVILLE.

Si vous saviez, mon père ! on me propose la
plus belle partie du monde ! Demain, à sept
heures, monsieur le prieur m'attend pour un
grand défi de paume !

GUISE, avec impatience.

Je m'en doutais !....

(Il lui tourne le dos et va parler avec la marquise)

BRISSAC, au prince de Joinville.

A sept heures, monseigneur ? Pourquoi si
matin ?

JOINVILLE.

Je ne sais.... ce n'est pas l'usage.

BRISSAC.

Sont-ce les paumiers qui vous ont avertis ?

JOINVILLE.

Non, c'est un laquais du Roi.

BRISSAC.

Un laquais du Roi ? ces gens-là font bien de
la besogne ce soir.... on les rencontre partout....

GUISE, se retournant vers Brissac qu'il a écouté sans en avoir l'air.

Mon cher Brissac, au nom du ciel, ne vous
mariez jamais : vous seriez homme à mourir de
jalousie le lendemain de vos noces.

BRISSAC.

Non, monseigneur, mon esprit n'est fertile
en soupçons que quand on les y fait naître, et
je ne crie au feu qu'en voyant la fumée.

GUISE, riant.

Mais vous en voyez partout.... même dans
une partie de paume.

BRISSAC.

Quand vous saurez ce qui se passe, monseigneur.... Mais on va vous instruire mieux que
moi.

(Entrent la duchesse de Nemours, le cardinal de Guise, le cardinal
de Bourbon et le duc d'Elbeuf.)

GUISE, allant au-devant de la duchesse.

Que vous avez été bien inspirée, ma bonne
mère!.... je ne m'attendais pas au plaisir de
souper avec vous.

MADAME DE NEMOURS.

C'est un plaisir qui sera mêlé d'amertume,

mon fils : votre mère et vos amis ne viennent pas avec gaîté s'asseoir à votre table....

GUISE.

Qu'avez-vous ?... Mais, en effet, vous êtes tous d'une tristesse !... allons-nous donc faire un repas funèbre ?

MADAME DE NEMOURS.

Hélas ! mon fils, s'il ne tenait qu'à vos ennemis !....

GUISE.

Oui, s'ils en avaient le courage; mais ils sont trop faibles de reins et de cœur.

MADAME DE NEMOURS.

Point de bravades, mon fils; écoutez-moi.

GUISE.

Parlez, ma bonne mère; mais vous ne me donnerez pas la maladie de la peur, il y a trop long-temps que j'en suis guéri.

MADAME DE NEMOURS.

Mon fils, cette malheureuse confiance me brise l'âme. Au nom de Dieu ! ouvrez les yeux : abandonnez ce château, maudit du ciel !....

GUISE.

Ma mère....

MADAME DE NEMOURS.

Si vous restez, votre mort est certaine.... les

assassins sont choisis : on les connaît, on les a
vus !

GUISE.

Pouvez-vous croire aux visions de cette
pauvre folle de nourrice?

MADAME DE NEMOURS.

Comment, vous savez?....

GUISE.

Oui, je sais que la bonne femme a le cerveau
malade, et qu'elle m'a fait, comme à vous, des
contes à dormir debout.

LE CARDINAL DE GUISE.

Vous m'accuserez donc aussi de folie, mon
frère, moi, qui ai vu, de mes yeux, presque
tout ce qu'a rapporté la bonne Jeanne? En
entrant au château, j'ai aperçu le capitaine
Larchant qui, à la tête d'une bande d'ordinaires, faisait la visite de tous les postes.....

GUISE.

Eh bien! cela vous étonne? c'est un spectacle que vous pouvez vous donner tous les
soirs.

LE CARDINAL.

Attendez, vous n'êtes pas au bout : j'ai fait
ma ronde, à mon tour, et partout j'ai trouvé
les soldats chargeant leurs armes.

GUISE.

C'est l'usage, mon frère.

LE CARDINAL.

L'usage !.... non ce n'est pas l'usage de les charger de cette manière-là.

GUISE.

Comment ? vous connaissez deux manières de charger un mousqueton ?

LE CARDINAL.

Vous me comprenez bien.... N'est-il pas aisé de s'apercevoir quand les gens ont reçu double paye, et se sont engagés à faire un mauvais coup ?.... Puisque vous en êtes sur l'usage, est-ce l'usage, dites-moi, que les officiers commandent à demi-voix ?

GUISE.

Voudriez-vous que dans le corps-de-garde on criât comme en plein air ?

LE CARDINAL, avec impatience.

Je voudrais.... je voudrais au moins que la grand'porte ne fût pas fermée à l'heure qu'il est.

GUISE.

Pourquoi ?...

LE CARDINAL.

Vous vous faites donc un badinage de me contredire ?

GUISE.

Non, mon frère; mais une fois la nuit close,
pourquoi voulez-vous que la porte reste ouverte ?

LE CARDINAL.

C'est donc par votre ordre qu'on l'a fermée
ce soir ?

GUISE.

Non, cela regarde Péricard.

LE CARDINAL.

Avez-vous au moins les clés ?

GUISE.

Non.

LE CARDINAL.

L'usage est pourtant de les remettre entre
vos mains.

GUISE.

Soyez tranquille, c'est Péricard qui les a.

LE CARDINAL.

Eh bien, envoyez-le chercher..... qu'il les apporte....

GUISE.

Après souper, mon frère. L'heure se passe;
d'Espignac languit....

D'ESPIGNAC.

Que vous êtes charitable, monseigneur !

BRISSAC, à part.

Mauvais bouffon! puisses-tu manger jusqu'
ta langue !

GUISE, à son frère et à sa mère.

Allons, veuillez, de grâce, laisser là, pou
un instant, vos noirs pressentimens, et prendr
place avec nous. — Ce siége sera pour vous, m
mère ; et vous, marquise, de ce coté. (Il s'assie
entre sa mère et la marquise.) — Approche - toi donc
d'Espignac, mon cousin d'Elbeuf n'a point d
place.....

(Il déploie sa serviette.)

MADAME DE NEMOURS.

Quel est ce billet?

GUISE.

Un billet? ah ! je ne voyais pas.... (Il lit.
« Donnez-vous de garde, on est sur le point de
» vous jouer un mauvais tour. »

MADAME DE NEMOURS.

Seigneur Dieu !

LA MARQUISE.

Eh bien! vous le voyez?....

MADAME DE NEMOURS.

C'est un avertissement du ciel!....

GUISE.

Du ciel? oui, je le crois; car je soupçonne

un ange de s'être chargé du message.... un ange qui n'est pas loin de moi. Qu'en dites-vous, marquise ?

LA MARQUISE.

Voyez, si je rougis ?

GUISE.

Vous pâlissez plutôt.... Quoi, pour si peu de chose !....

MADAME DE NEMOURS.

Si peu de chose ! j'en tremble jusqu'au fond du cœur.

GUISE.

Mais si vous n'êtes pas du complot, mesdames, ces messieurs me diront peut-être à qui je dois adresser ma réponse ?

(Silence.)

Quoi ! personne ici ne connaît ce conseiller mystérieux ? — N'importe, il faut répondre. — (A un page :) Une plume !

(Il prend la plume de la main du page, et écrit deux mots au bas du billet.)

LA MARQUISE, lisant ce que le duc écrit.

« On n'oserait » !....

MADAME DE NEMOURS.

Ah ! mon fils !.... Marquise, lisez-vous bien ?

GUISE.

Très-bien, ma mère. — (Il lit :) « On n'oserait. »

(Il replie le billet et le jette sous la table, en disant :) Qu'il retourne maintenant à ceux qui me l'adressent.

—— (S'apercevant que chacun se regarde en silence, sans manger :) Mais quels convives m'avez-vous donc amenés, madame ? Serait-ce ces avertissemens qui vous ôteraient l'appétit, mes amis ? à ma place, vous y seriez accoutumés ; c'est seulement le neuvième que je reçois aujourd'hui.

MADAME DE NÉMOURS.

Le neuvième !....

GUISE.

Sans compter ceux qui viendront encore : mais vous voyez quel cas j'en fais ; je sais ce qu'ils veulent dire. Allons, Brissac, prenez votre verre : cousin d'Elbeuf, il faut me faire raison. —— (A un page :) Verse à boire.

BERNARDIN, maître-d'hôtel, entrant par la porte de la chambre.

Un de messieurs les secrétaires du Roi demande à parler à monseigneur.

GUISE.

Qu'il entre.

(Le maître-d'hôtel sort.)

MADAME DE NÉMOURS.

Un secrétaire du Roi ?

BRISSAC.

A cette heure ?

MADAME DE NEMOURS.

Que vient-il faire?

GUISE.

Rassurez-vous, bonne mère, il ne m'apporte
pas mon arrêt de mort.

(Entre Révol.)

Voyez, c'est notre ami Révol.

RÉVOL , après avoir salué le duc.

Le Roi m'a commandé de faire savoir à monseigneur que c'est demain qu'il tiendra son
conseil, et non point samedi. Sa Majesté a fixé
le rendez-vous à six heures précises, son dessein étant de donner le reste de la matinée à
ses dévotions.

GUISE.

Tous les conseillers sont-ils déjà convoqués?

RÉVOL.

Tous, monseigneur, puisque j'ai l'honneur
de trouver ici monseigneur le cardinal et monsieur de Lyon.

GUISE.

C'est bien, monsieur de Révol, nous nous
rendrons aux ordres du Roi.

(Révol salue et sort. — Au bout d'un moment, Guise s'aperçoit qu'il
est resté seul à table, et que tous les autres sont debout, gardant le
silence ; alors il se lève à son tour et dit :)

17

Eh bien ! qu'avez-vous donc ? d'où vient ce silence ?

MADAME DE NEMOURS.

Six heures !....

LA MARQUISE.

Avant le jour !....

LE CARDINAL DE GUISE.

Et vous irez, Henri ?

GUISE.

Oui, mon frère ; mais vous, n'irez-vous point ?

LE CARDINAL.

Vos dangers seront les miens.

GUISE.

Quels dangers ?

LE CARDINAL.

Comment ! vous ne sentez pas encore s'éveiller vos soupçons ?

GUISE.

Et de quoi m'effraierais-je ! de ce que le Roi se lèvera deux heures plus tôt qu'à l'ordinaire ?

LE CARDINAL.

Mais que signifie ce conseil ? pourquoi demain au lieu de samedi ?

GUISE.

Sans doute le pèlerin veut rester deux jours
à Cléry.

LE CARDINAL.

Il n'y va pas.

GUISE.

Comment? il ne va pas à Cléry?

LE CARDINAL.

Non, vous dis-je, ce dont j'enrage : car son
pèlerinage l'aurait conduit, j'espère, plus loin
qu'il ne comptait.

BRISSAC.

S'il manque à son rendez-vous avec la
Bonne Dame, il faut que le dessein qui l'arrête ici lui tienne bien au cœur.

MADAME DE NEMOURS.

Ah! mon bon fils! il vous prépare quelque
mauvais coup! Au nom du ciel, n'allez pas à
son conseil!

LA MARQUISE, à part.

Je réponds bien qu'il n'ira pas!

GUISE.

J'irai, ma mère; vous ne savez pas quel intérêt m'y appelle. Ce conseil, qui vous fait
peur, je m'en réjouis comme d'une victoire :
je ne me résignais qu'avec impatience à at-

tendre samedi pour achever ce que j'ai commencé ce matin. Car, il faut vous le dire, mes
amis, ce matin, après la messe, j'ai fait trembler ce pauvre pénitent dans son propre cabinet. Déjà, je suis sûr, la peur le talonne, et il
n'a hâté le moment d'un conseil que pour se
délivrer plus tôt de ses craintes, en transigeant
encore une fois avec moi.

BRISSAC.

Si monseigneur l'a irrité par des menaces, je
craindrais plutôt qu'il ne fût pressé de se venger.

GUISE.

Tant mieux : si l'envie lui en est venue ce
soir, elle sera passée demain matin.

BRISSAC.

Sa mère et ce temps de frimas sont là pour
le tenir en haleine. Monseigneur, c'est par trop
tenter Dieu que se fier à un Roi bilieux et à une
femme italienne.

GUISE.

Ils ne me toucheront pas un cheveu :
fussent-ils mille, je ne les crains pas.

LE CARDINAL DE GUISE, à sa mère.

Quel aveuglement !

MADAME DE NEMOURS, au cardinal.

Ne m'en parlez pas, mon fils, je suis plus
d'à moitié morte.

GUISE.

S'il était assez fou pour attenter à ma vie,
vous me vengeriez, mes amis. Ne le sait-il pas?
ne voit-il pas déjà toute la France se lever en
armes!....

MADAME DE NEMOURS.

Ah! mon fils, qu'importe que vous soyez
vengé?.... si nous vous perdons, c'est fait de
nous.

GUISE.

Ma mère, je ne serais pas digne de commander à de braves gens, si je faisais plus de
cas de ma vie qu'il n'est séant à un homme de
guerre. Élevé au milieu des camps, cent fois
l'image de la mort s'est présentée à moi, et,
Dieu merci! jamais elle ne m'a troublé : souffrez donc que ce ne soit point encore aujour-
d'hui que je commence à fuir devant elle.

MADAME DE NEMOURS.

Eh bien! oui, méprisez votre propre danger; jetez-vous, tête baissée, au-devant de la
mort, je le veux bien : mais ce n'est pas de

votre vie qu'il s'agit; mon ami, mon bon fils, il s'agit de nous, de nous que vous aimez et qui n'avons que vous pour appui!... Songez à votre femme, à vos enfans.... Pourriez-vous les laisser, à leur âge, en butte aux fureurs des méchans, dont vous-même auriez été victime! Ah! que cette idée cruelle fléchisse votre courage!.....

GUISE, après un moment de silence, s'adressant au priuce de Joinville.

Charles, mon fils, répondez à votre grand'-mère. Je n'avais pas votre âge, quand le meilleur des pères tomba devant moi frappé de mort; resté seul avec mes frères, exposé à tous les traits des ennemis de notre Maison, ai-je laissé pour cela de m'élever, de rassembler les débris de notre fortune, de recueillir l'héritage d'un père si grand, et même de venger sa mort? Je laisse à Dieu, qui m'a toujours été clément, le soin de vous protéger, mais je ne puis m'engager à vivre éternellement pour vous. Je ne vous ai pas mis au monde pour faire obstacle à mes projets. Si un coup imprévu m'enlève à mon tour, vous ferez comme j'ai fait : vous prendrez ma chemise, toute fumante, et vous lirez dans mon sang ce qu'il faudra faire pour me venger. Charles!.... vous êtes ému!..... de la fermeté, mon fils..... promettez-moi que vous vous mon-

trerez digne héritier de votre aïeul.... de votre
père......

JOINVILLE , lui baisant la main.

Mon père!.... que me dites-vous là!....

MADAME DE NEMOURS.

Le pauvre enfant!

LE CARDINAL DE BOURBON.

Ah! monseigneur, ayez pitié de nous!

BRISSAC ET D'ELBEUF , en même temps.

Monseigneur!....

GUISE.

Non, mes amis, plus de prières : n'en parlons plus : je suis si résolu, que, si je voyais la
Mort entrer par cette fenêtre, je n'ouvrirais pas
cette porte pour lui échapper.

MADAME DE NEMOURS , les yeux pleins de larmes.

Miséricorde!

LE CARDINAL DE GUISE.

Venez, ma mère; laissons-le, retirons-nous :
ni vos larmes ni vos supplications n'y pourront
rien.... Il veut se perdre; il se perdra, il nous
perdra tous avec lui. C'est vraiment merveille ,
comme les hommes, à l'heure de leurs infor-
tunes, perdent la prévoyance! Que voulez-vous?
sans doute la main de Dieu s'est appesantie sur
nous , autrement nous serions plus heureux....

vos prières le toucheraient.... il écouterait nos
avis.... Venez, ma mère, allons-nous-en.

GUISE, à son frère.

Mon cher Louis, j'aurais bien à répondre à
ces rudes paroles.... Mais, attendons à demain....
au sortir du conseil, j'espère que vous m'en
demanderez pardon chez ma mère.

LE CARDINAL.

Au sortir du conseil?.... ah! que Dieu vous
entende!.... Oui, mon frère, j'y consens. Adieu.
(A sa mère.) Vous restez donc, ma mère?

MADAME DE NEMOURS.

Hélas! oui, je n'ai pas encore renoncé!....
(Elle prend Guise par le bras et le conduit auprès de la marquise.)

LE CARDINAL DE GUISE.

Monsieur de Brissac, venez avec moi, je
vous prie.
(Brissac et le cardinal sortent en parlant à voix basse, mais d'une manière
très-animée.)

JOINVILLE, bas à d'Espignac.

Crois-tu, vraiment, que mon père coure
quelque danger?

D'ESPIGNAC.

Il le faut bien, monseigneur, puisque tout
le monde est en émoi.

JOINVILLE.

Comment ! toi aussi ?....

D'ESPIGNAC.

Je ne vous parle pas de moi, monseigneur; je n'enterre pas les gens si vite.

JOINVILLE.

A la bonne heure ; il me semblait aussi que c'était trembler pour peu de chose. J'irai toujours demain, à sept heures, prendre mon prieur.... Si tu n'étais pas de ce conseil, je te dirais de venir voir notre défi, tu t'y amuserais davantage.... Adieu, Pignac : mon père cause avec la marquise, il faut le laisser ; tu lui diras que j'avais sommeil.... Adieu.

D'ESPIGNAC.

Dieu vous garde, monseigneur !

(Joinville sort.)

D'ELBEUF , qui a entendu la conversation de Joinville
et de d'Espignac.

Tête légère !

D'ESPIGNAC.

Ces nez camards n'ont jamais de cervelle. En vérité, c'est mon désespoir, que le nez de son père ait produit cette noisette-là ! Comment diable cela s'est-il fait, monsieur le duc?

D'ELBEUF, bas.

C'est qu'il y a du saint Mégrin dans les veines du cher enfant, quoi qu'on dise.

D'ESPIGNAC, bas.

J'en crois quelque chose.

GUISE, haut.

Ma mère, je vous en prie, cessez..... vous finiriez par triompher de moi.....

MADAME DE NEMOURS.

Eh bien! mon fils, je ne vous quitte pas!....

GUISE.

Il faut alors que je me retire?... Songez que si j'avais le malheur de vous obéir, je me croirais déshonoré.... ce sont de ces lâchetés qu'on ne se pardonne jamais. — Ne pleurez pas, ma mère; demain vous serez contente.... — L'heure s'avance, il est temps de nous séparer.... Adieu, ma mère.... adieu, marquise; et vous, mes amis, adieu.... Eh bien! mon fils n'est plus là?

D'ESPIGNAC.

Il s'est retiré dans son appartement.

GUISE, avec émotion.

Quoi! sans me dire adieu?.... je voulais lui dire adieu.... qu'on aille.... mais non, laissez-le, peut-être il dort. — D'Espignac, nous nous verrons demain à ce conseil....

D'ESPIGNAC.

Oui, monseigneur.

GUISE, lui donnant la main.

A demain, mon ami. — Et vous aussi, ma
mère, à demain....

MADAME DE NEMOURS.

Mon cher fils! que je vous embrasse!...

GUISE.

Allons, adieu, adieu!....

MADAME DE NEMOURS.

Espérons encore que la nuit changera votre
résolution!...

LA MARQUISE, au duc.

Monseigneur, il faut que vous nous permet-
tiez de l'espérer.... car vous le savez : *la speranza....*

LE DUC, lui baisant la main.

È l'ultimo ben che si perde.

LA MARQUISE.

Allons, rien n'est perdu, vous avez encore la
mémoire.

GUISE, lui baisant une seconde fois la main.

Adieu.

(Ils se retirent tous. — Quand Guise voit d'Espignac prêt à sortir,
il le rappelle et lui dit :)

Décidément, d'Espignac, fais-moi venir mon
fils.

D'ESPIGNAC.

Sur-le-champ, monseigneur.

(Il sort.)

GUISE, seul.

Qui pourrait me dire pourquoi je le fais rappeler, cet enfant? En vérité, je ne sais, mais j'ai besoin de le revoir. Ce que j'éprouve est étrange. Mon cœur bondit avec une force.... Mort-dieu! ce n'est pourtant pas de peur. (Il s'assied.) C'est sans doute de plaisir. Pauvre Charlotte! Ses yeux étaient si brillans, si tendres!... Mais, le voici.

(Entre le prince de Joinville.)

— Charles, vous ne m'avez pas dit adieu.

JOINVILLE.

Mon père, il eût fallu vous interrompre....

GUISE.

N'importe.... il fallait me dire adieu.... Asseyez-vous, mon fils. Dites-moi? qu'avez-vous pensé quand votre grand'-mère parlait des dangers qui m'environnent?

JOINVILLE.

Ah! mon père, Dieu nous préserve!...

GUISE.

Il ne s'agit pas de cela : je sais que vous m'aimez; mais enfin le malheur peut m'en vouloir, et je vous demande si vous vous sentiriez prêt à prendre ma place. C'est la seule pensée qui me jette quelque inquiétude en l'esprit. Vous avez trop tardé à faire vos débuts, mon fils : à votre âge, je n'en étais pas à ma première campagne, et j'avais déjà changé trois fois de cuirasse. — Il ne faut pas toujours jouer à la paume, vous devez commencer à vous mêler d'un jeu plus sérieux. Charles, ne seriez-vous pas content, si je vous envoyais rejoindre l'armée de votre oncle Mayenne, ou bien tirer l'épée contre le Béarnais ?

JOINVILLE.

Envoyez-moi contre le Béarnais, mon père.

GUISE.

Vous choisissez bien, mon fils ; c'est là que se donnent les meilleurs coups. Je suis content que vous m'ayez si bien répondu ; vous me rendez bonne confiance en l'avenir. Demain nous en reparlerons.

JOINVILLE.

Je vous y ferai songer, mon père.

GUISE.

A merveille ! adieu, embrassez-moi.... A demain, mon fils.

JOINVILLE.

Adieu, mon père. (A part.) Qu'a-t-il donc ? Sa voix me semble tout émue.

(Il sort. — Un page entre par la même porte.)

LE PAGE.

Monseigneur, voici le capitaine Larchant qui demande la permission de vous parler d'une affaire qu'il dit très-pressante.

GUISE.

Larchant, le capitaine des Ecossais du Roi?

LE PAGE.

Oui, monseigneur.

GUISE.

Est-il seul?....

LE PAGE.

Tout seul....

GUISE.

Que me veut-il si tard?

LE PAGE.

Je ne sais, monseigneur.

GUISE.

Eh bien! dites-lui d'entrer.

(Le page sort.)

Est-ce encore un avertissement?

(Entre Larchant.)

LARCHANT.

Pardon, monseigneur....

GUISE.

Approchez, capitaine.

LARCHANT.

Pardon encore une fois, monseigneur, si je vous dérange à cette heure.... mais je ne fais que d'apprendre à l'instant que le conseil aura lieu demain matin....

GUISE, l'interrompant.

Le conseil? que doit-il donc s'y passer?

LARCHANT.

Je n'en sais rien, monseigneur.

GUISE.

Ah! je croyais.... Eh bien! que me voulez-vous?

LARCHANT.

Vous supplier, monseigneur, de me rendre un grand service à moi et à mes pauvres soldats.

GUISE.

Très-volontiers, mon ami.

LARCHANT.

Je m'adresse à vous, monseigneur, parce que vous êtes le général de toutes nos armées, et que, si vous le voulez, il faudra bien qu'on nous rende justice.

GUISE.

Que vous a-t-on fait?

LARCHANT.

Monseigneur, voici plus de six mois que nous n'avons reçu un denier de nos gages....

GUISE.

Quelle indignité!

LARCHANT.

Si bien que mes pauvres diables de soldats, si le Roi n'y met ordre, seront contraints de vendre leurs chevaux et de s'en retourner à pied.

GUISE.

Je parlerai pour eux, capitaine.

LARCHANT.

Ah! j'en étais bien sûr, monseigneur; aussi, en apprenant que le conseil se tenait demain, je leur ai dit de faire bien vite une requête, que vous auriez la bonté de présenter et de défendre par quelques mots, s'il le fallait.

GUISE.

Me l'avez-vous apportée?

LARCHANT.

Non, monseigneur; ces braves gens ont voulu attendre à demain matin pour vous la remettre eux-mêmes quand vous irez au conseil. Ils espèrent que vous serez encore plus touché, quand vous verrez de vos yeux combien ils ont besoin de leur paiement.

GUISE.

C'est bien, monsieur de Larchant; je me charge de cette requête, et je vous servirai de tout mon pouvoir.

(Entre Péricard.)

PÉRICARD , vivement.

Monseigneur, vous a-t-on remis les clés du château ?

GUISE.

Non : qu'en avez-vous fait ?

PÉRICARD.

Je les avais confiées à Perrin , votre valet de pied....

GUISE.

Eh bien ?....

PÉRICARD.

On l'a entendu fermer les portes, et en effet les portes sont fermées ; mais personne ne l'a vu depuis ce moment, et je ne peux concevoir ce qu'il est devenu.

GUISE.

Prenez-y garde, Péricard, ceci est sérieux ; il faut retrouver cet homme, et surtout les clés.

PÉRICARD.

A cette heure, monseigneur, comment faire des recherches?

LARCHANT.

Voulez-vous que je vous aide, monsieur Péricard?

PÉRICARD.

Merci, capitaine, merci.

LARCHANT.

A deux nous finirons bien par trouver quelque chose.... Je le connais ce Perrin, c'est un ivrogne....

PÉRICARD.

Mais non; vous vous trompez.

LARCHANT.

Pardonnez-moi : il profite de ce qu'il a les clés pour aller passer la nuit au cabaret; mais nous le retrouverons, je vous le promets.

GUISE.

Allons, Péricard, puisque le capitaine veut bien vous aider, mettez-vous en quête; et, une autre fois, confiez vos clés à de meilleures mains.

PÉRICARD.

Mais, monseigneur, je vous assure....

GUISE.

Bien; c'est assez....

PÉRICARD.

M. de Larchant confond sans doute.....

GUISE.

Assez, vous dis-je ; laissez-moi.

LARCHANT.

Salut, monseigneur !

(Il sort avec Péricard.)

GUISE , seul.

Me viendrait-il dès soupçons , à mon tour ?
Ces clés n'ont-elles point été dérobées ? Il y
a là quelque mystère.... Ce que j'éprouve est
étrange.... ces larmes de ma mère....mon frère....
la marquise !.... Allons, pas de faiblesse.... pensons à ces beaux yeux !.... pensons.... Je voudrais pourtant que les clés.... — Ah ! s'il fallait
tout prévoir !.... à la garde de Dieu ! — La marquise m'attend ! — Holà ! quelqu'un ?

(Entrent deux pages.)

— Mon manteau.

LE PREMIER PAGE , lui mettant son manteau.

Faut-il accompagner monseigneur ?

GUISE.

Non.... restez.... Je vais chez ma mère....

(Il sort.)

LE PREMIER PAGE, à son camarade.

Oui, chez sa mère!.... va y voir.... Viens,
Étienne; nous avons le temps de traverser la
cour et d'aller passer une heure chez Angé-
lique.

(Ils sortent.)

FIN DE LA HUITIÈME SCÈNE.

SCÈNE IX.

VENDREDI 23 DÉCEMBRE, 4 HEURES DU MATIN.

La chambre à coucher du Roi.

Il est nuit. La chambre n'est éclairée que par une petite lampe placée sous le manteau de la cheminée.

———

Le Roi, à moitié habillé, est assis sur son lit.

LE ROI.

On heurte, je crois.... non. — Mon Dieu! que cette nuit est longue! Certainement il est plus de quatre heures.... ils m'auront oublié.... Comment peuvent-ils dormir! (Il prête l'oreille.) Ah! pour cette fois, je ne me trompe pas, on frappe à la porte.... Qui va là? est-ce vous, du Halde?

DU HALDE, derrière la porte.

Oui, Sire, c'est moi; il est quatre heures.

LE ROI, ouvrant.

Parbleu, je le crois bien! arrivez donc, mon
ami.

DU HALDE, entrant.

Sire, mademoiselle Dubois, la femme de
charge de la Reine, ne voulait pas me laisser
passer.

LE ROI.

Vous avez donc réveillé tout le château pour
venir ici?

DU HALDE.

Mais non, Sire, je n'ai rencontré que mademoiselle Dubois.

LE ROI.

C'est bon : marchez plus légèrement, du
Halde.... et soufflez votre lampe.... Que vous
faites de bruit! Prenez donc garde, ma mère
est malade, et vous savez qu'elle couche ici
dessous. — Ça, voyons : mes bottines, mes
chausses et mon gros pourpoint.

DU HALDE.

Sire, les voici.

LE ROI.

Bon. Maintenant, du Halde, allez vous asseoir dans ce fauteuil, là-bas, près de la muraille....

DU HALDE.

Dans ce fauteuil ? Et pourquoi.... Sire ?

LE ROI.

Pourquoi !.... vous le saurez ; c'est chose secrète, mon ami : asseyez-vous toujours.

DU HALDE, s'asseyant.

Je ne demande pas mieux, Sire.... mais vous
voulez donc ?....

LE ROI.

Je veux que vous n'empêchiez pas ma mère
de dormir. — Êtes-vous content, maintenant ?
(Il va s'asseoir sur son lit ; puis après un moment de silence :) Du-
Halde, trouvez-vous qu'il fasse trop clair dans
cette chambre ?

DU HALDE.

Sire, je ne vois pas seulement le bout de
mon pied.

LE ROI.

Il ne s'agit pas de cela : je vous demande si
nos voisins de Jésus peuvent se douter, en regardant mes fenêtres , que je pense à autre
chose qu'à dormir ? (Il se lève et baisse les tapisseries suspendues aux fenêtres.) En tout cas, voilà qui est plus prudent : ces tapis sont épais..... Mais n'entends-je
pas quelqu'un dans le petit escalier ?

DU HALDE.

C'est sans doute monsieur de Bellegarde, car je l'ai aperçu, en montant, qui se promenait dans la galerie des Cerfs avec quelques uns de messieurs les ordinaires. Sire, faut-il leur aller ouvrir?

LE ROI.

Non; restez assis: si c'est Bellegarde, il a la clé.

(Entrent Bellegarde et quatre ordinaires.)

—Très-bien, Bellegarde, vous marchez sur la pointe du pied; très-bien : allez vous asseoir à côté de du Halde ; et vous aussi , messieurs.

BELLEGARDE, après qu'il est assis.

Sire, je vous amène monsieur Sainte-Malines, monsieur Sériac, monsieur Chalabre et monsieur Labastide.

LE ROI, à voix basse.

Ces messieurs sont les bienvenus : nous leur parlerons tout à l'heure.... mais pour le moment, rien que du silence, je vous en prie.— Bellegarde, avez-vous vu votre ami Larchant?

BELLEGARDE.

Sire, il est dans la basse-cour avec ses Écossais; dès que six heures sonneront, il ouvrira

la grand'porte et se placera au pied de l'escalier.

LE ROI.

Tout va bien.

(Après un long silence, on entend du bruit dans le petit escalier.)

Ah! mon Dieu! en voici qui ne sont pas atten-
tifs comme vous, messieurs, ils font un bruit
avec leurs bottes!... (Il se lève et ouvre la porte de l'escalier.)
Chut! chut! plus doucement, mes amis, plus
doucement.

LOIGNAC, entrant.

Nous faisons ce que nous pouvons, Sire....

LE ROI.

Aussi, pourquoi montez-vous tous ensemble?

(Entrent, après Loignac, Ornano, Rambouillet, d'Aumont, Montséry,
Saint-Gaudin, Duguast, Halfrénas, Herbelade et Saint-Capautel.)

D'AUMONT.

Rien n'est perdu, Sire; l'ennemi dort encore.

LE ROI.

C'est justement pour cela qu'il ne faut pas
battre le tambour. — Allons, messieurs, asseyez-vous, ou ne bougez pas : si vous continuez cette promenade, vous verrez qu'avant
un quart d'heure tout le monde, dans le château et par la ville, dira que j'ai une armée
dans ma chambre.

(Ils s'asseyent.)

Là, bien.... — Maréchal, il y a place sur mon lit.

(D'Aumont s'assied à côté du Roi sur le lit.)

Messieurs, il en est parmi vous dix ou douze qui n'ont point encore appris, de ma bouche, pour quel sujet je les appelle : mais, à voir le secret que j'apporte à tout ceci, ils se doutent déjà que la chose est d'une grave conséquence, et assez périlleuse pour demander l'assistance de tant de braves gens.... C'est surtout à vous que je m'adresse, messieurs mes gentilshommes : il n'y a aucun de vous qui ne me doive un peu de reconnaissance, pour tant de bonnes grâces et de libéralités que j'ai répandues sur vous. Maintenant je veux, à mon tour, vous devoir quelque chose, mes amis ; l'occasion est urgente : il y va de mon honneur et de ma vie ! Ne m'entendez-vous pas déjà ?... Vous savez quel est mon plus mortel ennemi ; eh bien ! apprenez qu'il est à la veille de mettre le comble à sa félonie : voilà pourquoi j'ai besoin de vos fidèles épées : je suis résolu à lui porter le coup qu'il me prépare : point de milieu : il faut que je meure ou qu'il meure, et que ce soit ce matin.... Mes amis, me promettez-vous que c'est lui qui mourra ?....

SAINTE-MALINES.

Je vous le jure, Sire.

TOUS LES ORDINAIRES.

Nous vous le jurons.

LE ROI.

Bien, messieurs, bien; j'avais pleine assu-
rance que vous étiez prêts à faire tout ce que
vous commanderait votre Roi pour le bien de
sa personne et de son État. — Ça, voyons :
qui de vous a des poignards?

SÉRIAC, tirant une large lame de sa ceinture.

Voici le mien : lame d'Écosse, je réponds de
la trempe.

LE ROI.

Et vous, monsieur Sainte-Malines, vous n'en
avez point? ni vous, messieurs?... Attendez. —
(Il prend la lampe sous le manteau de la cheminée et va chercher dans un
tiroir un petit coffre qu'il pose sur son prie-dieu.) En voici.

(Il ouvre le coffre.)

SAINTE-MALINES.

Oh! les charmans outils! il y a de quoi faire
un crible de sa peau!

LE ROI, distribuant les poignards.

Tenez, mes amis.

MONTSÉRY, cachant le sien sous son manteau, et l'en tirant tout à coup, comme pour frapper quelqu'un.

Ma foi, c'est plus commode qu'une dague, n'est-ce pas, Loignac?

LOIGNAC.

Surtout, frappe de haut en bas, vois-tu, comme cela.... si par hasard il était cuirassé.

SAINTE-MALINES.

N'aie pas peur, Loignac, je sais une meilleure place.

SÉRIAC, gesticulant avec son poignard.

Cap-dé-diou! si je l'avais là!...

LE ROI.

Un instant, messieurs, rendez-les-moi : il ne faut pas penser seulement à la cuirasse.... il pourrait avoir quelque enchantement.... Il est si fourbe! (Il prend les poignards et en trempe la pointe dans son bénitier.) — Reprenez-les maintenant; voilà qui vaut mieux que la trempe d'Écosse.

MONTSÉRY.

Fût-il dur comme Satan, le mien entrera jusqu'au manche.

SAINT-GAUDIN, montrant du doigt le bout de la lame de son poignard.

Seulement jusque-là dans sa gorge, et il ne fera plus le roi.

LE ROI, lui frappant l'épaule.

Bien, mon brave.

SAINTE-MALINES.

Mais quand va-t-il venir?

MONTSÉRY.

Par où viendra-t-il?

LE ROI, montrant la porte qui conduit à la salle du conseil.

Par cette porte.... Mais, patience! il faut que l'heure du conseil soit arrivée.... (Il prête l'oreille.) J'entends déjà un peu de bruit dans la salle.....

DU HALDE.

Sire, ce sont les huissiers qui disposent les tables et les siéges.

LE ROI.

Ne parlons pas si haut, mes amis, car ils ont les oreilles aussi fines que nous.

SAINTE-MALINES, à voix basse.

Sire, comment nous placez-vous?

LE ROI, à Loignac.

Loignac, cela vous regarde.

LOIGNAC, s'asseyant sur un coffre à bois.

Pour moi, voici mon poste. Que ceux qui ont des poignards restent avec moi. Duguast et Saint-Capautel iront se placer avec leurs dagues au poing sur les degrés du petit esca-

lier, pour couper le passage aux visites incom-
modes.

LE ROI.

Merveilleuse idée! oui, des sentinelles partout!... Mais, qui me tiendra compagnie dans
mon cabinet? Ce sera vous, Alphonse, et vous,
Bellegarde. Le maréchal et Rambouillet iront
ouvrir le conseil. Maintenant, fasse le ciel que
notre monde arrive!.... Mais on ne se presse
guère, me semble.

(On frappe à la porte du conseil.)

Ah! enfin.... voici quelqu'un.

DU HALDE.

Qui va là?

RÉVOL, derrière la porte.

C'est moi, du Halde, ouvrez-moi.

(Il entre.)

LE ROI.

Monsieur Révol, que m'apprenez-vous?

RÉVOL.

Sire, voici messieurs les membres du conseil.

LE ROI.

Bonne nouvelle! Combien sont-ils, Révol?

RÉVOL.

Il y en a déjà cinq ou six dans la salle.

LE ROI, à d'Aumont et à Rambouillet.

Messieurs, allez leur présenter mes excuses,
et voyez si tout est bien en ordre. (A demi-voix.)
Surtout ne vous laissez pas étourdir quand
viendra le moment!

D'AUMONT.

Si vos projets ne vont pas à bien, Sire, la
faute n'en sera pas de notre côté.

LE ROI.

Allez, mes amis, je compte sur vous.

(D'Aumont et Rambouillet sortent. Le Roi à Révol :)

M'avez-vous dit les noms de ces cinq ou six?
Monsieur.... de Guise n'en est pas, Révol?

RÉVOL.

Non, Sire, ni lui, ni son frère.

LE ROI, à demi-voix.

J'en étais sûr. (Haut.) Qui sont-ils donc ces
diligens?

RÉVOL.

Monsieur de Gondy, monsieur de Retz, monsieur de Vendôme, et puis, je crois, monsieur
de Pétremol et monsieur Marillac.

LE ROI, vivement.

Révol, descendez chez monsieur de Guise;
allez voir s'il est éveillé, s'il est à sa toilette.

Allez, et rapportez-moi promptement une réponse.

(Révol sort.)

— S'il ne venait pas! s'il faisait le malade!....
Ce Révol n'en finira jamais avec ses petites
jambes!... Du Halde, entrez là-dedans (montrant la
salle du conseil.), et dès qu'il arrivera quelqu'un vous
viendrez m'avertir.... Vite, mon ami.

(Du Halde sort.)

— Maintenant, écoutez, Bellegarde, descendez
par le petit escalier, et voyez si monsieur de
Bullis, mon aumônier, n'est pas dans la galerie
des Cerfs; si vous le trouvez, vous le ferez
monter.

BELLEGARDE.

Sur-le-champ, Sire.

(Il sort.)

LE ROI.

A la bonne heure! il va vite celui-là.

(Il se promène à pas lents, faisant passer son chapelet entre ses doigts, et
récitant tout bas ses prières. Au bout d'un moment Bellegarde rentre,
suivi de monsieur de Bullis et de l'abbé d'Orguyn.)

BELLEGARDE.

Sire, je vous amène aumônier et chapelain.

LE ROI.

Tant mieux, mon ami. (S'adressant aux deux abbés :)
Mes pères, voici ce que je veux de vous.... Allez
vous mettre en dévotion dans mon oratoire, et

priez Dieu qu'il me donne la grâce de venir à bout de l'entreprise que je médite en ce moment. –

DE BULLIS.

Sire, il serait nécessaire que Votre Majesté nous apprît quelle est cette....

BELLEGARDE.

Vous en voulez trop savoir.... Faites toujours vos prières.

LOIGNAC.

Dieu saura bien de quoi il s'agit.

LE ROI.

Allez, mes pères, monsieur de Bellegarde va vous conduire.

BELLEGARDE, allumant un flambeau à la lampe et le donnant à de Bullis.

Tenez, monsieur l'abbé : par ici, maintenant.

(Il les mène jusqu'à la porte de l'oratoire, et revient aussitôt vers le Roi.)

LE ROI, à demi-voix.

Les avez-vous enfermés ?

BELLEGARDE.

Non, Sire.

LE ROI.

Retournez-y, mon ami.

(Bellegarde va fermer la porte de l'oratoire et revient auprès du Roi.)

19

DU HALDE, entrant par la porte du conseil.

Sire, voici monsieur le cardinal qui arriv<
au conseil....

LE ROI.

C'est toujours quelque chose.... nous auron<
le frère.... Mais à quoi bon ? c'est lui qu'il nou<
faut, c'est lui.... Par la mort-Dieu! que fait-i<
donc?

(Entre Révol.)

Ah! vous voilà, Révol? eh bien?....

RÉVOL.

Sire, monsieur de Guise n'a pas passé la nui<
dans ses appartemens....

LE ROI.

Comment!.... s'est-il sauvé ?....

RÉVOL, à demi-voix.

Non, Sire, on le croit chez la marquise.

LE ROI.

La maudite femme! vous verrez qu'elle l'em-
pêchera de se lever!,.... (Il se promène à grands pas.
Allons, tout est manqué! il ne viendra pas!...
voici déjà le jour!.... c'est fini... tout va se dé<
couvrir; déjà sans doute il est averti.... — N'importe! descendez encore une fois, Révol; e<
quelque lieu qu'il se cache, trouvez-le; dites<
lui que je l'attends, qu'il s'agit de lui, de se<

propres affaires.... dites ce que vous voudrez,
mais qu'il vienne.

(Révol va pour sortir par la porte du conseil.)

— Pas par-là, Révol ; s'ils vous voient aller et
venir sans cesse, ils vont se dire : que se passe-
t-il donc là-dedans? — Prenez le petit escalier,
et traversez la galerie des Cerfs ; c'est le grand
tour, n'importe : faites diligence.

(Révol sort.)

Viendra-t-il? non.... voilà ce que je craignais!....
Loignac, nous sommes trahis.... ces femmes,
en vérité, ces femmes !.... que diable celle-là
est-elle venu faire ici?....

(Rentre Révol.)

— Vous voilà déjà, Révol? est-ce bon signe?
vient-il enfin?

RÉVOL.

Oui, Sire.

LE ROI.

Ah ! je respire !.... Vous l'avez vu?

RÉVOL.

Je l'ai-vu passer devant le guichet de la
grand'porte, il allait traverser la cour.

LE ROI.

Mes amis, mes amis, pas de temps à perdre !....
chacun est-il à son poste ? Loignac, vous

restez-là?.... bien. Quant à Duguast.... mais où est-il ?

DUGUAST.

Me voilà, Sire.

LE ROI.

Capitaine! à l'escalier, là.... bon! (Aux ordinaires :) Vous, messieurs, promenez-vous tranquille-ment.... pour moi, j'entre dans mon cabinet.... donnez-moi le temps seulement de dire un *Pater*, et je vous envoie votre homme. —C'est vous, Révol, qui irez l'appeler.... Mais où allez-vous ?.... pas encore.... quand il en sera temps. Passez dans mon cabinet.... Mon Dieu! comme vous voilà pâle !.... vous me gâterez tout !.... Frottez vos joues, Révol, frottez vos joues.

RÉVOL.

Sire, il n'y a pas de mal.... soyez en repos.

LE ROI.

C'est bien. (Aux ordinaires.) Surtout, mes bons amis, tenez-vous en garde. Vous le savez, il est fort et puissant, il peut vous donner de rudes coups.... j'en serais marri. — Allons, nous touchons au moment.... Alphonse, Belle-garde, venez avec moi.

(Il entre dans son vieux cabinet.)

La salle du conseil *.

La porte qui donne sur l'escalier s'ouvre : on aperçoit Larchant et quelques Écossais placés sur les degrés ; un moment après, Guise, vêtu d'un habit de satin gris, paraît sur le seuil de la porte, tenant à la main un papier.

GUISE, se retournant vers les Écossais.

Messieurs, je me charge de votre requête ; soyez assurés que j'en parlerai devant le Roi. — Mais pourquoi restez-vous-là ? vous pouvez vous en aller.

LARCHANT.

Ah ! monseigneur, mes pauvres camarades ont tant d'envie de savoir quel sera pour eux l'effet de vos bontés, qu'ils vous prient de les laisser à cette porte jusqu'à ce qu'on ait décidé de leur sort. Ne nous refusez pas cette grâce, monseigneur.

GUISE.

C'est contre l'usage.... Mais, si tel est votre désir, à cela ne tienne, mes amis.

LARCHANT.

Merci, monseigneur.

(Le duc entre, l'huissier du conseil ferme la porte.)

* *Voyez* le plan, lettre G.

GUISE.

Salut ! messieurs.

(Tous les membres du conseil se lèvent et le saluent *. — Il dépose sur
le bureau le papier qu'il tient à la main.)

Monsieur Pétremol, nous lirons cette requête,
s'il vous plaît. (Apercevant d'Aumont :) Comment, monsieur le maréchal, vous ici ?.... C'est vraiment
le jour des nouveautés.... Une compagnie d'archers à cette porte et votre seigneurie au conseil des finances ?

D'AUMONT.

Vous avez raison, monseigneur, ce ne sont
pas mes affaires ; mais je viens donner un coup
de main à mon ami Larchant.

GUISE.

Vous êtes partout le bienvenu, monsieur
le maréchal.

LE MARÉCHAL DE RETZ, bas à monsieur de Gondy.

Ne vous semble-t-il pas que monsieur le duc
a le visage défait et l'air souffrant ?

---

* Les membres du conseil présens dans la salle sont : le cardinal de Guise, le cardinal de Gondy, le cardinal de Vendôme,
le maréchal d'Aumont, Rambouillet, le maréchal de Retz,
MM. Marillac et Pétremol, maîtres des requêtes, M. Marcel,
intendant des finances, et M. Fontenay, trésorier de l'épargne.

DE GONDY , bas.

Je crois que c'est pour s'être levé un peu
trop tard.

(Il lui dit quelques mots à l'oreille.)

LE MARÉCHAL DE RETZ , riant.

Ah ! vous m'en direz tant.....

GUISE , à son frère.

Comment ! d'Espignac n'est point encore ici ?

LE CARDINAL DE GUISE.

Il a couché en ville.

GUISE.

Ce temps sombre et pluvieux l'aura effrayé :
pour moi, il m'est contraire.... — Ne trouvez-
vous pas, messieurs , qu'il fait bien froid dans
cette salle ? S'il était possible d'avoir un peu de
feu ?....

RAMBOUILLET , avec empressement.

Assurément, monseigneur. Holà ! Saint-Prix?

(Entre Saint-Prix , valet de chambre du Roi.)

Apportez-nous quelques fagots.

(Saint-Prix sort par la porte du vestibule. — Au même moment
d'Espignac entre par celle de l'escalier.)

GUISE.

Ah ! le voici enfin..... ce d'Espignac !....

D'ESPIGNAC , d'un ton moins enjoué qu'à l'ordinaire.

Vous êtes donc venu , monseigneur ?..... par

le temps qu'il fait.... cet habit de soie est bien
léger ; vous auriez dû en mettre un plus
fourré.

GUISE, à demi-voix et après un moment de silence.

Comment! et toi aussi, d'Espignac?... (Plus bas.)
Sais-tu quelque chose ?

D'ESPIGNAC, bas.

Non, rien : mais il y a bien des soldats dans
la basse-cour.... Et tout à l'heure, en passant
sous le guichet, un inconnu m'a dit à l'oreille :
« Si tu y vas, tu y chéras. »

GUISE, bas.

Il est trop tard.... N'en dis rien à mon frère.

LE CARDINAL DE GUISE, élevant la voix.

Mon Dieu! voyez donc, Henri, il y a du sang
sur votre fraise !

GUISE.

Du sang !.... (Il porte la main à son visage, et, s'apercevant
qu'il saigne par le nez, il fouille, de l'autre main, dans ses chausses pour
y prendre son mouchoir et ne le trouve pas.) — Mes gens ne
m'ont point donné de mouchoir, mais ils sont
excusables, je suis venu en telle hâte !... Monsieur de Fontenay, auriez-vous la bonté de
descendre jusqu'au bas de la rampe, vous y
trouverez Péricard ou quelqu'un de chez moi,
et vous me demanderez un mouchoir.

FONTENAY.

J'y vais, monseigneur.

GUISE.

Mille pardons.

(Fontenay ouvre la porte et va pour sortir.)

UN DES ÉCOSSAIS.

On ne passe pas....

LARCHANT, l'interrompant.

Imbécille, veux-tu bien te taire !.... Passez, monsieur, passez.

(Il laisse sortir Fontenay et ferme aussitôt la porte.)

LE CARDINAL.

Voilà qui est singulier ! messieurs les Écossais s'avisent donc de faire sentinelle à cette porte ? leur aurait-on donné cette consigne ?

RAMBOUILLET.

Non, monseigneur, à coup sûr : mais, voyez-vous, c'est l'effet de l'habitude.

D'ESPIGNAC, à part.

Je n'aime pas cette méprise !

(Saint-Prix rentre apportant des fagots et allume du feu.)

GUISE, s'approchant de la cheminée.

Voilà qui me fera du bien. (Au bout d'un moment, saignant toujours par le nez, il témoigne quelque impatience et dit :) Ce mouchoir n'arrive pas....

SAINT-PRIX.

Monseigneur veut-il que j'en aille prendre un dans la garde-robe du Roi?

GUISE.

Merci, monsieur, je ne puis tarder à recevoir le mien. — Mais n'entends-je pas du bruit dans l'escalier?

LE CARDINAL.

Ce sont encore ces soldats!....

GUISE.

On dirait une querelle....

D'ESPIGNAC.

Il faut voir ce qu'ils font.

(Il s'avance vers la porte.)

RAMBOUILLET, le retenant.

J'y vais, monsieur l'archevêque....

D'ESPIGNAC.

Eh bien! monsieur, nous irons ensemble.

RAMBOUILLET, ouvrant la porte.

Qu'y a-t-il donc, Larchant?

LARCHANT.

Rien, monsieur; c'est un mouchoir qu'on apporte à monseigneur de Guise....

D'ESPIGNAC.

Mais pourquoi tant de bruit?

LARCHANT.

Est-ce qu'on a fait du bruit? certes, ce n'est pas ici : vous aurez entendu ces petits pages, qui se battent et se disent des insolences au pied de l'escalier.

RAMBOUILLET, bas à Larchant.

Tâchez que cela ne recommence pas, Larchant.

(Il ferme la porte.)

D'ESPIGNAC, présentant le mouchoir à Guise.

Tenez, monseigneur, voilà un mouchoir bien froissé.

LE CARDINAL DE GUISE.

Ne dirait-on pas qu'ils l'ont arraché de force?... Eh! mais, il était noué à ce coin; il y avait là quelque chose qu'on a ôté....

D'ESPIGNAC, bas à Guise.

Sans doute un avis à monseigneur....

GUISE, debout, le dos tourné contre le feu.

N'y faites pas attention, mes amis. (Il prend le mouchoir et s'en essuie le visage.) Mon sang s'est arrêté....

LE CARDINAL DE GUISE.

Oui, mon frère, mais vous pâlissez.

GUISE.

C'est possible, le cœur me fait mal.

LE CARDINAL DE GUISE, lui prenant la main.

Bon Dieu! quelle sueur froide!

GUISE.

Ce n'est rien, j'y suis accoutumé.... Si je mange seulement quelques bagatelles, ce sera l'affaire d'un moment. (Il tire de sa poche une petite boîte d'or en forme de coquille.) Eh bien! tout me fait donc faute aujourd'hui; je ne croyais pas que mon drageoir fût vide. — (A Saint-Prix qui souffle le feu.) Monsieur Saint-Prix, voudriez-vous aller voir à l'office du Roi, s'il y aurait quelques raisins de Damas, ou bien de la conserve de roses.

SAINT-PRIX.

Vous allez être servi, monseigneur.

(Il sort.)

LE CARDINAL.

Asseyez-vous, mon frère.

GUISE.

Ah! ne vous effrayez pas, c'est peu de chose.

(Il s'assied.)

SAINT-PRIX, rentrant.

Mon Dieu! que je suis fâché, monseigneur, il n'y a ni raisins, ni conserve, mais voici des des prunes de Brignole; voulez-vous en goûter?

GUISE.

Oh! c'est tout ce qu'il faut; c'est excellent.

(Il en mange deux ou trois.)

D'AUMONT.

Eh bien! monseigneur, le cœur vous re-
vient-il?

GUISE.

Oui, monsieur le maréchal, je suis déjà beaucoup mieux. — Mais n'avons-nous pas beaucoup
d'affaires ce matin.

PETREMOL.

Oui, monseigneur : dix ordonnances et trois
requêtes.

GUISE.

Que ne commençons-nous en attendant Sa
Majesté? Etes-vous de mon avis, messieurs?

DE GONDY.

Certainement, monseigneur.

GUISE.

Je prierai donc monsieur Marillac de nous
donner lecture de la première ordonnance.

MARILLAC.

Voici, monseigneur : elle a rapport à la
tenue des registres de messieurs les receveurs
de la gabelle.... (Il lit :) Nous Henri, par la grâce
de Dieu, Roi de France et de Pologne....

(La porte de la chambre du Roi s'ouvre; entre Révol.)

RÉVOL, s'approchant de Guise.

Monseigneur, Sa Majesté vous prie de venir lui parler.

GUISE.

Le Roi me demande ?....

RÉVOL.

Oui, monseigneur ; il vous attend dans son vieux cabinet....

GUISE.

J'y vais, monsieur.

(Grand silence dans toute la salle. — Les conseillers se regardent les uns les autres d'un air mystérieux. Quand Révol est rentré, Guise se lève, cherche pendant un moment ses gants, qui sont dans sa main, puis laisse tomber à terre son mouchoir et met le pied dessus comme par mégarde.)

MARILLAC, ramassant le mouchoir.

Ah ! monseigneur, il ne peut plus vous servir !....

GUISE.

C'est vrai.... cela me fâche.... j'en voudrais bien un autre.

SAINT-PRIX.

A l'instant, monseigneur.

(Il sort.)

GUISE.

C'est un contre-temps : le Roi m'attend....

(Il met quelques prunes dans son drageoir et répand le reste sur la table.)

Messieurs, qui en veut sé lève. (Après un moment de silence:) — Je croyais que monsieur Saint-Prix serait plus tôt de retour. (Il met son manteau tantôt sur une épaule, tantôt sur l'autre; enfin, après deux ou trois minutes d'hésitation, il dit:) Décidément monsieur Saint-Prix ne revient pas.... On ne peut pas faire attendre le Roi si long-temps! — Adieu, messieurs.

(Le cardinal et d'Espignac lui répondent de la main. Il s'avance d'un pas ferme vers la porte; l'huissier l'ouvre, et aussitôt qu'il est passé, la referme.

RAMBOUILLET.

Monsieur de Marillac, nous sommes à vous, continuez votre lecture.

MARILLAC.

« Article 1ᵉʳ. A partir de la Pâques prochaine....

LE CARDINAL, l'interrompant.

Pardon, monsieur, laissez-nous écouter....

D'ESPIGNAC.

Quel bruit!

(On entend quelques cris et un grand trépignement de pieds dans la chambre du Roi.)

LE CARDINAL, se levant si brusquement qu'il renverse son siége.

Dieu! c'est mon frère que l'on tue!

D'ESPIGNAC.

Tout est perdu!

(Il s'élance vers la porte et l'ouvre précipitamment: on entend le duc crier d'une voix étouffée: EH! MES AMIS! TRAHISON! MES AMIS! MES AMIS!...)

LE CARDINAL, accourant.

Nous voici, nous voici.... Entrons d'Espignac!....

D'AUMONT, fermant brusquement la porte et tirant son épée.

Ne bougez pas, messieurs ; qui ne veut mourir, ne bouge !... (Il saisit le cardinal par le bras.) Monsieur de Retz, aidez-moi.

(Le maréchal de Retz tire l'épée et arrête d'Espignac. D'Aumont retenant le cardinal :)

— Ne vous débattez pas, monsieur le cardinal, le Roi a affaire de vous !

LE CARDINAL, continuant à se débattre.

Quoi ! maréchal, sans respect de mon sang, de ma robe !....

D'ESPIGNAC.

Nos vies sont entre vos mains, messieurs : au nom du ciel !....

LE CARDINAL.

Infâme guet-à-pens !

D'AUMONT.

Holà ! à nous, les Écossais !....

(La porte s'ouvre ; les archers entrent dans la salle l'arme au poing et criant : *Vive le Roi !*)

LE CARDINAL.

Mort et damnation, canaille ! La mort, cent fois la mort à votre bête féroce !

D'ESPIGNAC, au cardinal.

Modérez votre colère, monseigneur, nous sommes entre leurs mains.

LE CARDINAL.

Et que m'importe? qu'ils m'égorgent aussi, je ne demande pas mieux; mais laissez-moi maudire ce Judas sanguinaire, ce Satan incarné!.... Qu'on me conduise devant lui : que je lui dise en face qu'il est un monstre, un tigre.... Je me sens la force de le mettre en pièces!.... Mes ongles me serviront de poignards!....

(Il tombe abattu dans un fauteuil.)

RAMBOUILLET, bas au maréchal de Retz.

Voilà des paroles qui pourront lui coûter cher.

LE CARDINAL, d'une voix pleine de sanglots.

Mon pauvre frère!....

D'AUMONT.

Attendons les ordres du Roi.

(Les archers se rangent autour du cardinal et de d'Espignac. D'Aumont et de Retz, l'épée à la main, vont causer près de la cheminée avec les autres membres du conseil.)

———

La chambre du Roi.

LE ROI, dans le couloir qui conduit de sa chambre à son cabinet, soulevant avec précaution un coin de la tapisserie.

Mes amis, cela est-il fait?

20

SAINTE-MALINES, essuyant son poignard.

Tenez, Sire, regardez-le, là, par terre, il vous demande pardon.

LE ROI, entrant, une épée nue à la main.

Enfin, nous ne sommes plus deux ! Je ne suis plus prisonnier, je suis roi ! Ah ! messieurs, venez, que je vous remercie ! vous m'avez rendu la vie ! Bien, Loignac ! (Il lui donne la main.) — Bien, mes amis !.... (Jetant un regard sur le cadavre :) Comment ! il est allé tomber là-bas !....

LOIGNAC.

Ma foi, Sire, s'il n'eût rencontré votre lit et la muraille, je crois qu'il ne serait pas tombé d'aujourd'hui !

MONTSÉRY.

Par saint Christophe ! il est mort debout !

SAINTE-MALINES.

Le compère n'avait pas envie d'être enterré !

SAINT-GAUDIN.

Aussi quand il est tombé, quel bruit ! le plancher en tremble encore.

LE ROI.

Je l'ai bien entendu !.... (Il s'approche du cadavre :) Bon Dieu ! comme il est grand !.... ne vous semble-t-il pas plus grand par terre que debout ?

SAINTE-MALINES.

Grand ou petit, son compte est fait : voyez,
Sire, les coups sont bons.

LE ROI.

Bien, mes amis !—(Il donne un coup de pied à l'épaule de
Guise:) Fi! bête venimeuse, tu ne jetteras plus
ton venin!.... Mais qu'avez-vous donc, Sériac,
vous saignez ?....

SÉRIAC.

Sire, il m'a frappé le front si rudement avec
un drageoir d'or qu'il tenait à la main, que
j'en suis tout meurtri.

LE ROI.

Eh bien! quand je vous disais de vous défier
de lui ! Je le connaissais.... Prenez de l'eau
fraîche, Sériac.... ou bien allez voir Miron....
— Eh ! mais, regardez donc, messieurs, ne
bouge-t-il pas ?

LOIGNAC.

Non, Sire, c'est impossible; ses yeux sont
à l'envers.

LE ROI.

Oh ! quels yeux !

(Il détourne la tête.)

ORNANO.

Sire, ne faites-vous pas visiter ce qu'il a sur
lui?

LE ROI.

Oui, vous avez raison. — Révol, chargez-vous de cela.

RÉVOL.

Aidez-moi, du Halde.

(Révol et du Halde déboutonnent le pourpoint du duc, et cherchent dans ses poches.)

LE ROI, regardant le cadavre.

Comment! il n'avait pas de cuirasse?....

MONTSÉRY.

C'est dommage de ne l'avoir pas su, on aurait eu moins de peine.

LE ROI, montrant du doigt la porte du conseil.

Ah! ça, que font-ils là-dedans?

BELLEGARDE.

Sire, voici monsieur Nambu, qui vient prendre vos ordres.

(Entre Nambu, l'huissier du conseil.)

LE ROI, à Nambu.

Dites au maréchal d'envoyer le cardinal et monsieur de Lyon à la Tour du Moulin; nous verrons plus tard ce que nous ferons d'eux. Allez, et laissez les portes ouvertes; ces messieurs du conseil peuvent entrer.

BELLEGARDE.

Eh bien! allez donc, monsieur Nambu, vous restez-là comme un homme de pierre!

NAMBU, troublé.

J'y vais, monsieur.... j'y vais, Sire.... j'y vais.

(Il rentre au conseil , et oublie de laisser les portes ouvertes.)

BELLEGARDE , allant les ouvrir lui-même.

Le pauvre homme perd la tête, je crois!

(Au moment où la porte s'ouvre , on entend la voix du cardinal qui vomit les imprécations contre les archers qui l'entraînent en prison et contre le Roi ; on distingue ces mots : « Non , je ne serai content que quand je » tiendrai sa tête entre mes jambes , pour lui faire une couronne san- » glante. »)

LE ROI.

N'est-ce pas la voix du cardinal, et n'est-ce pas de moi qu'il parle ?

LOIGNAC.

Oui, Sire, c'est ainsi qu'il vous dit son *meâ culpâ?*

LE ROI.

Bon ; nous nous en souviendrons , Loignac.

(Aux membres du conseil qui commencent à se présenter à la porte :)

Entrez , entrez , messieurs , et félicitez-moi ; vous me voyez sorti de tutelle, et maître enfin de faire à mon aise le bien de mes peuples et de notre sainte religion. Cet homme que vous voyez là gisant , aurait dû recevoir , depuis bientôt dix années , le coup que de braves amis viennent de lui porter. Veuillez dire à ses sem- blables et à ses partisans , s'il en conserve en- core, qu'autant leur en pend sur la tête, s'ils

ont jamais le malheur de faire comme lui. —
Révol, ne trouvez-vous rien?

RÉVOL.

Sire, voici bien un cœur de diamans; une
bourse de soie, et cette chaîne d'or attachée autour de son bras par une petite clé, mais c'est
tout.

DU HALDE.

Et ce papier, monsieur Révol?

RÉVOL., prenaut des mains de du Halde un petit billet.

Voyons.

LE ROI, à Révol.

Lisez-nous cela.

RÉVOL, lisant.

« Pour entretenir la guerre en France, il
» faut sept cent mille écus, tous les mois. »

LE ROI.

Très-bien! qu'en dites-vous, messieurs? il savait son compte exactement: j'espère que dans
ses papiers nous trouverons les quittances....
Ah! mon Dieu! pour le coup, je suis sûr qu'il a
bougé.

RÉVOL.

Oui, c'est vrai, il a remué la tête.

(Le Roi recule d'un pas. — Révol se penchant vers l'oreille de Guise :)

Monsieur, pendant qu'il vous reste un peu de vie, demandez pardon à Dieu et au Roi.

(Guise, sans pouvoir parler ni même remuer les lèvres, est saisi d'un tremblement convulsif; puis tout-à-coup il pousse un profond soupir d'une voix sourde et enrouée.)

LE ROI.

Ah ! mes amis, quelle voix !.... allons-nous-en....

RÉVOL.

Sire, pour cette fois, c'est bien fini, le voilà déjà tout froid.

LE ROI.

Bien , bien.... mais il faut aller remercier Dieu, la messe nous attend..... Cependant non.... Avant tout, descendons chez ma mère. (Il jette encore un regard du côté du cadavre.) Allons-nous-en !...

(Il sort par le petit escalier; tous sortent après lui, excepté du Halde, Saint-Prix et quelques ordinaires.)

DU HALDE.

En vérité, le Roi a raison; il n'est pas beau à voir dans l'état où le voilà. — Saint-Prix, donne-moi ce tapis de Perse sur lequel Sa Majesté couchait son petit Mylord, nous allons l'en couvrir....

(Saint-Prix lui donne le tapis.)

Maintenant, si nous avions une croix....

SAINT-PRIX.

Une croix de paille, n'est-ce pas assez bon?

(Il lui présente une poignée de paille.)

DU HALDE.

C'est tout ce qu'il faut. — Ah ça! Saint-Prix, tu oublies ce que t'a dit monsieur de Bellegarde, ouvre donc la cage aux prisonniers.

SAINT-PRIX.

C'est bien vrai! (Il va ouvrir la porte de l'oratoire.) Venez, messieurs, vous allez mettre votre aube et votre étole, puis vous descendrez à Saint-Sauveur pour dire la messe du Roi.

DE BULLIS, sortant de l'oratoire avec d'Orguyn.

A l'instant, monsieur.

D'ORGUYN.

Ah! malédiction! qu'est-ce que je vois! que faites-vous là! il y a quelque malheur ici!....

LA BASTIDE, soulevant avec son pied le tapis qui recouvre le corps.

Voyez là-dessous....

DE BULLIS.

Dieu!.... monsieur le Grand!....

LA BASTIDE.

Oui, Nembrod le Lorrain....

D'ORGUYN.

Ah! c'est pitié de massacrer ainsi les princes!

Malheur à nous, monsieur de Bullis! c'est pour ce beau coup qu'ils nous ont fait prier Dieu! (Il se met à genoux devant le cadavre.) Pardon, bon prince! pardon! je vais maintenant prier pour ton repos : *De profundis....*

DU HALDE, l'interrompant et le secouant par l'épaule.

Voulez-vous bien vous taire, enragé ligueur!

SAINT-PRIX.

Voilà pourtant les gens qui confessent le Roi!

LA BASTIDE.

Il est heureux que sa vieille peau ne vaille pas la peine d'une taillade et soit protégée par cette serge noire. (Il le prend par le bras.) Mais, morbleu, levez-vous; laissez celui-là s'en aller tout droit chez Satan, et gardez vos prières pour le Roi : allons vite, sang de Dieu!....

DE BULLIS.

Venez, venez, monsieur d'Orguyn, le Roi nous attend pour lui dire la messe.

D'ORGUYN.

Laissez-moi du moins enlever cet indigne croix de paille! (Il détache son chapelet et le dépose sur la poitrine du duc.) — Que Dieu vous bénisse, grand prince ! à l'égal de vos vertus !

(De Bullis l'entraîne ; les ordinaires les suivent en riant et se moquant de d'Orguyn. — Du Halde et Saint-Prix emportent le corps du duc dans le petit cabinet sombre, derrière l'oratoire.)

FIN DE LA NEUVIÈME SCÈNE.

SCÈNE X.

VENDREDI 23 DÉCEMBRE, 8 HEURES DU MATIN.

La chambre à coucher de la Reine-mère.

La Reine Catherine est assise dans un grand fauteuil à oreillers. La Reine Louise est auprès d'elle, appuyée sur une table, et se couvrant les yeux d'un mouchoir. — Les dames d'honneur des deux Reines sont rangées derrière elles. — Le Roi, qui vient d'entrer, est debout devant sa mère, et entouré de ses gentilshommes.

LE ROI.

Oui, ma mère; je suis Roi maintenant, et seul Roi; je n'ai plus de compagnon.

CATHERINE.

Que pensez-vous avoir fait, mon fils? pour moi, je ne sais, mais vous vous êtes bien hâté.

LE ROI.

J'ai réparé le temps perdu, bonne mère.

CATHERINE.

Dieu veuille que vous ne vous en trouviez
pas mal!.... C'est bien coupé, il faut coudre
maintenant.

LE ROI.

Rassurez-vous, madame, je n'ai pas le dessein de sommeiller : je dépose ma peau de renard, mais c'est pour endosser celle de lion.

CATHERINE.

Ce n'est pas assez de la force et de la résolution; il vous faut encore la diligence, mon
fils; avez-vous fait avertir monsieur le légat de
tout ce qui se passe?

LE ROI.

Nous avons tout le temps. Monsieur de
Gondy, que voici, me fera le plaisir d'aller
lui parler après la messe.

CATHERINE.

J'aimerais mieux avant. Mais, au moins,
avez-vous donné ordre pour être assuré de
toutes les villes où le nom et la mémoire du
duc doivent avoir du crédit? Si vous ne l'avez
fait, faites-le au plus tôt, sinon il vous en
arrivera malheur.

LE ROI.

Ma mère, j'ai écrit partout. Demandez à

Rambouillet, il a copié cette nuit un demi-
boisseau de lettres.

CATHERINE.

Si vous n'opposez à vos ennemis que de la
cire et du parchemin, je vous plains; car ils
se moqueront de vous. Il fallait écrire vos
dépêches sur des mousquets et des fers de
lance.

LE ROI.

S'ils veulent la guerre, je suis prêt.

CATHERINE.

Il fallait envoyer deux hommes de confiance
dans chaque ville.... et, quant à vous, si vous
ne voulez vous trouver tout à coup Roi de rien,
soyez à Paris dans deux jours !

LE ROI.

A Paris !.... moi, j'irais à Paris !.... et dans
deux jours.... Comme vous faites la besogne,
ma mère; souffrez d'abord que j'y envoie quelqu'un.

CATHERINE.

Je parie que vous avez oublié Orléans ?

LE ROI.

Oublié !.... non, mais....

CATHERINE.

Si vous n'avez pas Orléans, vous courrez grand risque, croyez-moi.

LE ROI, se retournant vers d'Aumont.

Maréchal, prenez vos éperons et montez à cheval ; ma mère a raison, il faut que la ville soit à nous avant la fin du jour. Allez, mon vieil ami.

D'AUMONT.

Sire, quand Votre Majesté descendra, elle me trouvera, au bas de la rampe, prêt à prendre ses derniers ordres.

(Il sort.)

LE ROI.

C'est bien ; rien n'est perdu.

(Entre Larchant.)

LARCHANT.

Sire, messieurs d'Elbeuf et de Nemours ont été arrêtés dans leurs appartemens et conduits à la tour du Nord.

LE ROI.

Bravo ! — Eh bien ! ma mère, vous le voyez, on n'a pas tout oublié ! — Monsieur de Larchant, vous êtes un brave serviteur : je sais combien je vous dois.

(Entre du Halde.)

DU HALDE.

Sire, monsieur de Joinville vient d'être ramené au château par les gens de monsieur le grand-prieur, qui l'ont saisi à son entrée au jeu de paume.

LE ROI.

Allons, de mieux en mieux. Ah ça, le grand-prévôt est-il parti pour faire sa petite tournée dans la ville?

DU HALDE.

Sire, il vient de sortir.

LE ROI.

Bien.

LARCHANT.

J'ai placé des gardes à la porte de madame de Nemours, et si vous l'ordonnez, Sire, on la conduira en lieu de sûreté.

LE ROI.

Il n'y aurait pas de mal. Mais vous ne dites pas ce qu'est devenue cette madame de Noirmoutiers?

LARCHANT.

Sire, nous l'avons trouvée dans son lit, et sa douleur était si grande, qu'elle nous priait en grâce de la tuer. Faudra-t-il aussi la mettre au donjon?

LE ROI.

Oh! non; ce n'est pas la peine : laissez-la
pleurer; seulement, si cela durait trop long-
temps, vous n'avez qu'à l'envoyer au Roi de
Navarre ou à quelqu'autre.... Soyez tranquille,
Larchant, elle n'est pas femme à pleurer toujours. (Il se retourne vers sa suite :) —— Mes amis, allons
prier Dieu qu'il nous continue ses bonnes
grâces; jusqu'à présent il ne nous maltraite
pas; tout marche à souhait, et je gage que ma
bonne mère commence à être contente de
moi.... Mais qu'avez-vous, madame, vos yeux
se troublent, quelle pâleur!....

LA REINE LOUISE.

Madame d'Uzès, allez vite chercher Miron,
voici la Reine qui prend ses faiblesses.....

CATHERINE, d'une voix éteinte.

Oh! ne vous effrayez pas.... je ne me sens
pas mal...... (Elle prend le Roi par le bras :) Dieu ! que
vois-je?.... mon fils, mon fils, vous souvenez-
vous du cardinal de Lorraine?

LE ROI.

Certes, il m'en souvient, ma mère.

CATHERINE, avec égarement.

Eh bien! regardez là.... n'est-ce pas lui?

LE ROI.

Comment?.... que voulez-vous dire?

CATHERINE.

Là-bas.... vous ne voyez pas? oh! oui, c'est lui!.... Dieu!

LE ROI.

Mais où donc?

CATHERINE.

Là-bas.... Santa Maria! il me fait signe de la main! il compte sur ses doigts.... douze! eh bien! sont-ce des jours ou des années?.... quoi! rien que des jours? je vais donc mourir aussi?.... Miséricorde! il a l'air furieux! son neveu massacré!.... il me le montre, il me découvre sa plaie!.... (Elle se laisse tomber à genoux.) Monseigneur! monsieur le cardinal!... ce n'est pas ma faute!... je vous jure!....

LE ROI, troublé.

Messieurs, les cierges sont allumés; descendons à l'église. — Je n'aime pas ces visions.... (Il retire doucement son bras de la main de sa mère.) Allons, sortons.

(Il sort; sa suite l'accompagne.)

CATHERINE, toujours à genoux.

Non, ce n'est pas ma faute!.... (Elle revient à elle.) Eh bien! je ne vois plus rien?.... qu'avais-je donc?.... oh! quelle douleur! ma tête s'égare....

MIRON, qui vient d'entrer, et qui lui tâte le pouls.

Calmez-vous, madame.....

CATHERINE.

Et le Roi?.... quoi! le Roi est parti?....

LA REINE LOUISE.

Il reviendra bientôt....

CATHERINE.

Le malheureux! il est au bout de sa destinée comme moi!.... il se croit bien heureux!.... oh! que tout cela est triste! — Mais pourquoi cette rumeur? entendez-vous.... dans le vestibule?.... en est-ce encore un que l'on tue?

LA REINE LOUISE, à sa dame d'honneur.

Allez voir, madame d'Uzès.

CATHERINE.

Je veux voir aussi.... je veux voir.... portez-moi, traînez-moi, je ne puis rester en place. (Elle fait effort, et s'avance vers la porte du vestibule en s'appuyant sur le bras de Miron et de ses femmes.) Seigneur Dieu! le bruit augmente.... j'entends des cris.... ouvrez cette porte, ouvrez vite!

(On ouvre la porte et l'on aperçoit le cardinal de Bourbon au milieu de cinq ou six archers.)

—Quoi! c'est vous, monsieur le cardinal!.....

LE CARDINAL DE BOURBON, s'avançant vers la porte.

Oui, madame, c'est moi que l'on entraîne;

moi qui venais vous voir tout paisiblement,
sans me douter de cet horrible piége.

CATHERINE.

Hélas ! monsieur, je n'y puis rien.

LE CARDINAL.

Laissez, madame ; ce sont là de vos tours;
vous nous avez tous conduits à la boucherie.

CATHERINE, vivement.

Monsieur le cardinal, je prie Dieu de me
damner pour toute l'éternité, si j'ai jamais
donné ni ma pensée ni mon avis à ce que vient
de faire le Roi.

LE CARDINAL, pleurant et sanglotant.

Vous nous laisserez donc tous mourir, sans
faire seulement une prière pour nous?....

CATHERINE.

Je vous le répète, la chose n'est pas en mon
pouvoir....

UN DES ARCHERS, au cardinal.

Allons, vieux père, nous ne sommes pas là
pour vous voir pleurer. Dépêchons-nous.

LE CARDINAL.

Oh ! mes amis, par pitié ! ne me massacrez
pas !

LE CHEF DES ARCHERS.

Eh non! n'ayez pas peur : vous êtes trop
vieux pour qu'on vous tue.

(Il le pousse par le bras dans le vestibule, et ferme la porte.)

CATHERINE.

Ah! Père tout-puissant!.... je n'en puis plus....
j'étouffe.... Qui se serait douté que ce vieux
pleureur viendrait ainsi me jeter ses grossiers
reproches à la face?.... Peut-on faire tant de
bruit pour rien! qu'il se taise, on lui donnera
son boire et son manger; n'est-ce pas tout
ce qu'il lui faut?... Santa Maria!... le cœur me
manque....

(Elle perd connaissance.)

MIRON , lui tâtant le pouls.

La crise est terrible!... Mesdames, mesdames,
aidez-moi.... portons la Reine sur son lit.

(Miron et quelques unes des femmes d'honneur la prennent dans leurs bras
et la placent sur son lit.)

LA REINE LOUISE, à voix basse.

Eh bien! monsieur Miron?....

MIRON , bas.

Madame, il y a plus de calme. — Mais je ne
dois pas vous abuser.... c'en est fait!

LA REINE LOUISE.

Ciel! est-il possible!

MIRON.

Hélas! oui : je ne puis plus vous promettre que de la faire vivre quelques jours.

(Miron retourne auprès du lit; la Reine Louise cause à voix basse avec madame d'Uzès; le plus grand silence règne dans la chambre.)

FIN DE LA DIXIÈME SCÈNE.

SCÈNE XI.

La salle du Tiers-État à l'Hôtel-de-Ville, près la porte de Paris.

———

Les députés sont la plupart debout, formant çà et là des groupes. L'inquiétude est sur tous les visages. Marteau, le président, qui vient d'entrer avec Compan et quelques autres, s'arrête près de la porte : en un instant, il est entouré de presque tous les membres de l'assemblée qui viennent l'interroger.

MARTEAU.

Oui, messieurs, les pont-levis dressés, les portes closes, les gardes doublées !.... Je n'y conçois rien.... mais à coup sûr il y a quelque malheur....

COMPAN.

C'est la première fois, depuis que nous

sommes ici qu'on nous refuse l'entrée du château.

NANTEUIL, le greffier de la chambre.

Monseigneur n'aura personne à son lever.

DUVERGER, d'Amiens.

Je crains quelque chose de plus funeste.

MARTEAU.

Allons, messieurs, tout cela s'expliquera :
retournons à nos places.

(Il monte à son bureau.)

L'HUISSIER.

Silence, messieurs !

(Les députés continuent à rester debout et à causer à haute voix. Au bout
d'un moment, Neuilly entre et aussitôt tout le monde l'entoure.)

NEUILLY.

L'alarme est dans la ville ! tous les marchands
ferment leurs boutiques, et ces manans de vignerons vont criant par les rues qu'on s'égorge
au château. Monsieur Crucé est allé chez messieurs du clergé, pour tâcher d'apprendre
quelque chose.

(L'agitation va croissant : tous les députés vont et viennent sans garder
aucun ordre.)

MARTEAU.

Messieurs, messieurs, à vos places : je prie
la compagnie de ne pas s'étonner ; espérons
que tout cela ne sera rien.

M. LA FOSSE, député de Caen.

Monsieur le président, nous ne pouvons pas rester ici sans savoir ce qui se passe. Veuillez envoyer quelqu'un au château pour nous rapporter la cause de cette rumeur.

MARTEAU.

Eh bien! monsieur Lafosse, s'il vous plaisait d'y aller ?.... Je vous en prie au nom de la compagnie.

LAFOSSE.

J'y vais.

NANTEUIL, le greffier.

Je vous accompagne.

PLUSIEURS VOIX.

Nous irons tous.

MARTEAU.

Non, messieurs, demeurez : il ne convient pas d'abandonner cette place en pareil moment. S'il nous doit arriver quelque malheur, nous ne pouvons avoir plus belle sépulture qu'en mourant au lieu où nous sommes. Laissez aller monsieur La Fosse et monsieur de Nanteuil, et retournez à vos places.

(La Fosse et Nanteuil sortent.)

DUVERGER.

Vous avez raison, président : allons à nos places, messieurs.

(Quelques députés vont se rasseoir. Tout à coup entre un huissier de la chambre, l'air effrayé, le visage pâle et défait.)

L'HUISSIER.

Retirez-vous, messieurs.... vous n'avez qu'un instant.... voici venir une légion d'archers du Roi qui jurent par Dieu et par diable contre vous !

(Bruit et confusion dans l'assemblée.)

— Ils sont déjà dans la cour de l'hôtel....

MARTEAU , élevant la voix.

Asseyez-vous, messieurs, asseyez-vous et ne bougeons.

PASQUIER , assis à côté de Montaigne sur un banc supérieur.

Quelle tragédie, bon Dieu !

MONTAIGNE.

Je m'y attendais dès long-temps ; mais je n'aurais pas cru que cet homme (indiquant Marteau) montrerait tant de cœur.

PASQUIER.

Écoutez, les voici qui approchent....

MARTEAU , à l'huissier.

Ouvrez les portes.

(Les portes s'ouvrent ; Richelieu, le grand prévôt, s'avance dans la salle, laissant ses archers dans le vestibule.)

RICHELIEU.

De par le Roi, quelques uns qui sont ici vont me suivre.

(Tumulte; quelques députés se lèvent.)

Restez en place, je ne vous appelle pas tous. On a voulu tuer le Roi ; un des meurtriers est déjà mort et les autres sont pris : j'en veux six d'entre vous pour être leurs juges.

(Le tumulte augmente ; quelques députés font des gestes menaçans.)

Mort-Dieu! j'ai mon épée (Il tire sa dague.) Et voilà mes soldats la mèche sur le serpentin, voulez-vous que je les fasse entrer ?....

QUELQUES VOIX.

Quelle horreur !.... les bourreaux !

D'AUTRES VOIX.

Nous ne vous craignons pas !....

RICHELIEU.

Ah ! sang de Dieu ! nous allons voir.... (Se retournant vers les archers:) Entrez, les amis, et tue ! tue !....

MARTEAU, s'élançant hors de son bureau.

Monsieur, monsieur, au nom du ciel, arrê-tez! Sur ma vie et mon honneur, je vous pro-mets que si vous renvoyez ces gens et ren-gaînez cette dague, tous ces messieurs vous écouteront en silence.

RICHELIEU.

Je le veux bien.

(Il fait signe aux archers de rentrer dans le vestibule.)

MARTEAU.

Maintenant, monsieur, peut-on vous demander ce que vous venez faire?

RICHELIEU.

En effet, monsieur, cela vous regarde; vous
êtes le premier accusé d'avoir voulu tuer le Roi.

MARTEAU.

Moi, monsieur?

RICHELIEU.

Oui, vous le premier.

(Il déroule un petit papier qu'il vient de tirer de son pourpoint.)

MARTEAU.

Dieu m'est témoin qu'il me sera facile de faire
luire mon innocence.

RICHELIEU.

Tant mieux. Maintenant voici les autres :
(Il lit.) « Monsieur Compan. » (A Compan.) C'est
vous, monsieur, je vous connais.... « Monsieur
» Crucé. »

MARTEAU.

Il n'est pas ici.

RICHELIEU, après avoir regardé de côté et d'autre.

Il se cache donc?... N'importe, nous le re-

trouverons. « Messieurs Duverger, Leroy d'A-
» miens, De Neuilly, Duvair. »

QUELQUES VOIX.

En voilà plus de six.

RICHELIEU.

J'en prendrai douze, si vous parlez. (Après un
moment de silence, s'adressant à ceux qu'il vient de nommer :) Allons,
messieurs, vous êtes présens vous autres ; ne vous
faites pas prier, sinon.... Passez devant moi....

MARTEAU.

Vous nous laisserez du moins le temps de
prendre nos manteaux et nos bonnets.

RICHELIEU.

Il n'y faut pas tant de façon, vous irez bien
tête nue.

COMPAN.

Par la pluie qu'il fait ?

RICHELIEU.

La pluie rafraîchira votre baptême, vous en
avez besoin.

QUELQUES VOIX.

Quelle indignité !

RICHELIEU.

Allons vite....

MARTEAU.

Parlez donc moins rudement....

RICHELIEU.

Tu-Dieu! ne faites pas le difficile; car mes
mousquets sont encore plus rudes que mes paroles. Allons, marchez....

MARTEAU.

Je proteste devant Dieu contre cette infâme
trahison : et n'était la crainte de faire verser le
sang de tant de braves hommes, je jure que
vous ne m'emmèneriez pas vivant.

RICHELIEU.

Venez toujours, vous bavarderez en route.

QUELQUES VOIX.

Nous vous suivrons, monsieur le président.

UN PLUS GRAND NOMBRE DE VOIX.

Oui, tous, tous!...

RICHELIEU, se tournant vers l'assemblée.

Je n'ai pas besoin de vous pour escorte;
mêlez-vous de vos affaires, et tenez-vous heureux que vos noms ne soient pas sur cette
liste, et que nous nous contentions de vos
camarades : je ne les mène pas à noce : croyez-
moi, ne vous avisez pas de faire les mutins :
de plus grands que vous viennent tout à l'heure
d'apprendre ce qu'il en coûte. (A ses soldats :) Amis,
saisissez vos prisonniers.

(Les archers entourent les députés désignés et les entraînent hors de la salle : Richelieu sort le dernier, et ferme violemment la porte. Une morne stupeur règne dans l'assemblée.)

PASQUIER.

Que veut-il donc dire ?

CHOPIN, d'Auxerre.

Je ne sais, monsieur, mais cet homme me paraît trop bouffi d'insolence; il faut qu'il soit arrivé quelque malheur. Il m'est avis que monsieur le Grand n'est plus de ce monde.

LA ROCHE, de Soissons.

Dieu! quelle idée !

MONTAIGNE, bas à Pasquier.

Il a raison, je crois, car si le duc avait encore souffle de vie, on n'eût osé faire essai d'une si terrible secousse.

PASQUIER.

Plaise à Dieu que nous nous trompions, monsieur de Montaigne !

(Pendant ces derniers mots, les députés ont ouvert la porte et sortent en toute hâte : Montaigne et Pasquier descendent de leur banc et sortent avec les autres.)

La porte de l'Hôtel-de-Ville.

Les députés sortent en foule : grand nombre de bourgeois , d'ouvriers du port et de vignerons sont attroupés à l'entour. On aperçoit au bout de la rue les archers de Richelieu qui s'en vont vers le château. Tout à coup Crucé arrive en courant de l'autre côté de la rue.

CRUCÉ , s'adressant à quelques députés.

Qu'y a-t-il donc ? Où allez vous ?

CHOPIN , se retournant.

Vous ici, monsieur Crucé !

CRUCÉ.

Et bien, quoi ?

CHOPIN.

Sauvez-vous ! on vous cherche....

CRUCÉ.

Comment ?

LA ROCHE.

Quoi ! vous ne savez pas ? On a voulu tuer le Roi !

CRUCÉ.

Malédiction ! L'ont-ils manqué ?

LA ROCHE.

Il paraît qu'oui....

CRUCÉ.

Les maladroits! je leur avais bien dit qu'ils n'étaient pas en force....

LA ROCHE.

Mais, vous êtes accusé.... Ces archers, que vous voyez là-bas, en emmènent six des nôtres....

CRUCÉ.

Les lâches! ils se sont laissé prendre....

CHOPIN.

Si vous restez là, vous ferez le septième....

CRUCÉ.

Et monsieur le duc ?....

LA ROCHE.

Il est mort ou en prison.

CRUCÉ.

Mille tonnerres!

CHOPIN.

Mais, sauvez-vous!

LA ROCHE.

Venez dans ma maison, nous pouvons vous cacher....

CRUCÉ.

Moi, me cacher ? je m'en vais à Paris.....

CHOPIN.

Les portes sont fermées.

CRUCÉ.

Lá dague au poing, on passe partout.... Venez-vous avec moi, mes amis ?

CHOPIN.

Mais.....

CRUCÉ.

Vous n'êtes donc que des cafards politiques.

LA ROCHE.

Comment passer ?

CRUCÉ.

On saute par dessus les murs ?

CHOPIN.

Nous n'avons ni chevaux ni voitures.....

CRUCÉ.

Mort-Dieu ! des voitures !... Quand je devrais
remonter la rivière, à cheval sur un glaçon, je
coucherai ce soir à Orléans.

(Il se sauve à toutes jambes.)

CHOPIN , à La Roche.

Il est fou.

UN BOURGEOIS, à ses camarades.

Il va se faire pendre, le vieux bonhomme.

SECOND BOURGEOIS.

J'étais bien sûr que ça finirait mal pour ces
brouillons de ligueurs.

22

TROISIÈME BOURGEOIS.

Et moi aussi ; car enfin, le Roi est Roi,
et quand on est Roi, il n'y a pas à dire,
c'est qu'on est le plus fort.

(Ils sortent tous.)

FIN DE LA ONZIÈME SCÈNE.

SCÈNE XII.

VENDREDI 23 DÉCEMBRE, 9 HEURES DU MATIN.

La basse-cour du château.

———

Le Roi est dans l'église Saint-Sauveur; une trentaine d'ordinaires et d'archers font sentinelle sous le porche. Grand nombre d'hommes d'armes vont et viennent en tous sens. — Il pleut à verse.

GOUDARD, sur sa porte, se parlant à lui-même.

Il est mort.... Après tout, c'est qu'il l'a bien voulu : je l'avais averti.... que ne m'a-t-il écouté?... Mais voilà comme ils sont, ils croient tout savoir....

(Roulement de tambour.)

Eh bien ! encore du bruit ?

SAINTE-MALINES , aux ordinaires qui sont sous le guichet et dans la galerie du château.

En rang, les amis, en rang!... Voici la messe finie, le Roi va sortir.

(Au moment où les ordinaires et les gens du Roi courent aux armes et se mettent en rang dans la basse-cour, Richelieu, suivi de ses archers et des députés prisonniers, entre par le pont-levis.

RICHELIEU , s'arrêtant devant la maison de Goudard.

Halte-là... un moment : attendons que le Roi soit passé.

MARTEAU.

Mettez-nous du moins sous ce guichet; nous serons à l'abri.

RICHELIEU.

Mort-Dieu! s'il vous vient des rhumes, on vous guérira....

SAINTE-MALINES.

Bravo ! monsieur de Richelieu, vous nous avez pris là une belle volée de corbeaux!

MONTSÉRY.

Place, place, les amis! place à ces messieurs!

SAINTE-MALINES.

Et où diable veux-tu les envoyer? les potences ne sont pas encore prêtes.

MONTSÉRY.

Ne faut-il pas qu'ils aillent faire la révérence à mon ami Machabée le connétable?

(Éclats de rire.)

SAINTE-MALINES.

L'heure de son lever est passée, c'est dommage : mais ils iront à son coucher, ce soir chez Satan.

SAINT-GAUDIN.

Ce coquin de Satan est homme à les laisser à la porte : ils sont trop diables pour lui.

MONTSÉRY.

Il est certain que s'ils se mettaient à tenir les États dans son royaume, ils auraient bientôt mis tous ses damnés en branle.

MARTEAU, bas à Neuilly.

Jesus-Maria! vous le voyez, Neuilly.... ils ont tué monsieur le Grand!

NEUILLY, bas.

Nous sommes perdus.

MARTEAU, bas.

Oui; mais bonne contenance, morbleu!

SAINT-GAUDIN, aux prisonniers.

Eh bien! vous ne passez pas? qui vous gêne?....

MONTSÉRY.

Si vous voulez le voir, allez-y; car je vous préviens que ce n'est pas lui qui descendra.

LOIGNAC.

Silence, camarades, voici le Roi.

(Le Roi sort de l'église entouré de tous ses officiers et gentilshommes; on porte un dais sur sa tête pour le garantir de la pluie.)

LE ROI, s'adressant au garde des sceaux qui est auprès de lui.

Monsieur de Montolon, je vous ai vu durant la messe, vous avez bien remercié Dieu de ce qu'il vient de faire pour nous : et vous aussi, monsieur de Petremol, je suis content.... c'est aujourd'hui que se reconnaissent mes vrais serviteurs; ils ont le visage serein..... (S'adressant au grand prévôt:) Très-bien, Richelieu, voilà de bons ôtages; j'en ai maintenant de tous les goûts. — Ah ça! leur avez vous dit de quoi il s'agit.

RICHELIEU.

Sire, je crois qu'ils s'en doutent.

LE ROI.

Ce n'est pas assez; afin de les mieux instruire, vous leur montrerez ce qui reste de leur idole. Ils apprendront ce qu'on gagne à insulter son Roi. (Aux prisonniers:) Eh bien! messieurs, vous ne parlez pas? d'où vient? votre langue est-elle déjà glacée? Faites-nous donc de l'éloquence. (Apercevant Marteau.) Ah! vous voilà, monsieur le barricadeur.... autant m'en vouliez faire au

douzième de mai passé.... Chacun son tour.
Prenez garde que je n'aie aussi en ma poche
quelque édit des finances, et que je ne vous le
fasse signer en encre rouge. (Se retournant vers sa suite :)
Allons, mes amis, rentrons.

NEUILLY, bas à Compan.

Je sens sur mon cou le froid du couteau!....

COMPAN., bas.

Et moi, ma fraise m'étrangle....

MARTEAU, bas.

Ah! le déhonté et sanguinaire baladin!

(Au moment où le Roi va pour rentrer par la grande porte, messieurs de
Brissac, Bois-Dauphin et Saint-Paul, conduits par Larchant et une douzaine d'archers, lui bouchent le chemin.)

LE ROI, s'arrêtant.

Encore du butin; à merveille, Larchant !...
Mais quand on est si riche, on doit faire quelques
largesses. Monsieur de Brissac, monsieur de
Bois-Dauphin, vous êtes gentilshommes, on
peut se fier en vous : me promettez-vous, si je
vous laisse votre liberté, de n'en point mal user
contre moi?

BRISSAC.

Sire, nous vous le jurons.

LE ROI.

Eh bien! on va vous donner vos épées. Monsieur de Brissac, votre chambre est assemblée, allez lui rendre son président, et faites-lui bien mes civilités.

CRILLON , sortant du groupe de gentilshommes qui est derrière le Roi.

Sire, vous oubliez le capitaine Saint-Paul.

LE ROI.

Ah! tu me demandes quelque chose, Crillon? tu n'as donc pas peur que je te refuse à mon tour?

CRILLON.

Sire, il y va de mon honneur; j'ai promis au capitaine de me battre avec lui.

LE ROI.

Peste! raison de plus, mon ami, pour que je l'envoie coucher en prison.

CRILLON , à demi-voix.

Je saurai bien l'en faire sortir.

LE ROI, à Saint-Paul.

Capitaine, je vous relâcherai quand il aura moins d'amitié pour vous. — Allons, j'espère que c'en est fait des suppliques; je n'ai pas envie de passer tout le jour devant cette porte.

(Il fait signe à ses gentilshommes de le suivre.)

MADAME DE NEMOURS, sortant du guichet au milieu de ses
femmes et d'une bande d'archers.

Sire!....

LE ROI.

Encore?.... Je ne rentrerai donc pas chez
moi d'aujourd'hui?

MADAME DE NEMOURS.

Sire! au nom de Dieu!....

LE ROI.

Laissez-moi, madame.... Passez votre chemin.

MADAME DE NEMOURS.

Quoi! vous ne voudrez pas même m'écouter?....

LE ROI.

Soyez sans crainte, vous aurez la vie sauve.

MADAME DE NEMOURS.

Ah! que m'importe! ce n'est pas pour moi
que je me jette à vos genoux. Parlez, que
ferez-vous de mon fils? Allez-vous me l'égorger comme son pauvre frère!.... Ah! pardon,
Sire! ce n'est pas cela que je voulais dire....
Par pitié, laissez-lui la vie!....

LE ROI.

Madame, il n'est plus temps....

MADAME DE NEMOURS.

Dieu! je me meurs!....

LE ROI.

Si l'on a suivi mes ordres, votre fils a déjà reçu son châtiment.... Laissez-moi passer, madame.

MADAME DE NEMOURS.

Ah! c'en est trop!... Dieu te le rende, infâme assassin!....

LE ROI.

Holà! archers!...

MADAME DE NEMOURS.

Mais non, non, encore une prière... Je boirai le calice jusqu'au bout.... Donnez-moi ces deux corps ensanglantés, que je puisse au moins leur rendre les pieux devoirs, les déposer en terre sainte....

LE ROI, à ses gentilshommes.

Cette femme a juré de me faire rester éternellement à la pluie..... Qu'on la relève, qu'on la conduise au donjon.... Le petit Joinville y est-il déjà?

LARCHANT.

Oui, Sire, on vient de l'y faire monter.

LE ROI.

Eh bien! tant mieux! il distraira sa grand'
mère. — Et, quant à ces messieurs, (Montrant les
députés.) enfermez-les aussi deux à deux; je leur
permets de se faire des harangues pour se
désennuyer.

(Tous les gentilshommes s'efforcent de rire et accompagnent le Roi qui
rentre enfin par le guichet.)

MARTEAU, presque à haute voix.

Riez, riez, canaille d'enfer, escadron de
bourreaux!

UN DES ARCHERS.

Rengaîne ta langue, mon gros compère, à
moins que tu n'aies envie d'une cravatte de
chanvre.

(Il le saisit par la fraise; Marteau fait quelque résistance, mais il est en-
traîné, ainsi que ses compagnons. On les fait entrer dans le château, par
le guichet.)

MADAME DE NEMOURS, pendant qu'on emmène les députés.

Cœur de boue! âme de pierre! Oh! le plus
lâche, le plus féroce des hommes!.... Mes
pauvres fils!.... tous les deux!.... (A ses femmes :)
Soutenez-moi.... soutenez-moi....

(Jeanne Lenoir, la nourrice, et trois autres femmes soutiennent la
duchesse qui tombe presque évanouie.)

JEANNE LENOIR.

Ma pauvre maîtresse!

MADAME DE NEMOURS, revenant à elle.

Non.... Dieu ne me fera pas la grâce de m'ap-
peler.... (Elle regarde autour d'elle d'un œil égaré.) Il n'est
plus là cet assassin?....

JEANNE LENOIR.

N'y pensez plus, bonne maîtresse.... C'est
un Caïphe, un Hérode. (Bas.) O saint François!
saint François!

LARCHANT, à madame de Nemours.

Madame, il faut nous suivre.

JEANNE LENOIR.

Vous voyez bien qu'elle ne peut marcher.

MADAME DE NEMOURS, aux archers.

N'importe, me voici.... Ah! mes amis, faites-
moi mourir, je vous en prie!

(En s'en allant, elle jette un regard sur la statue équestre de Louis XII,
au-dessus de la porte du château, et s'arrête en disant :)

O mon noble aïeul! roi vraiment roi! que
dites-vous de me voir en tel état! Eussiez-vous
jamais cru, quand vous bâtissiez ce palais,
qu'il servirait de prison à votre petite fille,

qu'il serait témoin du martyre de ses enfans!....

LARCHANT.

Allons, allons, bonne dame, ne nous faites
pas attendre jusqu'à ce qu'il vous réponde...
nous sommes pressés; hâtons-nous.

MADAME DE NEMOURS.

Donne-moi la main, bonne Jeanne.

(On l'emmène vers la tour du midi.)

GOUDARD, sur sa porte.

Pauvre femme!.... Ça fait pourtant de la
peine!.... Si ces grands coquins n'étaient pas à
ses trousses, j'irais bien lui dire à l'oreille que
monsieur le cardinal, n'est pas mort.... Mais
ma foi.... — Ouais! monsieur Sainte-Malines
est là qui me regarde, je ne le voyais pas!....

(Un palfrenier de madame de Noirmoutiers passe devant Goudard et va
pour entrer au château; Goudard sort de sa porte et l'arrête par le
bras.)

Un moment, l'ami, point de chapelet au
cou. Si tu veux entrer là-dedans, mets-moi
ton collier dans ta poche : monsieur le....
défunt en portait; nous ne voulons plus de
ça.

SAINTE-MALINES.

Bravo ! Goudard ! bien commencé ; pour achever, verse-nous l'eau-de-vie.

(Il entre dans la maison de Goudard avec trois ou quatre ordinaires.)

FIN DE LA DOUZIÈME SCÈNE.

SCÈNE XIII.

VENDREDI 23 DÉCEMBRE, 10 HEURES DU MATIN.

Le cabinet du duc de Guise.

———

(De Laguesle, procureur-général, Guiótard et Longnelot, conseillers, sont assis autour d'une table, examinant des papiers. Le Roi entre tout-à-coup, suivi de Bellegarde, d'Ornano, de Rambouillet, et d'une vingtaine de gentilshommes et d'ordinaires)

LE ROI, s'adressant aux ordinaires.

Que signifie cela, messieurs? je vous laisse de la besogne, et vous ne la faites pas? vous me menez à moitié chemin pour m'abandonner tout-à-coup; et quand je vous demande si tout est fini , au lieu de courir bien vite réparer votre faute , vous avez le front de me dire que

vous ne m'avez pas obéi, et que vous ne m'o-
béirez point.

LA BASTIDE.

Sire, Dieu m'est témoin que nous y sommes
allés, Sériac et moi.... mais, quand il a fallu
ouvrir cette maudite porte, je vous jure que le
tremblement nous a pris, et que nous n'avons
pas osé.

LE ROI.

Je vous fais compliment de votre courage!...
mais l'excuse est grossière; nous savons que
vous n'êtes pas gens à avoir peur.

LA BASTIDE.

Il est vrai, Sire, c'est la première fois.... mais
que voulez-vous, un cardinal....

LE ROI.

Eh! mort-Dieu! que vous fait sa robe rouge?
croyez-vous qu'après tous ses crimes Dieu se
soucie encore de lui? Cardinal? il ne l'est plus;
et, d'ailleurs, puisque je vous permets de nous
en défaire, que pouvez-vous demander davantage? ne suis-je pas votre maître? ne suis-je pas
votre roi? mon pouvoir ne vient-il pas aussi de
Dieu? En vérité, je ne vous reconnais plus,
messieurs! moi qui croyais que mes ordinaires
étaient pour moi, je ne dis pas des serviteurs

fidèles, mais des amis, de vrais amis !.... Allons,
je vois qu'il n'y en a qu'un parmi vous qui mérite ce titre d'honneur.... Holà ! du Halde ? faites
venir monsieur de Loignac.

(Du Halde sort.)

—Il faut bien l'appeler, puisque vous ne voulez
pas prendre sa place. (Il tourne le dos aux ordinaires, et
s'approche de Laguesle et de ses collègues.) — Eh bien ! messieurs, trouvez-vous la trame de cet infâme
complot ?

LAGUESLE.

Jusqu'à présent, Sire, nous découvrons peu
de chose.

LE ROI.

Cherchez, monsieur, fouillez.... il est impossible que vous ne trouviez rien.... (Il garde un mo-
ment le silence; puis, après avoir jeté un regard sur l'appartement :)
Mais je n'y pensais plus, je suis chez lui.... c'est
donc ici qu'il régnait, ce grand sire !.... ah ! si
ces voûtes pouvaient parler, nous en appren-
drions encore plus que ces papiers ne peuvent
en dire.... (A Laguesle:) Mais enfin, ne trouvez-
vous rien, monsieur ?

LAGUESLE.

Non, Sire, rien encore.

LE ROI, avec impatience.

Allons ! je suis un roi bien servi !.... (Saisissant

23

quelques papiers sur la table :) Voyons donc si je ne trouverai rien, moi ?.... Mais quoi! vous n'avez que
cela de papiers?

LAGUESLE.

Sire, le secrétaire du duc les avait presque
tous brûlés avant notre venue.

LE ROI.

Brûlés !.... et quel est-il ce misérable?

LAGUESLE.

Un nommé Péricard.

LE ROI.

Il s'est échappé, je suis sûr....

LAGUESLE.

Pardonnez, Sire, il est dans la chambre voisine.

LE ROI.

Qu'il entre sur-le-champ !....

(Péricard, pâle, et tremblant, sort de la chambre du duc entre deux
archers : le Roi fait un pas au-devant de lui.)

Pourquoi avez-vous brûlé les papiers de votre
maître? J'y aurais donc lu bien des crimes ?....

PÉRICARD, effrayé.

Non, Sire.... je ne crois pas....

LE ROI.

Que contenaient-ils ces papiers?

PÉRICARD.

Sire, je n'en sais rien.

LE ROI.

Vous mentez; vous les avez lus.

PÉRICARD.

Non, Sire; non, je vous le jure....

LE ROI.

Y parlait-il de se faire connétable?....

PÉRICARD.

Je n'en sais rien, Sire....

LE ROI.

Comment! vous me direz qu'il ne voulait pas se faire connétable? vous me direz qu'il ne voulait pas m'emmener de force à Paris, me cloîtrer, me....

PÉRICARD.

Sire, pardonnez, au nom du ciel!... je ne vous dis pas cela.....

LE ROI.

Ah! vous avouez donc.... mais ce n'est pas assez; il faut nous apprendre quelque chose de nouveau.... Voyons, parlez....

(Entre du Halde.)

DU HALDE.

Sire, voici monsieur de Loignac.

LE ROI.

Bien. — Qu'on emmène cet homme, et s'il ne

se décide pas à parler un peu mieux, qu'on le
mette trois fois à la question, et la quatrième,
au gibet.

PÉRICARD, à demi-voix.

Miséricorde! c'est fait de moi!...

(On l'emmène. Loignac entre.)

LE ROI, à Loignac.

Ah! c'est vous, mon ami; venez, je vous en
prie. — Croiriez-vous que ces messieurs, dont
vous me vantez tous les jours la fidélité et la
bravoure, veulent, à toute force, passer à mes
yeux pour des rebelles et des lâches? ils ont
peur de me rendre un second service...... Vous
savez ce que je veux dire, Loignac? Je leur ai
dit que vous alliez leur donner l'exemple. —
N'ai-je pas eu raison, mon ami?

LOIGNAC, embarrassé.

Sire....

LE ROI.

Eh bien!...

LOIGNAC.

Ma vie est à Votre Majesté, mais mon âme!...

LE ROI.

Comment? malheureux.... et vous aussi!....

SAINTE-MALINES, bas à Saint-Gaudin.

J'en étais sûr.

SAINT-GAUDIN, bas.

Parbleu, c'est tout simple.... on est chrétien.

LE ROI, d'une voix émue.

Voilà donc votre affection, votre dévouement!... Mais n'est-ce pas vous, monsieur, qui
me tourmentez depuis ce matin pour mettre à
mort ce dangereux prisonnier? ne m'avez-vous
pas dit que tant qu'il serait vivant il armerait,
du fond de son cachot, tous les moines de
France contre ma vie; et que, quant aux censures du Saint-Père, il fallait en rire? — Ce que
vous conseillez, monsieur, ne pouvez-vous le
faire? Pourquoi me disiez-vous cela? c'etait,
me semble, pour envenimer ma colère: eh bien!
vous avez réussi : je veux qu'il meure; je n'ai
rien fait, j'ai tout manqué s'il ne meurt....
Point de repos jusqu'à ce que toute cette
odieuse race soit éteinte, oui, toute, toute.....
Mais, mon Dieu! nous ne pensons qu'à ceux
que nous voyons : et ce Mayenne, qui n'est
pas même en prison!... (Se tournant vers Ornano:) Alphonse, Alphonse, vous avez vos éperons, il
faut partir, il faut courir à bride avalée; d'ici
à Lyon, pas une heure de repos; arrivez
avant la nouvelle, et mort-Dieu! pas de pitié....
n'est-ce pas, mon ami, vous allez partir?

ORNANO.

Sire, dans moins d'un instant vous entendrez
le galop de mon cheval.

(Il sort.)

LE ROI.

Bien, mon brave Alphonse. — Enfin! en voilà
un qui m'obéit!

LA BASTIDE, à demi-voix.

C'est étonnant! beau mérite! j'irais daguer le
Mayenne, quand il serait aux Nouvelles Indes.

(Entre un des archers de Richelieu.)

L'ARCHER.

Monsieur le grand-prévôt, on vous demande
en bas.

LE ROI.

Qu'y a-t-il donc?

L'ARCHER.

C'est un complot contre Sa Majesté.

LE ROI.

Un complot!.... Eh bien! messieurs, vous le
voyez.... déjà!....

L'ARCHER.

Nous venons de saisir dans les grands jardins
deux pères de Jésus, deux carmes et un feuil-
lant qui portaient chacun un grand couteau
sous leur robe.... Ils ne veulent rien avouer,

mais monsieur Larchant dit que c'est un complot.

RICHELIEU.

Je descends, je vais voir....

(Il sort.)

LE ROI.

Révol, descendez aussi, et surtout, qu'on les pende.

(Révol sort.)

Voilà le commencement.... ceux-ci seront pendus, mais d'autres seront plus heureux.....
(Aux ordinaires:) Eh bien, messieurs, ne ferez vous rien, même pour sauver mes jours, pour me mettre à l'abri des poignards?... il faudra donc que j'y aille.... moi-même?....

DUGUAST, sortant du groupe des ordinaires.

Sire, je....

LE ROI.

Ah! capitaine, vous en chargez-vous?

DUGUAST.

Non, Sire, mais je pensais que peut-être dans ma compagnie je trouverais avec de l'argent....

LE ROI.

Eh bien! oui, de l'argent.... de l'argent pour eux, de l'argent pour vous.... Me promettez-vous, capitaine?...

DUGUAST.

Je ne vous promets rien, Sire, je tâcherai....

LE ROI.

N'importe, je m'en fie à vous... vous êtes mon ami : allons, ne restons pas ici ; sortons de cette chambre.... l'air en est mauvais, je crois.... il doit être empesté de trahison.... Venez dans la mienne.... (Aux ordinaires :) Je n'ai que faire de vous, messieurs.

(Il sort avec Duguast, Rambouillet, Bellegarde et quelques gentilshommes.)

LOIGNAC.

Ma foi ! au diable ! on ne va pas se damner comme cela, à coup sûr, pour ses beaux yeux.

LABASTIDE.

C'est pourtant dommage de perdre les profits de la matinée : mais, en vérité, un cardinal, il n'y avait pas moyen....

MONTSÉRY.

Je parie que ce cafard de Duguast ne lui trouve personne.

LOIGNAC.

Il faut l'espérer, sinon, mes camarades, nous courons risque d'avoir de pauvres étrennes.

(Ils sortent ; Laguesle et les deux conseillers restent à examiner les papiers.)

FIN DE LA TREIZIÈME SCÈNE.

SCÈNE XIV.

— SAMEDI 24 DÉCEMBRE, 8 HEURES DU MATIN.

Un corridor sombre, au bout duquel on voit la porte du cachot où sont enfermés le cardinal de Guise et d'Espignac.

Duguast et trois soldats de sa compagnie, Violet, Châlons et Gosi, sont arrêtés devant cette porte.

DUGUAST.

Allons, voilà qui est dit, vous aurez chacun cent écus neufs : n'êtes-vous pas contens ?

VIOLET.

Pardon, capitaine, pardon : mais, voyez-vous, tant que je ne les entendrai pas faire leur petite musique, dans ma pochette, je n'aurai jamais le cœur d'entrer là-dedans.

CHALONS.

Ma foi, c'est vrai : on a besoin de quelque
chose qui sonne pour s'étourdir.

GOSI.

Si le capitaine nous donnait au moins moitié
comptant.

CHALONS.

Non, tout!... tu es bon, toi : c'est déjà bien
assez de risquer la damnation pour une poignée d'écus.

VIOLET.

Vous ne savez donc pas, capitaine, que si ma
mère se doutait de ce que je vais faire, elle
m'arracherait les yeux, et à vous aussi.

DUGUAST, à part.

Nous n'en finirons jamais. (haut.) Attendez,
camarades, je vais vous chercher votre affaire;
mais, corbleu! une fois payés, n'ayez pas le
malheur de vous faire encore tirer l'oreille....

GOSI.

Non, capitaine, non, n'ayez pas peur.....

(Duguast sort.)

VIOLET.

C'est vrai tout de même que ma pauvre mère
serait capable de m'étrangler....

GOSI.

Ah bah ! les mères, ça ne rêve qu'au diable....
Moi, je me moque d'être rôti... pourvu que j'aie
de quoi boire.

VIOLET.

Tu crois donc que nous faisons un bon commerce ?

GOSI.

Parbleu ! ils n'ont qu'à me donner cent écus
par robe rouge, tu verras s'il en reste dans
huit jours.

CHALONS.

Ah ça ! j'espère qu'elle sera pour nous, sa
robe.

GOSI.

Tu-Dieu! j'en réponds; ça va sans dire.

CHALONS.

Elle vaut bien trente écus.

VIOLET.

C'est du beau velours doublé de peluche.

GOSI.

Surtout, prenez garde de la percer, vous
autres.

VIOLET.

C'est vrai, tout de même, le père Mathias
n'en voudrait plus.

CHALONS.

Mais le capitaine ne revient pas.

GOSI.

Est-ce qu'ils ont envie de nous faire gerbe de paille ?

CHALONS.

Ils n'ont peut-être pas trois cents écus dans leur coffre.

VIOLET.

Ma foi ! tant pis, je ne fais rien que je n'aie l'argent.

CHALONS.

Allons-y voir.

GOSI.

C'est dit.

(Ils sortent.)

L'intérieur du cachot.

LE CARDINAL, assis sur une paillasse, et tenant son Bréviaire à la main.

Je ne les entends plus !.... Monsieur de Lyon, avez-vous compris ce qu'ils disaient ? (Elevant la voix :) — Monsieur de Lyon !.... il ne répond pas ?....

dormirait-il ? (Il s'approche de d'Espignac, qui est étendu sur une autre paillasse.) Mon Dieu oui !.... (Le secouant par l'épaule :) Monsieur, pouvez-vous sommeiller en pareil moment ?....

D'ESPIGNAC , se réveillant.

Ah! c'est vous, monseigneur !.... vous m'avez fait peur : j'ai cru que c'était ce maudit guichetier qui me saisissait par le bras....

LE CARDINAL.

Non, ce n'est pas encore lui.

D'ESPIGNAC.

Dieu ! qu'il fait froid !.... (Il ramasse à côté de sa paillasse un gros morceau de pain.) Si, du moins, ce pain n'était pas si dur, ou plutôt si j'osais en goûter... mais je gage qu'il y a plus d'arsenic que de froment....

LE CARDINAL.

D'Espignac, ne pensez pas à manger, mon ami : nous allons mourir.

D'ESPIGNAC.

Comment, monseigneur! est-on venu ?

LE CARDINAL.

Oui, pendant que vous dormiez j'ai entendu à cette porte, un bruit de mauvais augure. Croyez-moi, il faut nous préparer à paraître devant Dieu.

D'ESPIGNAC.

Eh bien! soit: monseigneur veut-il nous dire
matines?

LE CARDINAL.

Non, dites-les vous-même, d'Espignac, j'é-
couterai.

D'ESPIGNAC, prenant le Bréviaire du cardinal.

On n'y voit rien dans ce maudit trou noir....
Ah! monseigneur, je meurs de froid....

LE CARDINAL.

Allons, du courage.

D'ESPIGNAC, faisant le signe de la croix.

In nomine Patris.... Eh bien! monseigneur,
vous ne vous signez pas?....

LE CARDINAL.

Ah! c'est vrai.... je pensais.... Dites-moi,
d'Espignac, qu'auront-ils fait de ma mère?

D'ESPIGNAC.

S'ils l'ont traitée comme nous, monseigneur,
il m'est avis que la pauvre dame est déjà morte.

LE CARDINAL, se levant avec colère.

Oh! le monstre! l'abominable monstre! il
faut qu'il ait pris des leçons de tous les démons
ensemble! Nous a-t-il trompés, le scélérat! et
ne pouvoir pas se venger!

(Il frappe du poing contre la muraille.)

D'ESPIGNAC.

Monseigneur, songeons à Dieu, laissez-moi dire matines....

LE CARDINAL.

Vous avez raison; mais voyez-vous, d'Espignac, quand j'y pense!... Oh! maudit soit mon frère, c'est lui qui nous a perdus!.... et vous aussi, monsieur de Lyon.... vous aussi.

D'ESPIGNAC.

Laissons cela, monseigneur, et songeons à Dieu.

LE CARDINAL.

Non, je ne vous le pardonnerai jamais.... Avouez que votre conscience n'est pas bien tranquille.... vous verrez si mon frère ne vous accuse pas comme moi....

D'ESPIGNAC.

Hélas! monseigneur, qui pouvait deviner une méchanceté si noire?.... Les diables même n'eussent osé l'imaginer.

LE CARDINAL.

Est-il possible que pour un misérable chapeau?....

D'ESPIGNAC.

Je vous remercie, monseigneur, de me faire mon procès.... A l'heure où nous sommes, la

complaisance n'est plus de mise ; mais je vous
avertis que si vous m'épluchez ma conscience ,
je vais fouiller dans la vôtre....

LE CARDINAL.

Faisons mieux, monsieur, confessons-nous.

D'ESPIGNAC.

Je le veux bien.

LE CARDINAL.

Allons, je vais commencer par vous, d'Espignac.-

D'ESPIGNAC.

Avant tout, disons chacun notre *miserere* ;
pour moi, j'avoue que j'en ai besoin.

(On entend la clé tourner dans la serrure.)

LE CARDINAL.

C'est fini !.... Les voici qui reviennent.

VIOLET, derrière la porte.

Entre, toi Châlons, entre le premier....

CHALONS , derrière la porte.

Ma foi, non, entre toi-même.

GOSI, ouvrant la porte.

Allons donc, imbécilles, laissez-moi faire.
(S'adressant au cardinal :) Monsieur, on vous demande.

LE CARDINAL.

Est-ce à moi que vous parlez ?

GOSI.

Oui ; levez-vous, le Roi vous attend.

LE CARDINAL.

Le Roi !.... où est-il ?

GOSI.

Vous le verrez quand vous serez devant lui.

LE CARDINAL.

Est-ce moi seul que l'on veut ?

GOSI.

Oui, vous seul ; mais dépêchez-vous.

LE CARDINAL, à d'Espignac.

Nous ne partirons pas de compagnie, monsieur de Lyon.

D'ESPIGNAC.

Je suis plus malheureux que vous, monseigneur ; car une telle vie est plus dure que la
mort.

LE CARDINAL.

Mais puisque vous restez, dites, je vous prie,
un mot de prière pour moi ; arrivé là-haut, je
vous promets de prier pour vous. Adieu.

D'ESPIGNAC.

Adieu, monseigneur.

(Ils s'embrassent.)

GOSI, à Violet.

Eh bien, grand benêt, la main te tremble ?....
(Au cardinal :) Allons, allons !....

24

LE CARDINAL.

Me voici.... faites votre commission.

(Il sort ; Gosi ferme la porte brusquement ; et, au bout d'un moment, on entend le cardinal pousser un grand gémissement et tomber sur le carreau.)

D'ESPIGNAC, seul.

Mon Dieu! mon Dieu! prenez pitié de moi!.... Ils l'ont massacré.... et moi.... oh! c'est impossible qu'ils m'épargnent..... je n'entends plus rien, pourtant.... mais ils reviendront.... quel frisson! ils n'auront pas la peine de me tuer..... je me sens mourir....

(La porte s'ouvre ; entre Lariolle le guichetier. D'Espignac se levant :)

Est-ce mon tour ?

LARIOLLE.

Non, non; restez sur votre paillasse.

D'ESPIGNAC.

Que venez-vous faire ici ?

LARIOLLE.

Je viens vous voir un petit moment.

D'ESPIGNAC.

Ne vous moquez pas de moi, et surtout ne me faites pas languir : si vos meurtriers sont là, dites-leur d'entrer.

LARIOLLE.

Mais pourquoi voulez-vous qu'on vous tue?

personne n'y pense. Je me doutais bien que la
peur devait vous travailler, sauf votre respect,
et c'est pour cela que je venais vous dire que
votre affaire est bonne.

D'ESPIGNAC.

Je n'en crois rien.—Mon Dieu! comme il
sent le roussi! d'où vient?

LARIOLLE.

Ah! c'est celui d'hier, qu'on brûle ici à côté.

D'ESPIGNAC.

Qui? monsieur le duc?.... ah! quelle horreur!

LARIOLLE.

Et tout à l'heure on va en faire autant à
votre camarade.

D'ESPIGNAC.

C'est affreux!...... taisez-vous, laissez-
moi....

LARIOLLE.

Dame! le Roi n'a pas voulu qu'on pût faire
des reliques avec leurs os : c'est une bonne
idée; on va mettre leurs cendres en paquet,
et puis, quand elles seront au fond de la Loire,
nous verrons si ces chiens de Parisiens viendront les y chercher.

D'ESPIGNAC.

Laissez-moi, vous dis-je, laissez-moi.

LARIOLLE.

Comme vous voudrez : mais je reviendrai pourtant; car vous avez beau dire, on ne veut pas que vous mourriez. — Je vous apporterai la soupe et un fagot.

(Il sort.)

FIN DE LA QUATORZIÈME SCÈNE.

SCÈNE XV.

SAMEDI 24 DÉCEMBRE, 8 HEURES DU SOIR.

Le vestibule de la chambre du Roi, ou salle du conseil.

———

Les laquais du Roi sont occupés à dresser la table pour le souper. — Le Roi est assis devant la cheminée. Les cardinaux de Vendôme et de Gondy, Rambouillet, Bellegarde, Révol, Marillac et quelques autres gentilshommes sont debout derrière lui, se regardant les uns les autres en silence.

LE ROI, se levant et tournant le dos au feu.

Point de nouvelles d'Orléans !.... — N'importe, tout va bien.... Hier, mes amis, j'étais content ; mais depuis ce matin, c'est mieux encore. Je vous promets que si j'ai mal dormi la nuit passée, celle qui va venir, Dieu merci, comptera pour deux.... (Il se promène le long de la cheminée.) Me voilà donc gouverneur de Champagne,

grand-maître de ma maison, mon lieutenant,
enfin Roi!.... Oui, ce jour est le premier de
mon règne et le plus beau de ma vie.... Oh!
certainement le plus beau.... — Mais, messieurs, vous ne dites rien : qu'avez-vous donc?
— Qu'y a-t-il de changé parmi nous, s'il vous
plaît? Deux hommes de moins, et voilà tout....
Asseyez-vous, je vous en prie; ne restez pas
là immobiles, les yeux fixés sur moi.... Tout
va marcher comme à l'ordinaire, messieurs....
Je ne m'en leverai pas une heure plus tôt,
seulement je me leverai toujours tranquille,
toujours certain de trouver ma couronne
à sa place..... Les États continueront leurs
séances, nous examinerons les cahiers, nous
signerons des édits tout comme par le passé....
Je veux même que dès demain.... non, demain c'est dimanche, mais que lundi, les trois
Chambres s'assemblent ici, dans la grand'salle,
en réunion solennelle. Je ferai un discours....
je leur dirai : « Messieurs.... » Allons, Révol,
prenez la plume, écrivez : « Messieurs.... »
Pour cette fois, du moins, mes paroles iront
chez l'imprimeur telles qu'elles seront sorties
de ma bouche.... Personne ne sera assez osé
pour y changer quelque chose. Mon Dieu!

qu'on vit à l'aise quand on n'a plus d'ennemis!
(Il s'assied.) Mais la table est servie.... — Saint-
Prix, faites avertir la Reine.

(Saint-Prix sort. — Entre du Halde.)

DU HALDE.

Sire, monsieur le légat est à la porte du château, demandant à parler à Votre Majesté.

LE ROI.

Comment, encore?.... je vous ai déjà dit que
je ne voulais pas le recevoir, ni lui, ni les ambassadeurs.

DU HALDE.

Sire, il insiste....

LE ROI.

Non, encore une fois, je ne veux pas.... plus
tard nous verrons....

(Du Halde se retourne vers la porte; le Roi le rappelle.)

Un moment, du Halde, attendez donc.... C'est
pourtant bien mal de refuser de le voir.... un
prêtre, un légat de notre Saint-Père.... Si je
savais ce qu'il me veut dire....

DU HALDE.

Sire, monsieur de Gondy a parlé tantôt avec
lui, il sait peut-être....

LE ROI, à monsieur de Gondy.

Quoi! monsieur le cardinal, vous l'avez vu, et vous ne me dites rien....

GONDY.

Sire, je prie Votre Majesté de m'épargner ce devoir rigoureux.

LE ROI.

Ah! je ne me trompais pas; il vient nous parler de censures.

GONDY.

Hélas! oui, Sire : la mort du cardinal vous place, selon lui, dans le cas prévu par la bulle *In cœná Domini*.

LE ROI.

Quoi! je serais excommunié, moi?... (A demi-voix.) Bon Dieu! aurais-je été trop loin?....

RAMBOUILLET, à Gondy.

Mais ce monsieur Morosini ne sait donc pas que Sa Majesté a des dispenses?

LE ROI.

C'est vrai, c'est vrai, j'ai des dispenses.... que notre Saint-Père lui-même m'a envoyées....

RAMBOUILLET.

On n'excommunie pas les Rois de France....

LE ROI.

Rambouillet a raison; on n'excommunie pas.

les Rois de France. N'est-ce pas votre avis,
monsieur de Gondy?

> GONDY.

Sire, je dois reconnaître que votre Majesté
avait le droit d'en agir selon sa volonté.

> LE ROI.

Eh bien! qu'est-ce donc qu'il veut dire ce
légat? Il ne sait donc ce qu'il fait?

> RAMBOUILLET.

Sire, ne vous en mettez point en peine. Que
vous importe après tout?

> LE ROI.

Pardon, mon ami, il m'importe beaucoup :
c'est un souci, et je comptais n'en plus avoir.
Ah ça! j'espère bien qu'il ne va pas publier ces
censures!

> GONDY.

Non, Sire, il attendra les ordres de Rome.

> LE ROI.

A la bonne heure....

> GONDY.

Seulement il supplie Votre Majesté de s'abs-
tenir, en attendant, des saints exercices, parce
que, dit-il, cette soumission rendra votre absolution plus facile à obtenir.

LE ROI.

Voilà de belles conditions! s'il lui faut un mois pour recevoir une réponse, je resterais donc un mois sans prier Dieu, sans aller à la messe! J'en mourrais, mes amis. Non, s'il faut faire pénitence, je le veux bien....

RAMBOUILLET, l'interrompant.

A quoi bon, Sire?

LE ROI.

Vous n'y entendez rien, Rambouillet. Je le répète; je veux bien faire pénitence, s'il le faut; mais qu'on me laisse aller à l'église. (S'adressant aux cardinaux de Gondy et de Vendôme :) Voyons, messieurs, m'abandonnerez-vous dans ce danger? me re-fuserez-vous les sacremens? Ne pourrai-je dès ce soir aller sous votre égide entendre la sainte messe de minuit? Ne croyez pas, pour cela, que j'aie envie de me mettre en guerre avec Sa Sainteté : au contraire, je ferai tous mes efforts pour rentrer dans ses bonnes grâces. D'abord, je serai plus catholique encore que par le passé; j'extirperai à tout jamais de mon royaume la plante infecte de l'hérésie. Allez, soyez sûrs que je ne veux pas vous mettre mal en cour de Rome et que vous ne vous repentirez point de m'avoir tendu la main. Notre Saint Père ne

tardera pas à être content de vous et de moi. —
Voyons, messieurs, puis-je compter sur vous ?

GONDY.

Sire, d'après les assurances que vous nous
donnez, nous n'avons rien à vous refuser.

LE ROI.

C'est bien, messieurs, je vous en remercie. —
Du Halde, allez dire à monsieur le légat que je
le prie de s'en retourner chez lui, et que je ne
le recevrai que dans deux jours.... après la fête.

(Du Halde sort.)

— C'est vraiment un peu hardi.... Mais ma foi,
j'ai la force, le champ de bataille est à moi!...

(Entre un page.)

LE PAGE.

Sire, le piqueur de monsieur le maréchal arrive d'Orléans. Voici ce qu'il apporte à Votre
Majesté.

LE ROI, prenant le billet.

Lisons. — Que vois-je!.... « En arrivant ici,
» j'ai trouvé les portes fermées et toute la ville
» en armes : en ce moment, les bourgeois
» viennent d'ouvrir la tranchée et pressent le
» château si vivement, que si vous n'envoyez
» du secours, ils en seront maîtres dans vingt-
» quatre heures! » Eh bien! messieurs, voilà

un beau commencement!.... Aussi ce d'Aumont.... Que ne vous ai-je envoyé, Bellegarde, vous seriez arrivé à temps ! — Allons, s'ils nous prennent Orléans, nous serons bien.... Comment ferons-nous la guerre sans places fortes ! Que cela continue, et je ne serai bientôt Roi que de guérets et de bruyères !.... Ah ! mon Dieu ! encore la guerre !... c'est affreux.... Cependant j'ai bien fait.... n'est-il pas vrai, mes amis, que j'ai bien fait ? Si je les eusse laissé vivre, j'étais perdu....

(Entre Beauvais Nangis.)

Eh bien ! Nangis, arrivez-vous de Vendôme?

NANGIS.

Oui , Sire.

LE ROI.

Mauvaises nouvelles ; je le vois dans vos yeux. Encore une révolte.

NANGIS.

Hélas ! Sire....

LE ROI.

J'ai deviné. Les bourgeois assiégent-ils aussi le château?

NANGIS.

Sire, le régiment lorrain est arrivé à l'improviste et s'est emparé de la ville et de la citadelle.

LE ROI.

Il n'y a rien à dire, c'est de mieux en mieux.

NANGIS.

Je ne vous le cache pas non plus, Sire, on vient de m'apprendre que la même chose s'est passée ce matin à Romorantin.

LE ROI.

A Romorantin? ici? à ma porte?.... Allons, c'est fini, nous voilà bloqués.... Mais que pourront-ils? Ce qui me rassure, c'est qu'ils n'ont plus de chef. Mayenne à l'heure qu'il est n'a pas long-temps à vivre.... C'est là que je les attends.... Quand ils verront la race éteinte, qu'oseront-ils faire.

(Entre Saint-Prix.)

SAINT-PRIX.

Sire, la Reine vous prie de ne pas l'attendre pour souper....

LE ROI.

Ma mère est donc plus mal ?

SAINT-PRIX.

Je le crains, Sire : monsieur Miron avoue qu'il est inquiet.

LE ROI.

Allons.... de tous côtés.... tous les malheurs

à la fois !.... — Mais que tenez-vous à la main, Saint-Prix ?

SAINT-PRIX.

Sire, un papier que vient de me remettre un paysan du faubourg de Vienne.

LE ROI.

Donnez.... c'est l'écriture d'Alphonse.... (Il lit.) Dieu ! (froissant le papier avec colère :) voilà mon coup de grâce ! tout est manqué ! (Il se jette dans un fauteuil.) Lisez, Bellegarde.

BELLEGARDE, lisant.

« Je vais toujours à perdre haleine, mais j'ar-
» riverai trop tard, monsieur de Rossieux est
» parti trois heures avant moi. Le duc ne sera
» plus à Lyon....... »

LE ROI.

Infernal Rossieux ! par où sera-t-il passé ?....
Aussi comment ai-je pu m'imaginer que je réussirais à quelque chose ? est-ce que j'ai jamais été heureux deux jours de suite ?.... Et Paris maintenant !.... que se passe-t-il à Paris ?.... sans doute ils sont déjà en marche, armés jusqu'aux dents ; ils vont me surprendre.... ah ! qu'ils viennent, qu'ils m'égorgent, rien ne les en empêche !... qui me défendrait ? je n'ai pas d'amis ; si j'en avais, en serais-je à cette extrémité ?

m'auraient-ils laissé frapper ce grand coup sans
m'avertir, sans m'ouvrir les yeux, sans prendre
toutes les précautions, sans ramasser toutes
mes forces.... Mais ce Loignac se souciait bien
de me perdre ou non! il ne voulait que se
venger.... ah! que je le déteste!.... où est-il?

SAINT-PRIX.

Sire, il vient de s'échapper de la ville en
toute hâte.

LE ROI.

Il a bien fait.... Je conseille à son ami Duguast
de ne pas attendre long-temps pour suivre son
exemple. (Il se lève.) Mes amis, dites-moi donc ce
qui se passe à Paris!.... je n'en puis plus.... ce
Paris ne sort pas de devant mes yeux.... quand
aurons-nous des nouvelles?.... il faut y aller,
c'est le plus court; je partirai dès ce soir. —
Mais non, je suis mieux ici que sur les grands
chemins.... je resterai....

RAMBOUILLET.

Envoyez au moins des courriers, Sire.

LE ROI.

Des courriers, oui, c'est vrai.... mais avant
qu'ils soient revenus!.... autant vaut n'en pas
envoyer. — J'étais si heureux hier! et maintenant trahi, abandonné.... — Eh bien! mes-

sieurs, mangez donc de ces mets, vous sem-
blent-ils excommuniés? Si vous ne vous mettez
pas à table, jouez au moins à la prime; faites
quelque chose, voyons. Pour moi, je vous
quitte un instant; je vais voir si je pourrai
trouver sur mon lit un moment de repos : j'en
ai bien besoin! Adieu, messieurs.

(Il prend un flambeau et entre dans sa chambre.)

RAMBOUILLET, après un moment de silence.

Nos affaires ont l'air de prendre une mauvaise couleur, messieurs.

MARILLAC.

Nous ne sommes pas au bout de nos misères.

PETREMOL.

Monsieur de Mayenne nous va mener rudement!

(La porte de la chambre s'entr'ouvre peu à peu. Le Roi rentre.)

LE ROI.

Pardon, messieurs, savez vous où est du
Halde?

DU HALDE.

Sire, me voici.

LE ROI.

Ah! c'est vrai.... Allez me ranger mon lit....

Que disiez-vous donc, messieurs ? vous parliez
de.... De quoi parliez-vous ?

PETREMOL.

Sire, je souhaitais bonne nuit à monsieur
Marillac.

LE ROI.

Ah ! c'est autre chose... Nos affaires vous
semblent donc bien mauvaises, Rambouillet ?

RAMBOUILLET , avec embarras.

Sire....

BELLEGARDE.

Mais non, ce n'est rien qu'une bouffée de
vent qui a jeté par terre quelques cartes....
Nous les ramasserons sans peine.

LE ROI , d'une voix lente et avec tristesse.

Ainsi, vous croyez que nous nous en tirerons,
Bellegarde ?

BELLEGARDE.

Pourquoi pas, Sire ?....

LE ROI.

Sans ce maudit Mayenne, je dirais comme
vous, mon ami..... mais enfin, s'il nous mène
aussi rudement que l'on dit, nous pourrons
toujours chercher un appui près du Roi de
Navarre.... Oh ! mon Dieu ! qu'est-ce que j'ai

25

dit là! Je mendierais le secours d'un hérétique!
puissé-je mourir avant d'en être réduit à ce
comble de malheur! — Bellegarde, venez avec
moi..... Adieu, messieurs.... vous nous ferez réveiller quand sonnera la messe de minuit.

(Il rentre dans sa chambre, s'appuyant sur Bellegarde. — Les conseillers
se retirent, chacun de leur côté, sans se dire une parole.)

FIN DE LA QUINZIÈME ET DERNIÈRE SCÈNE.